《绣像小说》的
异域书写研究

赵娟茹 著

四川大学出版社

项目策划：张伊伊
责任编辑：张伊伊
责任校对：毛张琳
封面设计：墨创文化
责任印制：王　炜

图书在版编目（CIP）数据

《绣像小说》的异域书写研究 / 赵娟茹著． — 成都：四川大学出版社，2020.9
（中国俗文化研究大系 / 张弘主编．俗文学与俗文献研究丛书）
ISBN 978-7-5690-3887-3

Ⅰ．①绣… Ⅱ．①赵… Ⅲ．①文学－期刊－研究－中国－清后期 Ⅳ．①Ⅰ209.52

中国版本图书馆 CIP 数据核字（2020）第 185316 号

书名　《绣像小说》的异域书写研究
《XIUXIANGXIAOSHUO》DEYIYUSHUXIEYANJIU

著　　者	赵娟茹
出　　版	四川大学出版社
地　　址	成都市一环路南一段24号（610065）
发　　行	四川大学出版社
书　　号	ISBN 978-7-5690-3887-3
印前制作	四川胜翔数码印务设计有限公司
印　　刷	成都金龙印务有限责任公司
成品尺寸	170mm×240mm
插　　页	2
印　　张	11.5
字　　数	195 千字
版　　次	2020 年 12 月第 1 版
印　　次	2020 年 12 月第 1 次印刷
定　　价	48.00 元

版权所有 ◆ 侵权必究

◆ 读者邮购本书，请与本社发行科联系。
　电话：(028)85408408/(028)85401670/
　(028)86408023　邮政编码：610065
◆ 本社图书如有印装质量问题，请寄回出版社调换。
◆ 网址：http://press.scu.edu.cn

四川大学出版社
微信公众号

总　序
项　楚

　　四川大学中国俗文化研究所，作为教育部人文社会科学重点研究基地，已经走过了二十年的历程。不忘初心，重新出发，是我们编辑这套丛书的目的。

　　俗文化是中国传统文化的重要部分，与雅文化共同形成中国文化的两翼。俗文化集中反映出中华民族独特的思维模式、风俗习惯、宗教信仰、语言风格、审美趣味等，在构建民族精神、塑造国民心理方面，曾经起过并正在起着重要的作用。因此，俗文化研究不仅在认知传统的中华民族文化方面具有重大的学术价值，而且在促进社会主义精神文明建设方面具有传统雅文化研究不可替代的意义。不过，俗文化和雅文化一样，都是极其广泛的概念，犹如大海一样，汪洋恣肆，浩渺无际，包罗万象，我们的研究只不过是在海边饮一瓢水，略知其味而已。在本所成立之初，我们确立了三个研究方向：俗语言研究、俗文学研究、俗信仰研究，后来又增加了民族和民俗的研究。同时，我们也开展了相关领域的研究，如敦煌文化研究、佛教文化研究等。在历史上，雅文化主要是士大夫阶级的意识形态，俗文化则更多地代表了下层民众的意识形态。它们是两个对立的范畴，有各自的研究领域和研究路数，不过在实践中，它们之间又是互相影响、互相渗透、互相转化的。当我们的研究越来越深入的时候，我们就会发现它们在对立中的同一性。虽然它们看起来是那样的不同，然而它们都是我们民族心理素质的深刻表现，都是我们民族性格的外化，都是我们民族的魂。

　　二十年来，本所的研究成果陆续问世，已经在学界产生了广泛的影响。本套丛书收入的只是本所最近五年来的部分研究成果，正如前面所说，是在俗文化研究大海中的一瓢水的奉献。

目 录

引 言 …………………………………………………………… 001
第一章 晚清中外文学关系视域下《绣像小说》的异域书写 ……… 018
  第一节 晚清中外文学关系 ………………………………… 018
  第二节 晚清中外文学关系视域下的《绣像小说》………… 035
  第三节 《绣像小说》多层面的异域书写 ………………… 061
第二章 华夏中心观解体与重构近代乌托邦图景 ……………… 065
  第一节 华夏中心观的解体 ………………………………… 065
  第二节 重构近代乌托邦图景 ……………………………… 067
第三章 异域书写与物质文化层 ………………………………… 075
  第一节 晚清社会对异域器物的认识和深化 ……………… 075
  第二节 《绣像小说》里的异域器物形象 ………………… 077
第四章 异域书写与制度文化层 ………………………………… 088
  第一节 政治制度 …………………………………………… 088
  第二节 教育制度 …………………………………………… 099
  第三节 科学猜想 …………………………………………… 104
第五章 异域书写与心灵文化层 ………………………………… 107
  第一节 时空观念的变革 …………………………………… 107
  第二节 重塑正面积极的民族品格 ………………………… 111
第六章 异域书写与视觉文化层 ………………………………… 120
  第一节 《绣像小说》中的图像 …………………………… 120
  第二节 绣像插图展现的异域情调 ………………………… 138

第七章　异域书写的陌生化审美效应……………………………151
　第一节　陌生化与新闻化………………………………………151
　第二节　异域书写的陌生化审美效应…………………………157
结　语　异域书写的世界性和现代性意义………………………163
参考文献……………………………………………………………165
后　记………………………………………………………………177

引 言

动荡的近代中国是一部灾难史、屈辱史，也是一部重建家国的抗争史和奋斗史。无处逃遁、有感于时的晚清文人以他们的方式书写生活、政治和时代，留给后人卷帙浩繁的文献。但他们何曾隐退到历史的深处？一旦翻开那些文献，我们仿佛就能够看到一张张面孔，或垂头丧气，或大惊失色，或神采奕奕……当我们合上这些文献，耳畔依然回荡着"尽心爱国、开通民智""师夷长技以制夷""开风气、拓见闻"等种种声音。那流淌在民族血脉里的"天下大同"的梦想是晚期文人难以企及的乌托邦，时时提醒着我们"铭记梦归处，不忘来时路"。

一、选题的缘起与意义

在众多晚清文献中，李伯元主编的《绣像小说》是一个内容丰富、形式特点突出的晚清文学宝库，该期刊以文字和图像两种符号反映光怪陆离的社会现象，塑造人物形象和表达社会理想，其中对异域的书写给读者留下深刻的印象。在前人研究的基础上，笔者以《绣像小说》的异域书写为研究对象，探讨华夏中心观解体后，晚清文人如何从物质、制度和心灵层面来书写未来中国，重构乌托邦社会图景。该乌托邦社会携带着丰富的视觉文化信息，不仅能被我们读到，还能通过绣像插图、陌生化手法被我们"看见"。笔者研究该选题，旨在将中国文学和文化的"现代性"命题具体化，从而丰富晚清小说研究的视角。

（一）选题的缘起

晚清小说数量众多且艺术水平参差不齐，但它们不可重复、不可替代,具有新旧并存、东西交杂、革弊启蒙、务实中庸、终古萌新和变中过渡的价值。半月刊《绣像小说》(1903—1906)由晚清职业报人小说家李伯元主编,它与梁启超主编的《新小说》,吴趼人、周桂笙主编的《月月小说》,黄摩西主编的《小说林》被阿英(钱杏邨)誉为"晚清四大小说期刊"。本书选择《绣像小说》① 这一个案,研究其中的异域书写问题,主要基于以下三点考虑:

第一,《绣像小说》是一个内容丰富的文学宝库,它有明确的办刊理念,发行量较大,发行时间较长,兼容西方小说和传统小说,能够典型地反映晚清小说继承与变革的实绩。它共刊发创作小说十八种,翻译小说十七种,小说理论一种,传奇三种,戏曲三种,弹词一种,时调唱歌二十一支,《益智问答》一篇,《京话演述英轺日记》十二卷,《西译杂记》一篇和《理科游戏》一篇。该期刊刊发的小说大多配有绣像,尤其是创作小说,共有812幅绣像,情节性绘画图像与文字相配合,起到了承担叙事功能、美化、装点小说,增强读者兴趣的作用。期刊连载的形式使小说和读者的交流更加迅速,"新小说"观念及晚清启蒙话语以通俗小说的形式深入人心。新思想、新观念也要有新的体裁形式来承载和表达,政治小说、科幻小说和侦探小说展现出不同于古典小说体裁的新形式。

第二,选择《绣像小说》的异域书写作为研究对象,是试图回答一个虽不觉新鲜但依然充满魅力的问题,即中国小说的现代化问题。陈平原先生的《中国小说叙事模式的转变》从中国小说叙事模式的转变着手研究这一问题,他认为这种转变是在西方小说的刺激下完成的,而在转变过程中传统小说的作用日益凸显,即中国小说的现代化答案应该依循西方小说的刺激和传统小说的作用这两条纠缠胶葛的脉络去找寻。

《绣像小说》共发行七十二期,创作和翻译并重,章回体创作小说是其刊载的主要内容,译作往往压尾,形成"中西平衡"的特色。创作小说以科幻小说、政治小说和教育小说为主,是在中国半殖民地化的过程中受到西方文学、文化影响而出现的新的文学形式。翻译小说更直接地体现了中外文学的交往。创作小说和翻译小说都有较强的政治诉求,集中地表现

---

① 《绣像小说》翻印的版本有两种:(1)李伯元:《绣像小说》,上海:上海书店,1980年版。(2)李伯元:《绣像小说》,北京:北京图书馆出版社,2006年版。

为对异域乌托邦的想象和建构,如宋莉华所说:"晚清小说中普遍存在着一种热衷于建构'他者'的冲动,曾出现大批叙述异国历史、社会的小说。晚清士人通过关于异域的共时性想象,来间接地表达其文明与现代化的理想。"[①] 因此,研究《绣像小说》的异域书写也是研究晚清小说现代化的一个路径。

第三,《绣像小说》以报刊为载体连载小说。作为晚清大量出现的新媒体,报刊具有即时性,它能迅速地表达及回应社会的诉求。传播学家麦克卢汉最为著名的论断"媒介即信息"(The Media is The Message),认为媒介本身就向人们传达了有意义的信息,因此我们要重视对媒介本身的研究。为使《绣像小说》"化民"的功能最大化,李伯元尽量使刊载于其中的小说语言通俗化,并且刊载绣像以方便民众阅读。《绣像小说》上发表的小说中西兼顾而汇通,视野较为开阔,相比于传统小说,它更具有"新小说"的属性。

(二)选题的意义

第一,选题对晚清小说研究的意义。

晚清文学是处于从古典向现代的转型期的文学,上承中国悠久的文学传统,同时吸收西方文学的思想、技巧,下启五四新文学。虽然钱理群等学者在《中国现代文学三十年》中认为中国现代文学肇始于1917年由梁启超、胡适等人倡导的新文化运动,它竖立起古典文学和现代文学之间的界碑。但严家炎、范伯群、王德威等学者更倾向于将中国现代文学的发生时间追溯到晚清时期,即从晚清文学中寻找中国现代文学的起始。陈平原认为,中国小说的现代化是一个诱人的论题,他从叙事模式的演变着手研究这一论题,认为这种转变首先是在西方小说的刺激下完成的,在转变的过程中,传统小说的作用凸显出来。王德威则不同意这样的"挑战—应战"模式,他追问"没有晚清,何来五四?",通过研究晚清小说发掘中国文学被压抑的现代性。

虽从阿英的《晚清小说史》开始,学者们不断地研究晚清小说,我们对包括小说在内的晚清文学的认识和研究仍不充分,林明德说:"'晚清小

[①] 宋莉华:《传统与现代之间:从〈孽海花〉看晚清小说中的异域书写》,载《文学遗产》,2008年第1期,第105页。

说'是前五四的本土文学运动的一环,但是自从五四以来,一直成为文学断层部分,不受重视,的确令人惋惜。论者认为唯有正视它,并加以研究,才能清楚中国现代小说的真相,才能弥补中国文学史上的那一页空白。"① 此页空白非一人一力能够弥补,笔者希望能为它添上一笔。

第二,选题对古代文学研究引入比较文学视域的意义。

目前虽有对晚清期刊进行综合研究的博士学位论文,但尚无专论《绣像小说》的著作,相关论文仅有十多篇,研究并不充分,研究的空间较大。由梁启超等人倡导的"小说界革命"将小说引向更广阔的空间,扩展了小说的艺术手法的表现类型。周明华认为包括李伯元小说在内的晚清小说"在有意无意间,学习了西方小说的技巧,使得晚清小说在表现技巧上,掺入了一些西方文学技巧,使晚清小说得以稍微挣脱传统的束缚,而迎向一个崭新的世界"②。但学者们在晚清小说家如何借鉴西方、扩展小说的哪些艺术手法等问题上却语焉不详,因此需要在比较文学的视域下对中西小说不同的技巧、观念进行研究。

第三,选题对中外文学关系研究的意义。

中国古典小说在晚清这一社会转型期发生了巨大的变化,具有了世界性的意义。学界对李伯元的创作的研究立场虽经历了从"文学与社会"到"文学与文化"的转变,但他们只是在国别文学的视域下进行研究,因而李伯元在晚清作家群和在世界文学中的位置难以看清楚。陈思和提出的"中国文学的世界性因素"是中外文学关系研究的一个新领域,因此我们可以从两个层面来考量《绣像小说》,第一个层面是它所刊发的小说近一半是译介小说,文学翻译活动及对外国文学的评价、研究当然属于中外文学关系的关注点。第二个层面是《绣像小说》的编者、作者和译者代表了晚清知识分子"睁眼看世界",他们寻觅民族、国家发展前途的内心体验,如梦幻叙事、乌托邦的建构本身就具有世界性的意义,也应纳入中外文学关系研究的视野。

---

① 林明德:《晚清小说研究·编者序》,台北:联经出版事业公司,1988年版,第3页。
② 周明华:《李伯元的小说与报刊研究》,新北:花木兰文化出版社,2011年版,第2~3页。

二、国内外研究的现状

本书参考、借鉴的前人成果,大体上有晚清小说研究、李伯元生平思想研究、《绣像小说》整体或单部作品研究、连载小说研究、图文关系研究等类,以大陆学者的成果为主,同时尽力收集、评述港台地区、日本和英美学者的观点。

(一)晚清小说与现代性关系研究

鲁迅的《中国小说史略》为晚清小说定下"谴责"的基调,胡适的观点和鲁迅基本相同。阿英开启晚清小说专门的研究,他不认同鲁迅、胡适的某些观点,并在《晚清小说史》里非常推崇《文明小史》(连载于第《绣像小说》第一至五十六期),认为《文明小史》整体地反映一个时代,其文学价值大过《官场现形记》。继阿英之后,欧阳健《晚清小说史》中认为晚清新小说的第一个高峰是李伯元及其主编的《绣像小说》,他认为《官场现形记》是对晚清官僚体制的谛视,《文明小史》是对西方文明的引进和抵制,欧阳健还介绍了李伯元的工作伙伴欧阳钜源与第一批"新党小说",他认为李伯元呼吁变革社会习俗的"醒迷文"是又一个重要的贡献。

台湾地区林明德主编的《晚清小说研究》包括台湾地区、日本、加拿大等地学者的成果,既有宏观的论述,也有具体的阐释。如张玉法在《晚清的历史动向及其与小说发展的关系》中认为晚清是中国历史脱离传统,步入现代化的时期,与小说的发展有关系的有六个方面:资本主义的经济侵掠、西方文化的流布与撷取、新知识分子取代旧绅士、从政治改革的要求到种族革命、开民智与兴女权、都市化与新闻事业的发展。日本学者泽田瑞穗在《晚清小说概观》中认为清末时文学的中心由北京移往上海,新文明经由上海流入。另一个文学中心在日本,虽然作品数量上不及上海,但文学史的意义大于上海。梁启超为新文学的开拓者。近代印刷术的输入改变了传统作品不能及时得以流传的状况,产生了大批报纸、杂志。泽田瑞穗还介绍了作品的语言和分类,重点介绍政治小说。加拿大学者米列娜在《晚清小说的情节结构类型》一文中认为中国小说的"插话"向来被认为是不同于西洋小说的最大特色,但以俄国什克洛夫斯基在《散文理论》里讨论的"联缀"观点来看,中西方小说在结构上又有相同之处,她主要分析了吴趼人的《二十年目睹之怪现状》。在《晚清小说中的叙事模式》中，米列娜仍以吴趼人为例，指出晚清小说与传统小说不同，晚清小说可同时容纳三种叙事模式：第三人称客观模式，第三人称修辞模式和第一人称个人模式。

美国王德威从现代性的角度研究晚清小说。他在《被压抑的现代性：晚清小说新论·导论》中发问："没有晚清，何来五四？"他的晚清文学指的是太平天国前后至宣统逊位的六十年中的文学作品。重审现代中国文学的来龙去脉，应承认晚清文学的重要性及其先于五四新文学的开创性。清政府的最后十年里新旧杂陈、多声复义现象突出，梁启超倡导的"新小说"包含旧种子，"非新小说"又有空前的创造力，当时至少有170家出版机构，翻译小说大盛。中国文学的现代性不是只有五四文学单一的面向。

总之，学界越来越重视对晚清小说的研究，认为其承继着中国传统小说，并展现出新小说的某些质素。

（二）转型时期李伯元的身份与视域研究

魏绍昌所编《李伯元研究资料》是研究李伯元的生平、作品和所办刊物的必读文献，共分为十辑：第一辑是吴趼人、鲁迅等人写的李伯元的生平传略，第二辑是对研究李伯元生平活动有参考价值的零星文字，第三辑至第七辑收录了李伯元作品及作家本人的评介，第八辑介绍李伯元主办的刊物，第九辑是对李伯元的两种"作品"的考辨，第十辑是李伯元的工作伙伴欧阳钜源的材料集录。

薛正兴主编的《李伯元全集》，第一卷前言对李伯元的生平和创作进行了较为详尽的介绍，第一至第四卷收录了李伯元的小说、弹词、戏剧、笔记、诗歌等作品，第五卷是李伯元的年谱和国内国外的资料索引。

台湾地区周明华的《李伯元的小说与报刊研究》对"晚清""近代""晚清文学"等概念的界定非常清晰，将李伯元的小说及报刊放在晚清的时代背景中进行互文性考察，并比较李伯元和其他晚清小说家、李伯元所办刊物和其他小说刊物的共同点和不同之处，视野开阔，资料翔实。该书第二章写李伯元的传略及年谱，并认为其生平资料很少。第三章认为李伯元小说的特点是故事片段化，描写对象集中化、描写夸张化、对李伯元"谴责小说"的定位没有超出鲁迅的评价。第五章是关于李伯元的报刊研究，和《绣像小说》有关的内容非常简单。第七章结论重复了第一章绪论的判断，认为晚清小说创作掺入了西方技巧，但没有对此问题展开详细论述。

陆克寒、谭坤的《李伯元评传》是李伯元研究的最新成果。该书以李伯元的三重社会身份为线索，分为四章，第一章探讨李伯元的士子身份，李伯元出身官宦世家，在伯父和母亲的严格教养下具备了多方面的艺术才能，他自幼深受传统文化的影响，又遭逢晚清社会内忧外患的乱世，中西思潮碰撞也促使他表现出求新求变的意识。第二章探讨李伯元的报人身份，伯父逝世之后，李伯元要自谋生路，他已无意功名，从常州迁移到上海，也正是在上海租界的特殊文化里，他实现了传统士人向职业报人的转变。第三章和第四章探讨李伯元的小说家身份，认为现实批判和愿景想象、新小说派、域外影响和报刊载体共同构成了李伯元创作小说的背景，使民开化与改良群治、觉世与醒世、直笔于今与专门指摘是李伯元明确的创作观念，在创作主题方面该书除了论述了"官场—社会"批判，还很有见地地论述了"民族—国家"忧思和文明进程反思，并从艺术角度探讨了李伯元小说的结构形态、语言特征和人物塑造。该书力图将李伯元放在社会文化转型的进程中进行评价，"既考量历史现场景观中的个体作为，也从历史演进背景及当代文化视角，力图对其作出实事求是、恰如其分的深度阐释"①。

研究李伯元生平、思想和创作的论文比较多，目前笔者看过的较为重要的有：

王学钧在《李伯元的"功名"与选择》中用翔实的史料和严谨的逻辑推理，认为李伯元并非鲁迅说的"累举不第"，而是有真实功名的"廪贡生"②，但他放弃做官，成为晚清市民报人作家的先驱。王在《鲁迅、胡适对李伯元人格与创作的误解》中认为"谴责小说"只是鲁迅针对《官场现形记》的典型概括，一旦推广开来成为小说类型的概念，它就包含着对作家的人格和创作的双重贬义。王学钧从概念的发生、事实的判断等角度

---

① 陆克寒等：《李伯元评传》，南京：江苏人民出版社，2012年版，第3页。
② 将"廪贡生"视为"功名"容易造成误解，廪贡生是以廪生的资格做了贡生，廪生是明清两代由公家供给膳食的生员，贡生是指府、州、县的优秀秀才生员被选拔进京师国子监读书。究其实，廪贡生不是功名，只是成为"廪贡生"就离做官之途近了一些。

批驳"谴责小说"遮蔽了李伯元小说丰富的人文内涵。他在《李伯元与白云词人谈小莲》中纠正了自己先前推测白云词人是李伯元的误断，提出白云词人实际是另一位报人谈小莲，他和李伯元是表兄弟。从烦琐的考证过程中，我们能够感受到晚清报人作家群的生平资料实在不易发掘。在《李伯元与"谴责小说"的兴起》中，王学钧认为谴责小说兴起于1903年而非1901年，它的兴起不是庚子事变的刺激，而是对"小说界革命"的响应，以《官场现形记》为标志。

汤克勤在《李伯元：普通士人转型为近代知识分子的先行者》中认为士的近代转型有三种：第一种是传统士大夫向知识分子转型，第二种是普通士人向知识分子转型，第三种是近代新式学堂培养的学生（包括留学生）向知识分子转型。李伯元属于第二种。他由参加科举考试到拒绝接受经济特科的荐试，基本上按照自己的意愿生活。由普通士人转型为近代知识分子，李伯元虽然谈不上义无反顾，也绝非犹豫不决。

李怀中的《李伯元的"游戏笔墨"与报章趣味》，陆克寒的《商业写作、游戏态度与民族叙事——论李伯元小说精神》、薛梅的《迷失在"游戏"与"道德"的纠缠中》都将"游戏"作为理解李伯元创作的一个重要维度，"游戏"本身和商业写作有关，而它背后是建立新道德的渴望。

综上，由于身处中西碰撞的社会转型时期，李伯元有别于传统文人，他是近代知识分子的先行者，具有求新、求变的思想意识。

（三）整体及单部作品的文化样态研究

首先是《绣像小说》的整体研究成果。

王燕在《晚清小说期刊史论》第五章里认为《绣像小说》和《新新小说》是勃兴时期的小说期刊，她研究了期刊的封面、装订、绣像等特点，并讨论了主编及其他报刊等问题。而张纯的《关于〈绣像小说〉半月刊的终刊时间》、文迎霞的《关于〈绣像小说〉的刊行、停刊和编者》、王学钧的《李伯元·〈绣像小说〉编者的确认》、日本樽本照雄的《〈绣像小说〉出版延期问题简论》一系列的史料考证文章，得出《绣像小说》在刊行过程中存在延期现象，并未于1906年4月停刊，也就是说在李伯元去世后，由欧阳钜源继续刊行至第七十二期，于1907年9月停刊。

徐振燕的《试析〈绣像小说〉的读者定位》重审商务印书馆的《本馆印绣像小说缘启》："或对人群之积弊而下砭，或为国家之危险而立鉴，揆其立意,无一非裨国利民。"这是一种灵活的办刊态度,对市场有充分的了解,鉴于《新新小说》的政治色彩过浓,《绣像小说》所刊登的主要为社会小说和谴责小说,既迎合市民宣泄对清政府统治的愤怒,也满足他们的娱乐消遣,开设《时调唱歌》《益智问答》等栏目。它面向都市大众,价格低廉、发行广泛、内容充实,因而在激烈竞争中立于不败之地。

昝红宇的《〈绣像小说〉述评》研究了创刊时间、创作背景、办刊宗旨、"绣像"和版本问题。王珺子的《〈绣像小说〉研究》是 2003 年扬州大学的硕士学位论文,揭示了《绣像小说》在特定的历史语境中呈现的文化/文学生态,文字与图像的互动关系,以及小说文类在创作与译述中显示的变化。

其次是《绣像小说》的单部小说研究成果。

《绣像小说》连载了许多作品,有反映政治黑暗与朝廷腐败的,有揭发维新内幕的,有介绍国外新政及科技的,有揭露学界弊端的,旨在暴露晚清社会现状;译作如《天方夜谭》《华生包探案》《汗漫游》等,也有政治、侦探、科幻类新小说。《绣像小说》半数以上的小说都配有绣像,依据小说的情节画出,可视为晚清社会活灵活现的写生画。王燕的《〈绣像小说〉概说》将其按内容分为六类:创作小说、翻译小说、传奇、戏曲、弹词和杂俎,其中大部分作品都没有受到学者的重视。

相对于连载的其他作品,对李伯元《文明小史》(六十回,第一至五十六期)的研究成果比较多。第一阶段是 1949 年以前,阿英和杨世骥有意识地和鲁迅、胡适对话,提升《文明小史》的文学地位。第二阶段是 20 世纪 60 年代中期,《新民晚报》《解放日报》《文汇报》《光明日报》就李伯元的思想倾向和作品问题展开争鸣,参与讨论的学者众多,尤以 1965 年至 1966 年《光明日报》的"文学遗产"专栏最为热烈,尽管学者们对李伯元及《文明小史》的评价有争议,但总体倾向是否定的。第三阶段经历了批评立场的转变,对作家的评价更为宽容,发掘小说的现代性因素,此阶段的重新定位使《文明小史》焕发出新的艺术价值和文化价值的光彩。

对旅生《痴人说梦记》(三十回,第十九至五十四期)的研究成果主要有两篇:一是欧阳健的《〈痴人说梦记〉在晚清新小说史上的地位》,该文认为《痴人说梦记》是继以外国历史为题材的改革小说和以亡国灭种的警报为主题的爱国小说之后,新小说创作出现又一次高潮的重要作品之一,它不乏对社会黑暗、腐败的揭露,亦是一部结构完整、以改革开放振兴中国为主题,以正面理想人物为中心的长篇小说。二是台湾地区学者颜健富的《进出神仙岛,想象乌托邦——论旅生〈痴人说梦记〉的空间想象》,该文认为晚清时期国人的空间概念经历重大冲击,地理想象的转变影响到文学创作,晚清后起的地理与政治概念如"五大洲说""国家"等进入小说,人物在逃亡时以天下为家,又发现天下无家,进而产生虚化的空间——乌托邦,科技与民主介入此空间成为往后的"德先生"与"赛先生"。当乌托邦方案建构出来时,却也一体两面地步向反乌托邦的方向,自我消解了原初的理想性,出现创作动机与书写结果的断裂。

对冼红盦主《泰西历史演义》(三十六回)的研究成果有香港陈建华《拿破仑与晚清"小说界革命":从〈泰西新史揽要〉到〈泰西历史演义〉》,该文认为自19世纪中叶以来,拿破仑以其盖世武功和帝国霸业,伴随着大革命及其自由、民主的价值以及花都巴黎的浪漫风情,在中国激起无穷想象。华盛顿、拿破仑等被梁启超列为"新小说"的英雄楷模,在民国前后经小说、戏剧、画报等大肆渲染而变得家喻户晓。拿破仑从历史文本到小说文本的演变反映出时人对于历史及民族英雄的不同想象。

汤克勤从"士的转型"的角度讨论了吴蒙的《学究新谈》(二十五回)和《苦学生》(佚名,十回),前者题为《晚清科举革废与士的转型——论晚清小说〈学究新谈〉》,认为《学究新谈》生动表现了晚清科举革废后士人的种种命运,以及向近代知识分子转型的复杂历程,其中有留学生讲述异国生活的经历,既是小说亦是历史文献。在《论晚清小说中留学生形象的书写》一文中汤克勤认为《苦学生》写晚清的留学生在海外求学的故事,是写留学生的代表作。

《山家奇遇》(不分回,第七十期)的研究成果仅有于雷的《催眠·骗局·隐喻——〈山家奇遇〉的未解之谜》,于雷通过分析催眠手法、骗局意识及隐喻功能的递进模式,认为在感伤传奇的表象下,《山家奇遇》凸显了19世纪中期美国淘金梦的麻痹性、欺骗性和荒诞性。刊载于《绣像小说》第七十期的吴梼译本,也影响了华工的淘金梦,响应了国内民间的反美浪潮。晚清时期中国文人大量翻译外国文学,质量参差不齐,翻译不是毫无目的,而是在所处的社会环境下做出的文化选择。

《绣像小说》的"绣像"问题除王燕的研究外,还有郭浩帆的《从"绣像"看〈绣像小说〉的近代色彩》,其认为时代的影响使《绣像小说》回归传统的同时,体现出鲜明的近代色彩。《绣像小说》继承中国古代绣像小说的优良传统的同时,又进行了革新和创造,采用"绣像"的泛化概念,将人物画改为情节画,将置于卷首的绣像置于回首,体现出亦古亦今、不古不今的特色。以外国社会生活为题材的小说《泰西历史演义》《经国美谈新戏》都带有中国化的味道,《格列佛游记》的译作《汗漫游》中的"小人国"所画的小人国的城堡、城门与中国的传统建筑几乎毫无二致。这是输入域外文明过程中无法逾越的过渡阶段。

综上,研究者从世界、文本、读者等方面讨论了《绣像小说》整体及单部作品所具有的文化内涵、呈现的文化样态,让我们看到该期刊所刊文字文本和图像文本可研究角度的丰富性。

(四)报刊连载与繁荣创作、文体变革的关系研究

分回连载的《绣像小说》继承了中国传统章回小说的特点,学者们对晚清新兴的连载小说进行了研究。雷永莉在《浅谈晚清小说繁荣与报纸连载的关系》中认为晚清小说的繁荣与报刊发行的繁荣密不可分,报刊连载小说促进了晚清小说的繁荣,报人小说家的出现使晚清报刊小说大量产生。颜琳等人在《报刊的出现与连载小说的兴起》中认为连载小说是晚清至民国初年以来现代报刊与文学生成的产物,是章回体小说的变体,它的最大特点是随写随刊,具有强烈的报章特色。李春雨在《中国现代连载小说的文体意识和文体结构》中认为连载是中国近代小说史上突出、普遍、整体的现象,文体与媒体形式之间既相互制约又相互支持,连载小说具有真实性和新闻性的报章色彩,受众的阅读心理使连载小说在结构上力求合得拢分得开,由于与传统章回小说存在着渊源关系,连载小说"讲故事"的特点比较显著。

三、本书对异域书写的界定

异域书写(exotic writing)不是文学研究中的一个固定术语,也远未形成一套成熟的理论体系。目前国内学者以它作为切入点来研究三类文本的书写行为:

第一种是中国人的旅行写作（travel writing），"它包含了所有的游记、行记，也包括旅行者所写作的诗歌、书信等与旅行经历有直接关系的著述"①。研究晚清文学异域书写的成果较多，如阮娟的《郭嵩焘"异域书写"的价值逸出及认同转换》研究郭嵩焘的出使日记《使西纪程》，认为这本书的异域书写引起士大夫的公愤，因为它颠覆了传统的"中学为体、西学为用"的主流价值观，过于认同西方强势文明。宋雪的《还原现场：异域旅行与〈欧游心影录〉的写作》一文，通过研究梁启超及同时代人的游记、书信、年谱、日记、新闻、档案等材料，还原《欧游心影录》的写作过程和成书过程，揭示旅游笔记的文化、历史内涵。阮娟、宋雪的文章偏重于文化研究，宋莉华的《传统与现代之间：从〈孽海花〉看晚清小说中的异域书写》则偏重于旅游写作中的文学性，其认为《孽海花》中的异域书写表达的是对都市的体验和对西方的间接认识，传统与现代相抗衡，旧的文学形式阻碍新思想的表达。

第二种是海外华裔作家将"中国"作为"他者"而创作的作品，学者们将华裔作家笔下与中国有关的创作称为异域书写，华裔作家虽然身处异域，在欧美文化背景中长大，但他们割不断同中国的天然联系，他们以自身所处之地的文化为参照系，对中国文化进行了一定程度上的想象和改写，从而创造出了全新的华裔文学。如李前的《华裔美国作家笔下中国文化的异域书写》研究汤婷婷和谭恩美创作中的中国文化因素，将汤婷婷和谭恩美的创作称为异域书写。

第三种是新移民作家将"他国"作为"他者"而创作的作品，他们与华裔作家正好相反，新移民作家自幼受到中国文化的熏染，虽然他们移居国外，但他们带有中国文化的基因，在观察和理解身处的移民地时，中国文化对他们来说仍是重要的参照系，而移民地被视为异域，异域对他们来说是文化上的"他者"。如杨占富在《异域书写下的他者存在——评严歌苓新移民小说中的美国形象》中认为严歌苓站在文化边缘立场上，通过对美国"他者"形象的观照，折射出"自我"的形象，关注两种文化间的相遇、碰撞和交流。

---

① 张治：《异域与新学：晚清海外旅行写作研究》，北京：北京大学出版社，2014年版，第7页。

从以上三类研究中可以看出，异域书写具有跨文化性，它往往伴随着不同文化的交流和冲突。本书所研究的异域书写紧紧围绕着《绣像小说》而展开，我们首先要探讨什么是"异域"的问题。在现代汉语的语境中，异域作为一个地理概念有两个基本义项：第一个义项是他乡、外地，第二个义项是外国。本书中所使用的"异域"包括三方面含义：

第一，异域是指晚清时人认为能够代表西方先进文明的美国、法国、俄国和日本等国。19世纪以前，中国尚未建立起世界地理的概念，清朝政府延续着中国中心说、做着天朝上国的迷梦，直到鸦片战争爆发，剧烈的政治变革冲击和刷新着晚清知识界对于地理空间的认知，如林则徐的《四洲志》、魏源的《海国图志》、姚莹的《康輶纪行》、徐继畬的《瀛寰志略》等书相继向国人介绍西方地理知识，在打开国人眼界、改变国人对世界的认知的同时，也引发国人对西方先进国家的想象和向往。

第二，晚清社会从传统向现代转型的过程中出现了西风炽烈的跨文化城市空间——上海，上海成为晚清小说家想象异域的替代物。1842年8月29日《南京条约》签订，根据《南京条约》的规定，1843年11月17日上海开埠，它成为近代历史上开埠较早的城市，华洋杂处加速了东西方文化的碰撞和交流，"借镜上海无疑是晚清小说家建构异域想象的最重要途径"[①]。在对中国未来的"民族国家"形象的想象上，上海作为租界是西方现代城市在中国的移植和变形，"上海不仅是重要的故事场景，而且是作者摩写西方世界的范本，同时还是其描写城市的参照"[②]。

第三，异域还指纯属想象的乌托邦社会。在晚清知识分子看来，当时的社会是一个愚昧、落后的形象，晚清知识分子对未来中国展开想象，笔下出现了很多表征着文明境界的乌托邦空间，在这样的空间里百姓安居乐业、科技发达、国家富强，它是对照现实的彼岸世界。乌托邦（Utopia）从词源上来说本指"没有这个地方"，但它同时有"一个特别的地方"和"一个美好的地方"的含义。作家塑造乌托邦的目的是将读者从现实中抽离，但小说又无时无刻不同现实作对比。晚清小说家笔下的乌托邦位于遥

[①] 宋莉华：《传统与现代之间：从〈孽海花〉看晚清小说中的异域书写》，载《文学遗产》，2008年第1期，第108页。

[②] 宋莉华：《传统与现代之间：从〈孽海花〉看晚清小说中的异域书写》，载《文学遗产》，2008年第1期，第108页。

远的未来或遥远的星球,与之相对比的现实却是鸦片战争以来的中国。无论是作为异域的西方先进国家或异域的替代物的上海,它们和纯属想象的乌托邦社会在书写未来中国这一点上都具有一致性。

综上,本书尝试界定的"异域书写"是指创作主体立足于自身的文化背景,通过书写异域的景物、人物、器物、空间、历史、文化和观念等要素,来重建"自我"的物质、制度和心灵文化的一种创作行为,这一创作过程伴随着创作主体运用异域知识及对异域的乌托邦想象。由于《绣像小说》出现在新旧交替的特殊时刻,其异域书写带有通过小说教化民众、否定晚清社会制度和建构近代乌托邦社会理想的价值立场。

四、研究范围、方法和全书结构

任何研究都需要划定研究范围,采用合适的研究方法,并搭建研究框架,从而使模糊的、难以把握的研究对象变得更加清晰、具体。本书的研究范围包括创作小说、翻译小说、非小说类作品和绣像插图中涉及异域书写的内容。主要采用文献搜集法、文本细读法、比较研究法、文史互证法和图文互文法,从异域书写未来中国的物质、制度、心灵、视觉和审美等层面进行研究。

(一)研究范围

《绣像小说》在晚清时期众多的小说期刊中独树一帜,它不仅刊发小说,还刊发戏曲、弹词、时调唱歌、益智问答、日记、西译杂记等。本书选择《绣像小说》的异域书写作为研究对象,因此研究范围限定在《绣像小说》里涉及异域书写的小说类和非小说类文本上。

《绣像小说》刊发的小说类文本包括创作小说和翻译小说。本书重点讨论的创作小说有《文明小史》《邻女语》《世界进化史》《月球殖民地小说》《痴人说梦记》《未来教育史》《学究新谈》《苦学生》《泰西历史演义》和《商界第一伟人》十种。并未涉及异域书写的文本,如《负曝闲谈》《活地狱》《花神梦》《扫迷帚》《玉佛缘》等传统小说,不在本书的研究范围之内。

《卖国奴》《回头看》《珊瑚美人》《斥候美谈》《灯台卒》《山家奇遇》《理想美人》《小仙源》《梦游二十一世纪》等十七种翻译小说是输入异域

想象的重要媒介,当然是我们研究的重点。在晚清文学翻译起步阶段,译者们并没有明确的翻译意识,他们并不遵循"信、达、雅"的翻译原则,他们的翻译相当于改写,带有非常强烈的中国文化色彩,翻译小说几乎可以看作创作小说。

非小说文本涉及异域书写内容的有《经国美谈新戏》《益智问答》《京话演述英韬日记》《西译杂记卷一》和《理科游戏》五种作品。

我们对以上研究范围内的文本将从异域书写的内容(物质、制度与精神)和形式(图像、陌生化手法)等方面进行研究。

(二) 研究方法

本书主要采用的研究方法有以下五种:

第一,文献搜集法。由于相关文献既多且杂,要从众多文献中选取有参考价值的文献,就要对检索到的文献进行分类整理、比较、鉴别等一系列工作,使之系统化,以围绕《绣像小说》的异域书写这一问题的现象、特质进行描述和评论,并从看似无关的文献中寻找新的联系和规律,形成新的观点和判断。

第二,文本细读法。文本细读是20世纪英美新批评学派基于语义学提出的术语,该研究法不考虑作者、作品产生的时代背景等外在要素,仅要求读者直面文本本身进行逐字逐句的细读。尽管我们研究本论题必须要宏观地掌握文本的创作背景、作者的基本情况,但文本细读法能够引领我们穿行在文本的字里行间,发掘易被忽视的问题,是非常好的研究方法。

第三,比较研究法。在社会科学研究方法中,比较方法是指对两个或两个以上的研究对象加以分析、对比,找出它们的相同和相异之处。该论题关涉中国和西方、本土和异域、自我和他者、文字和图像等一系列需要对比才能发现彼此特点的范畴,因而需要运用比较研究法。

第四,文史互证法。《绣像小说》刊发的文字和图像文本具有写实性,也具有虚构性。我们可以从史学角度考证、辨误和解说其中不符合历史真实的内容,还可以从文学角度阐释历史,即以小说、图像为史料,与史籍所载相参证,在不违反历史客观规律的前提下,更全面地体味艺术真实。

第五,图文互文法。该论题涉及绣像插图和文字的关系,文化、文学、文字和图像之间具有互文性,将文学尽可能还原到文化语境中,直观、具象的图像是可资借鉴的资源之一,图像和文字互为补充、互为语境，图像对文学文本进行图解、呈现场景展开的时空，承载着叙事的功能，因而需要用图文互文法对读。

（三）所用理论与全书结构

第一，所用的理论。

一是以比较文学形象学作为全书的支撑性理论。比较文学形象学以"某国某民族文学作品中的异国异族形象"①为研究对象，它"关注作家在他们的作品中，如何理解、描述、阐释作为他者的异国异族，但它并不要求从史实和现实统计资料出发，求证这些形象像还是不像；它拒绝将形象看成是对文本之外的异国异族现实的原样复制，而认为它只是一个幻象，一个虚影"②。晚清作家和译者的笔下，异域形象呈现出让人或爱或恨，或艳羡或不屑的复杂情绪。异域作为晚清文人共同打造的"社会集体想象物"，具有"乌托邦"的功能，即形塑一个理想的世界，来消解主流意识形态，发泄对晚清社会的不满。我们将探寻晚清文人如何营造乌托邦社会，他们对未来寄寓了何种期待。

二是用庞朴先生《文化结构与近代中国》一文的观点搭建本书的结构。他认为近代中国的历史可以从"文化冲突"的角度来阐释，人们先后学习西方的器物、制度与文化，"这三个层面彼此相关，形成了一个有机的系统。中国近代所发生的中西文化冲突，无异于文化结构的逻辑展开"③。文化结构包括物的部分（物质）、心物结合的部分（制度）和心的部分（心灵），而《绣像小说》中书写的未来中国，恰好可以从物质、制度和心灵三个层面来审视。

第二，全书的结构。

本书以中外文学关系为视域，以异域书写为切入点，研究《绣像小说》多层面的异域书写的面貌与晚清中外文化、文学的碰撞和交流的关系，并由此探寻其世界性和现代性的意义。

第一章依次阐明晚清中外文学关系、晚清中外文学关系中的《绣像小说》和《绣像小说》中多层面的异域书写等问题。

---

① 陈惇等：《比较文学概论》，北京：北京师范大学出版社，2010年版，第208页。
② 陈惇等：《比较文学概论》，北京：北京师范大学出版社，2010年版，第208页。
③ 庞朴：《文化结构与近代中国》，载《中国社会科学》，1986年第5期，第81页。

第二章探讨华夏中心观的解体，其是重构乌托邦社会图景的逻辑前提，在外力冲击和自身的现代性生发的背景下，华夏中心观开始松动、解体，人们从天朝上国的迷梦中觉醒，发现在物质、制度和精神文化等各层面中国都落后于西方，"行而不得，反诸求己"，晚清知识分子以异域世界为参照物查找并发现自身问题，并建构起未来的理想世界。

第三章探讨异域书写未来中国的物质层。《绣像小说》里描写了很多来自异域的新奇器物，如频繁出现的洋灯、洋书、交通工具、机械设备等，小说里的器物虽然未能和人物取得同样重要的地位，但作者和译者用大量笔墨描写它们，使读者印象深刻。

第四章探讨异域书写未来中国的制度层。衰弱的清王朝面对来势汹汹的西方国家，原先问题重重的封建制度、官僚体制在外来力量的冲击之下变得更加不稳固，但旧有势力仍不愿轻易退出历史舞台，维新之路走得颇为艰难。如何度过变局，向前迈进呢？晚清知识分子不得不从政治、教育、生产等方面构想乌托邦社会，以引起人们重新思考与设计社会制度。

第五章探讨异域书写未来中国的心灵层。文化心理状态是文化结构的里层，"数千年未有之变局"撼动了保守的国民性格、价值观念、思维方式等，异域书写折射出人们心灵的变革。礼文化观念式微，西方的自由、平等、人权等观念传播开来。时间和空间观念的变化具有了现代性的意识。

第六章探讨异域书写未来中国的视觉层。《绣像小说》插图数量庞大，它们以绘画符号的形式给我们展现了异域的人物、建筑和科技。

第七章探讨异域书写的陌生化审美效应。晚清小说数量庞大、水平参差不齐，虽然新闻化的写作方式影响了小说的质量，但异域书写带来的陌生化的审美效应仍能让我们感受到晚清小说在语言、视角等方面的魅力。

第一章 晚清中外文学关系视域下《绣像小说》的异域书写

在晚清引入西方新小说类型和翻译文学兴盛的背景下,《绣像小说》以文字塑造异域人物、器物和国家形象,凸显出晚清时期人们文化、时间、空间等观念的变革,为了使异域形象和观念更为直观,小说期刊还借图像配合文字叙述对异域加以描摹。尽管编者和作家、译者群身处剧烈动荡的晚清社会转型时期,对社会前景有不同的想象和诠释,但都通过文字和图像为西风东渐的整体氛围造势。因此,我们需要将《绣像小说》置于晚清中外文学关系的背景下来加以审视,才能充分理解其中异域书写的价值和意义。

第一节 晚清中外文学关系

1900年庚子国变之后,政治腐败、社会思潮转变、读者群变化及印刷技术的提高都为中外文学交流提供了条件,晚清文学以小说创作与翻译最为繁盛,外国文学在中国的传播与接受深刻地影响、改变着中国文学的面貌。这一时期兼有政治性、科学性和娱乐性因素的翻译文学很受读者的喜爱,小说的地位得到极大的提升,出现了小说的新内容和新文类。

一、清末小说、近代小说与晚清小说

如何命名古典小说至现代小说之间过渡时期的小说?研究和撰写晚清(近代)文学史的学者们对此问题已做出多种界定,不同命名如清末小说、近代小说和晚清小说,它们涵盖着内容不同却有交叉的讨论对象。我们将

《绣像小说》置于晚清中外文学关系下考察,就先要回答什么是晚清小说,它和清末小说、近代小说有怎样的关系。

尽管文学同政治、历史有密切的联系,但文学不能等同于政治、历史,文学有其自身的发展规律和事件标识。以往的研究者着意提出和使用"清末小说"这一概念,是为了讨论随着时代的发展小说所产生的新变。鲁迅的《中国小说史略》是中国第一部小说史,他以八篇文章论述了清代的小说,最末一篇名为《清末之谴责小说》,"光绪庚子(一九〇〇)后,谴责小说之出特盛。……戊戌变政既不成,越二年即庚子岁而有义和团之变,群乃知政府不足与图治,顿有抬击之意矣。其在小说,则揭发伏藏,显其弊恶,而于时政,严加纠弹,或更扩充,并及风俗"①。在鲁迅看来,庚子国变使普通民众认识到清朝已病入膏肓,人们不再相信统治者能够励精图治、自我更新,遂以小说的形式讥刺时事,1900 年可看作"清末"的时间界碑。台湾地区学者王孝廉认同鲁迅的观点,"所谓的'清末小说',指的应该是清末到辛亥革命之前约十年间的小说"②。刘大杰将"清末小说"的时段延伸至清朝最后的二十年,他注意到这一阶段小说极大繁荣,却没有给出清朝最后二十年的小说足以指称清末小说的更加具体、充分的理由。日本学者樽本照雄成立清末小说研究会,编辑出版《清末小说》(年刊,2012 年终刊)和《清末小説通訊》(清末小説から,季刊),从他编写的《清末民初小说研究目录》来看,清末小说始于 1902 年梁启超在日本创办《新小说》杂志,它是"小说界革命"的标识。目前日本学者习惯使用"清末小说"这一概念。

而国内使用较多的是"近代小说"和"晚清小说"两个概念。中国有悠久的史学传统,基本按照朝代更迭和政治变迁来编写历史,这种循环时间观不具有进化论的意义。近代小说的概念随着中国史学"近代"的变化而变化。什么是近代?19 世纪末 20 世纪初,经日本译介的史学观念影响到我国学者对史学分期的认识,如梁启超在《中国史叙论》(1901)中认为历史是记述过去历史的事实,但近世的史家和前者史家所承担的责任不同,前者史家记录事实,近世史家除记录事实,还要说明事实的关系;前

---

① 鲁迅:《鲁迅全集》,北京:人民文学出版社,1973 年版,第 434 页。
② 季啸风:《中国文学研究 台港及海外中文报刊资料专辑》(1986),北京:书目文献出版社,1987 年版,第 64 页。

者史家记录有权力的帝王的更替,近世史家探察国民的经历和相互的关系。① 他参考西洋人对世界史的划分,将中国史分为三个时期:上世史,自黄帝至秦统一六国,为中国之中国;中世史,自秦至清乾隆末年,为亚洲之中国;近世史,自乾隆末年以来的历史,为世界之中国,他认为近世的时代表征是"中国民族合同全亚洲民族,与西人交涉竞争君主专制政体渐就湮灭,而数千年未经发达之国民立宪政体,将嬗代兴起"②。几乎同时,夏曾佑的《中国古代史》(1902)也将中国历史分为上古(草昧至周末)、中古(秦至唐)、近古(宋至今)三期。③ 梁、夏之后,基本确立了以上古、中古、近古划分中国历史的体例,但他们所划分的近古的起始时间都很久远。

政治学、史学对"近代"的宽泛界定,使得文学研究者所说的"近代文学"或"近代小说"的概念显得大而无当。1917 年陈独秀在《文学革命论》中说:"元明剧本、明清小说,乃近代文学之粲然可观者。"他所指的"近代文学"涵盖了元明清三代的文学。1932 年郑振铎在《插图本中国文学史》中认为近代文学始于明世宗嘉靖元年(1522),止于五四运动之前(1918)。④ 以上宽泛的"近代文学"划分显然不符合文学研究的实际,为后人研究所不取。

20 世纪 50 年代,胡绳最早探讨中国近代历史分期问题,他明确地指出"中国近代历史的分期问题是指从鸦片战争到五四运动约八十年的历史如何细分为若干阶段"⑤。根据毛泽东的《中国革命和中国共产党》《新民主主义论》等文,该时期学者们认同"近代"指的是 1840 年到 1919 年之间八十年的历史。和国内史学对"近代"的权威界定相呼应,具有代表性的《中国近代文学大系》就将"近代文学"严格界定于 1840 年至 1919 年之间的八十年的文学。

"晚清小说"的概念也很有活力,它甚至逐渐被认为是更为合适的命

---

① 梁启超:《梁启超中国历史研究法 梁启超中国历史研究法补编》,长春:吉林人民出版社,2012 年版,第 138 页。
② 梁启超:《梁启超中国历史研究法 梁启超中国历史研究法补编》,长春:吉林人民出版社,2012 年版,第 148 页。
③ 夏曾佑:《中国古代史》,北京:东方出版社,2012 年版,第 6 页。
④ 郑振铎:《插图本中国文学史》,北京:北京出版社,1999 年版,第 843 页。
⑤ 胡绳:《中国近代历史的分期问题》,载《历史研究》,1954 年第 1 期,第 5 页。

名。最早将"晚清"与"小说"两个词汇结合起来的著作是 1937 年阿英的《晚清小说史》，但阿英并没有明确界定何谓"晚清小说"，他在开篇只谈到晚清之际小说呈现出空前繁荣的景象，造成这种现象的原因有新闻出版业发达，知识分子认识到小说的重要性，他们写小说抨击时事、提倡维新与革命等。尽管阿英没有进行明确的界定，但他有衡量的标准，该标准分别是各种报纸竞相刊载小说、《小说林》等小说刊物的发行、1897 年严复与夏穗卿合作《本馆附印说部缘起》首次论述小说的重要性等。但到了 1963 年，阿英在《关于晚清小说》一文中却明确地指出"晚清小说，是毛主席所说的旧民主主义时期的小说"[①]。这时阿英所说的"晚清小说"逐渐和"近代小说"等同。

20 世纪 90 年代以来，研究者重新讨论"晚清文学"的界定，它的具体内涵逐渐清晰起来。欧阳健认为"晚清小说"的概念是从阿英的《晚清小说史》沿用下来的，但晚清小说的起始时间与历史学上所划定的 1840 年为近代起始不同。毕竟从历史角度来看，历史学的"近代"一词具有相对性，因而"近代小说"一词不具有科学的、确定的内涵；加之文学的发展同政治、历史的发展不会完全同步，小说创作并未随着 1840 年之后的西学输入、思想界和学术界的变化而发生变化，小说的变化甚至滞后于散文、诗歌的变化，到了 1901 年小说创作才空前繁荣起来，因此"近代小说"一词并不准确。欧阳健认为，清朝最后十年的激烈变革才带来了小说的数量与质量的飞跃，比起晚清小说的起始时间，更为重要的是"晚清小说的本质在于，它是一种有别于传统小说的'新小说'，是二十世纪开端中国大地上自上而下开展的改革维新事业的产物，是广大新小说家在被严复称为'吾国长进之机'的改革形势下，对实现中国的民主富强所交的一份爱国主义的答卷"[②]。同时，"所谓'近代小说'，不等于史家划定的近代史范围内的小说，而是指那些具有'近代精神'的小说"[③]。

王德威也将其称为"晚清小说"，但他讨论的晚清文学涵盖的范围较宽泛，它具体"指的是太平天国前后，以至宣统逊位的六十年；而其流风遗绪，时至'五四'，仍体现不已。……晚清文学发展的高潮，当然以百

[①] 阿英：《阿英全集》（第七卷），合肥：安徽教育出版社，2003 年版，第 732 页。
[②] 欧阳健：《晚清小说史》，杭州：浙江古籍出版社，1997 年版，第 8 页。
[③] 欧阳健：《晚清小说史》，杭州：浙江古籍出版社，1997 年版，第 8 页。

日维新（1898）到辛亥革命（1911）为高潮"①。在他看来，1850年至1911年六十年间，中国文学的创作、出版及阅读出现了前所未见的发展，在传统文学体制内，小说成为最重要的文学种类，诸种文学实验并不比五四逊色。

在相互交织缠绕的晚清小说、清末小说和近代小说等诸多概念之间，本书综合以上各家的看法侧重于选用"晚清小说"。我们认为晚清小说应区别于历史学上框定在1840至1911年之间的近代小说，从时间而言，晚清小说接近于清末小说，指的是1900年之后晚清知识分子创作的小说；从形式而言，它除了单行本，还包括以现代传播媒介如报纸、杂志为载体而随写随刊的小说；从内容而言，晚清小说体现出了讥刺时弊、传播新知、启蒙民众和呼吁改革的"近代精神"或现代性；从艺术性而言，尽管晚清小说数量庞大，而质量参差不齐，大多数小说缺乏文学性，但以晚清四大小说期刊为代表的一批小说起到了承上启下的作用。

二、晚清中外文学交流的背景和实绩

中外文学的双向交流在晚清时呈现出极不平衡的态势②，中国文学在外国的传播、外国学者对中国文学的翻译和研究，远远不及外国文学在中国的传播、接受和研究。外国文学对中国文学的影响和冲击非常明显，它几乎成为改变中国文学面貌的外来动力，使小说这种文体在晚清时受到重视。伴随着民族危机空前的加剧，中国知识分子寻求挽救民族于危亡的步伐加快，从"经世致用"的现实出发，近代中国对外国文化的译介和接受早于对外国文学的译介和接受，而中国文学的变革和文化的变革呈现出胶葛状态。可以说，文学交流更多掺杂着文化的成分。此一时期，中外文学交流有诸多背景条件：

第一，晚清政治腐败，随着鸦片战争、太平天国运动、维新运动、甲

---

① 王德威：《被压抑的现代性：晚清文学新论》，北京：北京大学出版社，2005年版，第1～2页。

② 中国文化对西方文化的影响，比如中国艺术引发了17世纪法国以及18世纪风靡全欧洲的"洛可可（Rococo）运动"，中国的瓷器、漆器、丝绸、绘画、戏剧对欧洲的文化时尚、园林风格、工艺制造和艺术创作均产生过很大影响；中国哲学影响了欧洲著名的启蒙运动，并为其理性精神提供了新的思想资源。参见郭延礼：《近代西学与中国文学》，南昌：百花洲文艺出版社，2000年版，第1～2页。

午战争、义和团运动等一系列重大事件,中华民族危机一步步地加剧。列强除了要求中国割地赔款之外,还建立国中之国,以上海为例,1842年8月29日中英签订《南京条约》,规定广州、福州、厦门、宁波、上海为通商口岸;1843年11月17日上海开埠;1845年11月29日根据《上海土地章程》划定了英租界,规定了华洋分居的原则;1853年的小刀会起义和1860—1862年的太平天国运动客观上改变了华洋分居的格局,变为华洋杂处,1899年上海成为国际公共租界,任何国籍的人均享有居住租界的权利,上海成为清政府的法外之地。清政府已经不能对整个国家实行强有力的统治,中西文化、文学交流就在非正常的状态中展开。

第二,社会政治原因促成时代思潮的变化和中西文化的交往。鸦片战争以前,清政府出于自卫而实行闭关锁国政策,中国是一个自给自足的封建国家,鸦片战争以后中国被迫纳入世界体系里。较早开眼看世界的林则徐、魏源等人意识到将西方的科技斥为"奇技淫巧",只是一种闭目塞听和盲目自大的表现,他们主张"师夷长技以制夷",学习西方的技艺以富国强兵,以抵御外国侵略。洋务运动时期,统治阶级中一些有见识者如奕䜣、曾国藩、左宗棠、李鸿章等人掀起了以"自强""求富"为主要目的的办洋务热潮,主张引进西方先进的科学技术。尤其在甲午战争后,国内资产阶级办铁路、开采矿产、开设工厂,以采用西方先进技术,发展资本主义作为救亡图存的手段。与物质文化相伴而行的制度文化也发生了变化,统治阶级中较为开明的洋务派主张在封建政体不变的前提下,进行一定程度上的改革,到康有为、梁启超、严复等倡导的维新运动时,则热衷于传播西方政治学说,政治态度更为激进。在精神文化层面上,随着西方的天文、地理、生物、化学、物理、历史学、伦理学、教育学、逻辑学、语言学和文学等学科输入我国,也从根本上改变了国人对世界和时代的认识。

第三,西方的机械印刷技术是加快中西文化交流进程的最为重要的物质基础。印刷术是信息保存和传播的主要方式,上海开埠后,商业的繁荣使其经济地位和文化地位日益重要。上海是晚清时最为重要的西学输入基地和出版地,由于引进了西方先进的印刷技术与设备,印刷速度大大加快了,出版变得高效、便宜,新闻出版业很活跃。以中文文学期刊、书籍为例,1910年之前,共出版了文学期刊32种(1872—1910),文学创作书籍 338 种（1902—1910），文学翻译书籍 483 种（1902—1910）①。出版事业的繁荣使文学生产具备商品化和产业化的可能，同时吸引大量的编辑人才和作者参与进来。为拥有持续发展的动力，受西方文化影响，中国出版也产生了近代的稿酬、版税制度，该制度促使退出科举仕途的传统文人选择办刊物、写作作为谋生的职业。如 1899 年，严复的译稿《原富》从南洋公学译书院得到 2000 银两，并在售书中提成 20%，作为译作版权的报酬。②《申报》《点石斋画报》《新民丛报》等报刊都在启事里写明用稿酬劳。③《绣像小说》没有公开征文，稿酬制度不甚明了，但包天笑回忆："李伯元与商务印书馆合办《绣像小说》时，还在商务印刷馆未设编辑所以前，大概李伯元担任编辑，而商务印书馆任印制与发行。……每一起若干元，连编辑费及稿费，包于李伯元的。"④ 可见，稿酬、版税制度的确立是知识分子投身于中外文化、文学交往必不可少的条件。

第四，中国近代的城市化进程，促使市民阶层壮大和新兴市民读者群出现。明朝时中国已出现资本主义的萌芽，鸦片战争后受西方资本主义的冲击，传统的自给自足的小农经济进一步瓦解，农业人口大量进入城市，成为市民。他们同样需要满足精神文化生活，读书看报是一种新鲜而时尚的生活方式，人们通过阅读新闻报纸了解时事，通过阅读抨击清政府腐朽统治的通俗小说发泄心中的愤懑，而文艺杂俎提供了娱乐消遣。在世界、作家、作品、读者的四维互动关系中，市民扮演着作品接受即读者的重要角色，他们的需求使新闻出版业变得有利可图，促使了出版业的繁荣。

---

① 32 种文学期刊有：《瀛寰琐记》1872；《四溟琐记》1875；《寰宇琐记》1876；《侯鲭新录》1876；《海上奇书》1892；《宁波白话报》1903；《智群白话报》1903；《童子世界》1903；《绣像小说》1903；《新新小说》1904；《二十一世纪大舞台》1904；《扬子江》1904；《女子世界》1904；《小说世界日报》1905；《月月小说》1906；《新世界小说社报》1906；《小说七日报》1906；《小说林》1907；《神州女报》1907；《竞立社小说月报》1907；《国学萃编》1908；《新朔望报》1908；《旅客》1908；《时事画报》1908；《火粹花集》1908；《白话小说》1908；《国华报》1908；《灿花集》1908；《小说时报》1909；《十日小说》1909；《南社丛刊》1910；《小说月报》1910。参见邓集田：《中国现代文学出版平台》，上海：上海文艺出版社，2013 年版，第 293～294，367～374，536～546 页。
② 参见叶中强：《稿费、版税制度的建立与近现代文人的生成》，载《上海大学学报》（社会科学版），2006 年第 5 期，第 80 页。
③ 参见张敏：《从稿酬制度的实行看晚清上海文化市场的发育》，载《史林》，2001 年第 2 期，第 90～91 页。
④ 魏绍昌：《李伯元研究资料》，上海：上海古籍出版社，1980 年版，第 497 页。

而中外文学交流尤其是西方文化对晚清文学的影响实绩,表现在以下几个方面:

第一,晚清作家重估了小说地位。中国古代很重视"文"的实用性,常常依靠"文"来选拔官吏和治理国家,将其视为"道"的载体,由于史家将小说视为君子不为的"小道",因而一直得不到重视。如班固《汉书·艺文志》:"小说家者流,盖出于稗官。街谈巷语,道听途说之所造也。孔子曰'虽小道,必有可观者焉,致远恐泥,是以君子弗为也。'然亦弗灭也。闾里小知之所及。亦使缀而不忘。如或一言可采,此亦刍荛狂夫之议也。"班固认为小说的作者是地位卑贱的小官,为统治者收集些闾巷风俗、无可征信的故事,君子不会干这种差事。在"崇实重道"的强大的史官文化背景下,小说即小道成为不刊之论。与史家小说观不同的文家小说观作为一条潜流随着小说创作的发展逐渐壮大,《庄子》的一些篇章"爱奇用虚"已经很接近现代意义上的小说观念,到晚明时期李贽、胡应麟、金圣叹通过文学评点强化了运用想象来表现人生情境、探索心灵奥秘的小说观念。[①] 晚清文学受到外来文学的影响,小说的地位发生了改变,小说不再是不足以登大雅之堂的"小道",人们意识到小说在文学、文化上的价值,它承担着"化民"的作用。

第二,晚清翻译文学的兴盛。我国很早就有翻译活动,西汉刘向的《说苑·善说》就记载了鄂君子晳请人翻译《越人歌》,汉唐时期还有大规模的佛经翻译,明清之际传教士进行教义翻译,但严格意义上的翻译文学始于近代。[②] 中国文学家比政治家开眼看世界落后了半个世纪,西洋的军舰大炮、法律政治没有改变中国作家的文学观念,打破传统文学一统天下的是域外文学的传入,从1840—1896年域外文学仅译介了七部(篇),还

[①] 参见王汝梅等:《中国小说理论史》,杭州:浙江古籍出版社,2001年版,第1~10页。
[②] 郭延礼:《近代西学与中国文学》,南昌:百花洲文艺出版社,2000年版,第175页。

都没有太大的影响。①

  1898年梁启超提出了"小说界革命"，呼唤"新小说"的诞生，除了作家的创作，还出现了周桂笙、吴梼、包天笑、黄人等翻译家构成的群体，他们翻译国外小说，引进新的文类。1902年《新小说》在日本横滨诞生，梁启超率先将日本的政治小说引入中国，1902—1907年成为译介政治小说的黄金时期。英、法、俄等国的侦探小说含有政治性、科学性和娱乐性的因素，译者有意将侦探和中国的探案联系起来，国外的侦探小说受到了读者的普遍欢迎，其引入的速度快、范围广、数量多。翻译家借译介科幻小说开启民智，成为传播科学的新形式。教育小说对"新学""新政"思想的传播也起到了作用。晚清翻译小说的繁荣是不争的事实，但当时主要是从政治功利性的角度引进翻译，而非从文学审美的角度，因此很多二三流的小说也成为翻译家的选择。

  第三，连载小说的传播形式促成了中国小说的文体变革。近代工商业的繁荣和都市文化的兴起也带动了新闻、报刊事业的繁荣，由于报刊面向广大的公众群体，它们必须在一定程度上迎合广大读者的趣味，做到传播内容的新颖性、趣味性和多元性，因此很多新闻性的报纸开辟文艺副刊，以吸引读者。从樽本照雄先生编撰的《清末民初小说目录》来看，当时的文艺副刊非常多，比如《中华新报》《万国公报》《大陆报》等新闻性的报纸刊载了《黄金遗嘱》《逼债寓言》《辫发》等小说②，新闻报刊刊载文艺作品，可以有效地增加报刊的销售量，起到吸引商业广告的作用。

  中国传统的章回体小说便于随写随刊，在关键处中断，为小说留有"空白"以吸引读者继续阅读，随着章回小说的继续发展，其"说书"色彩慢慢弱化，成为可以用来"阅读"的小说形式。有的小说还借鉴西方小

---

  ① 参见陈平原：《中国现代小说的起点：清末民初小说研究》，北京：北京大学出版社，2005年版，第25~26页。七部（篇）小说为：《意拾寓言》《伊索寓言，英文、中文、拼音三者对照本》，罗伯特·汤姆译，1840年刊于《广东报》，后由广学会刊行；《谈瀛小录》（斯威夫特《格列佛游记》第一部分），刊于《申报》1872年4月15日至18日；《一睡七十年》（欧文《瑞普·凡·温克尔》），刊于《申报》1872年4月22日；《昕夕闲谈》，蠡勺居士译，连载于1873年至1875年《瀛寰琐记》第三至二十八期；《安乐家》，1882年画图新报馆译印；《海国妙喻》（《伊索寓言》），1888年天津时报馆代印；《百年一觉》（《回头看》），李提摩太译，1894年广学会出版。

  ② 参见樽本照雄：《清末民初小说目录》，大津：清末小说研究会，2014年第6版，第1412、181、183页。

说不分回,并任意地中断情节,不顾及读者阅读小说时的完整性,但这表明报刊小说逐步探索适应纸媒传播的小说形式。长篇小说连载的"话柄"写作形式,使整部小说缺少整体构思,造成美学效果不足的缺陷,因此对文学质量有要求的报刊偏爱征集短篇小说,从而促成短篇小说文体的发展。

三、晚清"新小说"与引进新文类

晚清知识分子看重小说移风易俗的作用,他们提倡更新小说的内容,译介和引进了西方的政治小说、教育小说、科幻小说和侦探小说等文类,《绣像小说》也刊发了一些新文类。

(一)侧重于内容革新的晚清"新小说"

1840年以来,中国社会面临的最大的问题是民族独立和国家富强,知识分子在文化上要呼应这一时代主题,就应主动承担起教化民众、启发民智的责任。维新运动的倡导者梁启超率先提出了"新小说"的问题,晚清知识分子以创作和翻译的实绩纷纷地响应这一号召,从而改变了整个中国文学发展的面貌。

1902年11月4日(光绪二十八年十月初五),梁启超在日本创办了期刊《新小说》,他在创刊号上发表了《小说与群治的关系》一文,一反过去轻视小说的传统,率先举起"小说界革命"和"小说为文学之最上乘"的大旗,在此文中他认为小说能够以不可思议的熏、染、刺、提四种力量支配着人道,从而实现革新道德、宗教、政治、风俗、学艺、人心和人格的目的,比起其他文学体裁,小说浅显易懂、愉悦有趣,更容易为受众所接受,小说的感染力远远胜过其他文学体裁。人们想超越现实局限进入他人和他方的境界,心中所想与小说描写的情境产生共鸣之时,就会深深地为作者叫好,被小说吸引。梁启超虽然强调小说所具有的艺术审美功能,但这种审美功能仍是为晚清政治服务,有极强的政治功利色彩,在他看来,旧小说反映的都是状元宰相、佳人才子、江湖盗贼、妖巫狐鬼等内容,使人们变得趋炎附势、轻薄无行、争强斗狠和困于迷信,因而必须对小说的内容进行革新，提倡创作和译介对时代发展有所裨益的"新小说"。①梁启超看重小说对社会风气具有潜移默化的功能，他将此功能的正面和负面的导向作用进行了极端化的论述，小说水平的高下成为影响甚至决定社会风气的重要因素。

由于"新小说"有政治功利性的目的，梁启超特别看重政治小说的译介和创作。他在1898年12月23日（光绪二十四年十一月十一）的《清译报》第1册上刊载了《译印政治小说序》，他一方面认为中国的小说不够庄重，因为"厌庄喜谐"是人之常情，读者都乐于看一些滑稽作品，教化读者的作品也采取劝百讽一的方法，小说在中国本属于下九流，即使优秀的作品像《水浒传》和《红楼梦》也不过是诲盗诲淫之作。另一方面认为中国识字的人里不读经史的多，而不读小说的少，小说学在中国"殆可增七略而为八，蔚四部而为五者矣"②。他对起源于欧美的政治小说极为推崇，认为欧美各国政治变革开始时，有大学问和大志向的人将自身经历、心中抱负和政治观点寄托于小说，政治小说一旦面世就受到社会的各阶层如学子、兵丁、市侩、农氓、工匠、车夫马卒、妇女和童孺的关注，影响到全国对政治时局的认识。政治小说对美国、英国、德国、法国、奥地利、意大利、日本等国的政治进步有显著的功劳。

梁启超对小说功用的夸大性认识成为晚清知识界的共识。夏曾佑在《绣像小说》第3号发表的《小说原理》一文中认为阅读宗教、道德、科学等书籍是对品行、智慧、名誉、利养有所裨益的"有所为而为之事"，而阅读章回、散段、院本、传奇等小说是"无所为而为之事"，人类贪图享乐的天性使不同的书籍有了不同的难易程度，从易到难分别为画、小说、史书、科学书、经文，但比较而言，"画有所穷者也；史平直者也；科学颇新奇，而非尽人所解者也；经文皆忧患之言，谋乐更无取焉者也；而小说为人所乐，遂可与饮食、男女鼎足而三"③。夏曾佑将阅读小说视为人的天性，同谋求温饱和繁衍后代一样重要。他认为"作小说有五难"：写小人易，写君子难；写小事易，写大事难；写贫贱易，写富贵难；写实

---

① 参见郭绍虞等：《中国近代文论选》（上卷），北京：人民文学出版社，1981年版，第157~161页。
② 郭绍虞等：《中国近代文论选》（上卷），北京：人民文学出版社，1981年版，第156页。
③ 李伯元：《绣像小说》（第三期），上海：上海书店，1980年版。

事易，写假事难；叙实事易，叙议论难。① 由此他认为晚清小说家若将近十年所见的新闻实事进行艺术的整理加工，就能成为绝妙的小说。虽然写作小说有种种难处，但为了输入新的文化，除了小说别无他途。

这一时期响应梁启超"小说界革命"的号召，提升小说地位的文论还有王无生发表在《月月小说》第9号上的《论小说与社会改良之关系》，他在开篇叙述15、16世纪，英国伊丽莎白女王命令、支持文人写作小说、戏曲，选择有益于人心的作品，予以刊行。这一时期对应着中国的元、明之交②，中国也出现了施耐庵、王实甫、关汉卿、康武功③等作家，也出现了传奇小说。东西方小说同时盛行，结果却不同，中国的小说如《水浒传》《金瓶梅》和《红楼梦》将人间的疾苦和隐情深埋在文字中，通过委婉的方式告诉读者，而不善阅读的读者难以理解作者的用心，以"海淫"与"盗目"读书，小说没有起到良好的教育功能。因此，王无生作为晚清有识之士，他有感于救国、改良社会的紧迫性，而提倡改良小说，认为："今日诚欲救国，不可不自小说始，不可不自改良小说始。乌在其可以改良也？曰是有道焉：宜确定宗旨，宜划一程度，宜厘定体裁，宜选择事实之于国事有关者，而译之著之。"④

因此，中国的"新小说"是指1902年至五四新文学运动之间，由梁启超率先倡导"小说界革命"，继而在晚清小说家和文论家纷纷响应之下，出现的改良社会风气、教育民众，以实现救国目的的小说。这一时期，期刊编辑者热衷于从题材角度对"新小说"进行标示和分类，突破了中国传统小说无明显标示的做法，1075篇新小说标示的名目达到202种之多⑤，尽管类别划分交叉、模糊，并不十分科学，但总体上显现出三个特点：第一，社会小说、政治小说、历史小说、冒险小说、科幻小说和侦探小说等成为人们喜闻乐见的小说类别，创作和翻译实绩十分突出。第二，"新小说"类别的划分标准明显倾向于内容，而非形式，也就是说中国的"新小

---

① 参见李伯元：《绣像小说》（第三期），上海：上海书店，1980年版。
② 原文为："夷考十五、六世纪，适为吾国元、明之交"，此处时间不符合历史事实，元代为1206—1368年，明代为1368—1644年。
③ 康武功，即明代戏曲作家康海，陕西武功人，作有杂剧《中山狼》等。
④ 郭绍虞等：《中国近代文论选》（上卷），北京：人民文学出版社，1981年版，第224页。
⑤ 参见陈大康：《关于"晚清"小说的标示》，载《明清小说研究》，2004年第2期，第126页。

说"偏向于对内容的革新。第三，新的小说内容也需要新的小说形式来适应，晚清新小说的形式也在潜移默化中悄然改变。

（二）从异域引进的小说新文类

尽管在中西方的文学史上，晚清的"新小说"和西方的"新小说"是风马牛不相及的两回事，它们之间没有影响与被影响的关系，但晚清"新小说"井喷式的繁荣仍在一定程度上受到了异域文学的影响，郭延礼认为西方文化的输入影响了晚清文学观念、文学思想的变革，而文体的变革最为显著，比如古代小说类型中缺少政治小说、科幻小说、侦探小说和教育小说，它们均是在异域文学的影响下萌芽和繁荣起来的。①

1. 政治小说（Political novels）

梁启超从日本借用了"政治小说"的概念。何谓政治小说？斯庇尔教授认为："政治小说是以写观念为主的一种散文故事：比如说关于立法机构，及关于经世活动的理论。其中，作者的主要目的，是宣传政党、改良社会，或是暴露支持政府的人们的生活及构成政府的诸势力。"② 梁启超在《译印政治小说序》一文中言简意赅地指出政治小说即"政治之议论，一寄于小说"③，他还认为"政治小说之体，自泰西人始也"④。可见政治小说的源头并非日本，而是"泰西"。一般认为，政治小说源自19世纪的英国，由著名的文人首相本杰明·迪斯雷利（Benjamin Disraeli，1804—1881）创造，他写有社会问题小说《维维安·格雷》（Vivian Gray，1826—1827），航海小说《波帕尼拉船长的航行》（The Voyage of Captain Popanilla，1831）。他比较重要的著作《阿拉克斯伯爵的悲剧》（The Tragedy of Count Alarcos，1839）和《科林斯比》（Coningsby，1844）都是政治小说，反映了迪斯雷利的政治思想和抱负。⑤ 同迪斯雷利一样出任过国民议员的通俗小说家布韦尔·李顿（Bulwer Lytton，1803—1873）也创作政治小说，比如他在俄国著名画家卡尔·布留洛夫（Karl Bryullow，1799—1852）的画作《庞贝

---

① 郭延礼：《中国前现代文学的转型》，济南：山东大学出版社，2005年版，第109～110页。

② 仇红：《政治小说：梁启超对日本近代文学的选择》，天津师范大学硕士学位论文，2001年，第2页。

③ 郭绍虞等：《中国近代文论选》（上卷），北京：人民文学出版社，1981年版，第156页。

④ 郭绍虞等：《中国近代文论选》（上卷），北京：人民文学出版社，1981年版，第155页。

⑤ 参见维基百科英文版：迪斯雷利（Benjamin Disraeli）。

的末日》的启发下创作了政治小说《庞贝的末日》(The Last Days of Pompeii, 1834)。①

以上两位英国作家对日本政治小说产生了极大的影响,这和1874年日本爆发的自由民权运动密不可分,政治与小说的联姻自始至终都存在功利性,小说不再是壮夫不为的游戏之作,而成为对内争"民权"、对外争"国权"的手段。19世纪80年代在日本形成了译介西方政治小说的热潮,1879年丹羽纯一郎将迪斯雷利的《科林斯比》翻译为《春莺传》,1884年李顿的《欧内斯特·马尔特拉瓦斯》(Erest Maltravers, 1837)日译为《花柳春话》,狄更斯和大仲马的政治小说,如《法兰西革命记·自由凯歌》《自由空梦》在这一时期也被翻译到日本。② 翻译之外,日本作家也尝试创作政治小说,户田钦堂(1850—1890)的《情海波澜》是日本第一篇政治小说,此后十余年间明治时期的政治小说有220~250部(篇),其中最有影响的是矢野文雄(龙溪)所作的《经国美谈》(1883)、柴东海的《佳人奇遇》(1885)等。③

1898年维新运动失败,梁启超流亡日本期间,阅读了日本翻译和创作的政治小说,他除了写作《译印政治小说序》《论小说与群治的关系》等理论文章,还自己创作了政治小说《新中国未来记》,小说写了一个未完成的梦,人们幻想维新成功,在未来的1962年举办60年的庆典大会(1902—1962),但主张君主立宪的黄克强和主张法兰西式革命的李去病展开了激烈的争辩,小说仅写了五回,并没有写完。李伯元虽然不赞同梁启超的政治主张,但他对"小说界革命"做出了积极的响应,《绣像小说》所刊载的小说可归入政治小说的有《卖国奴》《回头看》和《珊瑚美人》,在这些政治小说中作家塑造了关心政治、爱国的人物形象。

2. 科幻小说(science fiction)

科幻小说也是从域外引进的文类。1818年英国玛丽·雪莱(Marry Shelley, 1797—1851)的《弗兰肯斯坦》(Frankenstein)出版,这是世

---

① 参见维基百科英文版:《庞贝的末日》(The Last Days of Pompeii)。
② 参见严绍璗:《中日文化交流史大系·文学卷》,杭州:浙江人民出版社,1996年版,第375页。
③ 参见王向远:《二十世纪中国的日本翻译文学史》,北京:北京师范大学出版社,2001年版,第13~14页。

界上第一部科幻小说，它讲的是生命科学家弗兰肯斯坦创造了一个面貌丑陋但秉性善良的无名氏科学怪物，开始怪物和他的创造者和平共处，还充满感恩之心，但后来怪物要求和人类有同等待遇，弗兰肯斯坦觉得厌烦，而怪物懂得了仇恨，他杀死了科学家的弟弟，还想谋害科学家的未婚妻，最后科学家和怪物同归于尽。

但一般认为法国儒勒·凡尔纳（Jules Gabriel Verne, 1828—1905）是"科幻小说之父"，他的代表作品有《格兰特船长的儿女们》（Les Enfants du capitaine Grant, 1865—1867）、《海底两万里》（Twenty Thousand Leagues Under the Sea, 1866）、《神秘岛》（The Mysterious Island, 1834）、《气球上的五星期》（Five Weeks in a Balloon）等。凡尔纳也是世界上被翻译的最多的作家之一。1900 年世文社出版凡尔纳（译为房朱力士）的《八十日环游记》（The Extraordinary Journeys: Around the World in Eighty Days），由薛绍徽译出，共 37 回。[①] 随后凡尔纳的科幻小说在中国形成了译介热潮，1902 年卢籍东译《海底旅行》，1903 年鲁迅译《月界旅行》，梁启超译出了《十五小豪杰》；1904 年包天笑译《秘密使者》。至 1919 年止，已有凡尔纳的作品近 20 种。[②]

晚清翻译家们怀着开启民智、传播科学技术的目的，大量译介科幻小说，促成我国科幻小说的产生。1904 年我国有了第一部科幻小说，即荒将钓叟的《月球殖民地小说》开始在《绣像小说》上连载，它受到了凡尔纳《气球上的五星期》的影响，小说描写了一个文明的月球，以对比晚清社会的腐败。《月球殖民地小说》和纯粹征服自然、畅想科技的西方科幻小说仍有很大的差别，这也正是我国科幻小说的民族特色。中国代表性的科幻小说还有 1905 年上海小说林社出版的东海觉我（徐念慈）的《新法螺先生谭》[③]；1908 年上海小说林社出版的碧荷馆主人编《新纪元》（二十

---

① 参见樽本照雄:《清末民初小说目录》，大津：清末小说研究会，2014 年第 6 版，第 80 页。
② 参见施蛰存:《北山散文集》，上海：华东师范大学出版社，2011 年版，第 1550 页。
③ 参见樽本照雄:《清末民初小说目录》，大津：清末小说研究会，2014 年第 6 版，第 3896 页。

回，未完）①；1908年我佛山人（吴趼人）的《光绪万年》②等。《绣像小说》上刊载的科幻小说《梦游二十一世纪》《月球殖民地小说》《幻想翼》等向国民介绍科技知识，浸透着对未来美好世界的向往。

3. 侦探小说（Detective Story）

侦探小说同样属于一种外来的小说文类。西方最早的侦探小说是1841年爱伦坡（Edgar Allan Poe, 1809—1849）的《莫格街谋杀案》(The Murders in the Rue Morgue)。1898年《时务报》英文编辑张坤德率先将侦探小说引入中国，他翻译了五篇，分别为《英国包探访喀迭医生案》《英包探堪盗密约案》《记伛者复仇记》《继父诳女破案》和《呵尔唔斯缉案被戕》，后四篇译自英国柯南·道尔（Arthur Conan Doyle, 1859—1931）的侦探小说。③此后，侦探小说成为晚清翻译小说中最热的体裁类型，阿英说："当时一家，与侦探小说不发生关系的，到后来简直可以说没有，如果说当时翻译小说有千种，翻译侦探要占五百部上。"④

晚清翻译家们积极译介侦探小说的主要原因有：第一，侦探小说通俗易懂，在西方的传播面最广，读者最多，晚清翻译家们当然容易注意到它。第二，晚清大量引进侦探小说，它和我国的公案小说在揭开谜团上有相通之处，但侦探小说彰显了科学、法制和人的价值，一定程度上契合了晚清知识分子所宣扬的科学和民主的思想，政治氛围也是侦探小说得以繁荣的土壤。第三，侦探小说讲究叙述技巧，如何制造、叙述和揭开"悬念"，是创作者必须精心考虑的问题。中国传统小说习惯使用第三人称的全知视角，又被称为"上帝视角"，叙述者能够洞悉人物、事件的方方面面，而来自异域的侦探小说大都使用第一人称的限制性视角，并且侦探有一个和读者一样并不那么聪明的朋友或助手。比如柯南·道尔的侦探小说由大侦探福尔摩斯的助手和朋友华生作为叙述人，觚庵认为"因华生本局外人，一切福之秘密，可不宜先宣，绝非勉强。而华生既茫然不知，忽然

---

① 参见樽本照雄：《清末民初小说目录》，大津：清末小说研究会，2014年第6版，第3915页。

② 参见我佛山人：《光绪万年》，载《月月小说》，1908年第13期。该小说标榜为"理想科学语言讽刺诙谐小说"。

③ 参见孟丽：《翻译小说对西方叙事模式的接受与应变——以〈时务报〉刊登的侦探小说为例》，载《理论导刊》，2007年第11期，第128页。

④ 阿英：《晚清小说史》，北京：人民文学出版社，1980年版，第186页。

罪人斯得，惊奇自处意外。截树寻根，前事必需说明，事皆由其布局之巧，有以致之，遂令读者亦为惊奇不置"①，侦探过程由华生来叙述，他作为局外人，留有视点的"盲区"，而案情侦破之后再由福尔摩斯倒叙讲来，读者会觉得故事在意料之外和情理之中，这种不同于中国小说的写法就引起了晚清小说家和读者极大的兴趣。第四，侦探小说塑造了形象生动的人物，福尔摩斯沉默寡言、不善交际，但有非常敏锐的眼睛和擅长推理的大脑，能捕捉事物的细节，而华生性格温和，是很好的倾听者。

中国的侦探小说家从译介国外的侦探小说起步，如程小青翻译了柯南·道尔的《福尔摩斯探案》、孙了红翻译了法国勒卜朗的《侠盗亚森罗频》，而后逐步走上创作侦探小说之路。因此，尽管中国有公案小说，但侦探小说确实是舶来品。《绣像小说》较早地向国内译介侦探小说，它们塑造了典型的智者形象，他们知识丰富、长于推理，独立于司法体系之外，比如男爵夫人奥姐《三疑案》中的"角落里的老人"（结绳异人），他推测到真相也不会去向警方报告，其破案的目的是满足个人兴趣，而不是为了伸张正义。

4. 教育小说（Bildungsroman）

传统小说中没有教育小说这一分类。中国的教育小说是在晚清"新学"的背景下发展起来的，维新运动前后新式教育诞生，各地中小学学堂建立，关注教育事业的民众激增，教育小说也成为译介的热门体裁。教育小说是18世纪启蒙运动时期起源于德国的一种文学体裁，歌德的《威廉·麦斯特》（Wilhelm Meister）是第一部有代表性的教育小说，教育小说有两层含义：一是明确的和有针对性教育的小说（novel of education），如卢梭的《爱弥儿》（Emile）和裴斯泰洛齐（Johan Heinrich Pestalozzi，1746—1827）的《林哈德与葛笃德》（Lienhard and Gertrud）；二是广义的关于主人公成长的个人成长小说（novel of personal development），即从人生的一个阶段转到另一个阶段。② 西方的教育小说同时具备这两种含义。晚清时译介的教育小说有苦学生译《苦学生》（1903），朱树人译《冶

---

① 黄摩西：《小说林》（第五期），上海：上海书店，1980年版。
② Thomas L. Jeffers. The Bildungsroman from Goethe to Santayana. New York: Palgrave Macmillan, 49.

工轶事》(1903)①、包天笑译《儿童修身之感情》(1905)、《爱国幼年会》(1906)、《馨儿就学记》(即意大利亚米契斯《爱的教育》,1909)② 等。

  在译介国外的教育小说的推动下,晚清小说家也开始反思中国教育出现的严重问题,比如教育不普及、教育的内容远离现实生活、科举取士造成学风浮躁和腐败等。他们创作、发表了很多教育小说,比如吴蒙的《学究新谈》(1905—1907)、悔学子的《未来教育史》(1905)、雁叟的《学界镜》(1908) 等,这些小说表现了人们对教育改革抱着强烈的愿望。沈子圣在《绣像小说》上刊发的《学究新谈》里有一套自己的教育理念,他认为教育应包括体育、德育和智育,他是多年留学国外、学成归来的教育家形象。《未来教育史》也想为读者提供一幅进步教育的蓝图,但是没有刊完。

  总之,中国"新小说"具有与生俱来的功利性,它规定了小说的内容要有助于实现新民、新学和救亡图存的目的,作家和译者从外国的类型小说中找到共鸣,看到解决晚清社会各方面缺陷的途径和希望,因而向民众译介这些文类的小说,并模仿和创造了更加符合国情的小说。这些小说里充斥着异域文化,而异域文化被具化为一个个有意味的形象,能使读者更直观地感受到。

第二节　晚清中外文学关系视域下的《绣像小说》

  晚清中外文学关系视域下的《绣像小说》整体上反映出一个众声喧哗、动荡不安,同时孕育着磅礴生机的世界,从编辑者、著者和译者的角度来看,他们身处中西文化碰撞、交流与融合的上海,必然具有中西文化双重的视域,这对他们从事报刊编辑、成为职业作家和翻译家起到了很重要的作用;从具体作品来看,涉及异域书写的小说或非小说都表现出了不同于传统文学的质素,比如出现了新的带有异域色彩的内容,而教育小

---

① 参见郭延礼:《中国前现代文学的转型》,济南:山东大学出版社,2005 年版,第 118 页。
② 参见陈思和:《构建中国现代文学多元共生体系的新思考》,上海:复旦大学出版社,2012 年版,第 55 页。

说、政治小说、科幻小说、侦探小说等新文体的引入丰富了中国的小说体裁。

一、编辑者、作者及译者的视域与身份

《绣像小说》的编辑者及作者李伯元，为期刊撰写、翻译稿件的作者吴沃尧、刘鹗、连梦青和夏曾佑，及有明确署名的译者吴梼等人，他们从事文学创作与翻译既能谋生、娱情，也能唤醒民众。他们或多或少地接触了西方文化，无论他们的政治立场有何差异，对引进或抵制西方文化持有何种态度，他们都以《绣像小说》为平台，将他们对异域的认识、想象通过创作或翻译小说呈现给读者，并用绣像插图向晚清民众传播西方科学技术、政治观念、军事斗争或文化习俗，使《绣像小说》呈现出东西并陈、新旧交杂的面貌。

（一）编辑者李伯元具有中西文化双重视域

人们大都看到李伯元具有深厚的中国文化素养，是持改良立场的传统文人，但忽视了他站在晚清社会发展的十字路口上，又在开埠较早的上海从事传媒工作，文人特有的敏感和得天独厚的条件也使他接触了一些西方文化。虽然李伯元的文化视野比不上鲁迅、茅盾、老舍、巴金等现代小说家，但他比传统小说家多了一个西方文化视域，该视域在他的办报生涯和小说创作中发生了奇妙的化合作用。

中国文论从孟子以来就有"知人论世"的习惯，《绣像小说》之所以呈现出现在的样貌，与编者李伯元在其短暂的人生经历中所持有的文化视域、办刊理念分不开。《官场现形记》为李伯元赢得了晚清文学史的巨大声名，同时也遮蔽了他作为晚清一代知识分子的丰富性，他绝不仅仅等于《官场现形记》的作者。虽然李伯元在晚清小说四大家中居于首位，但他的生平家世仍有很多未解决的问题，如欧阳健所言："李伯元的生平都搞清楚了吗？没有。有好多资料在散失，好多资料有待发现。"[①]

李伯元名宝嘉，别名宝凯、小名凯，别号南亭、南亭亭长、游戏主人、讴歌变俗人、芋香、北园等，江苏武进（今为常州）人。他的人生经

[①] 欧阳健：《李伯元的定位及其他》，载《明清小说研究》，2013年第1期，第157页。

历可以分为三个阶段:

第一阶段为中国传统文化累积期,从1867年(同治六年)李伯元生于山东开始,到1892年(光绪十八年)回到常州为止。李伯元六岁失怙,由时任济南知府的堂伯李冀清(字念仔)抚养,随堂兄弟、侄辈一起在家中私塾读书。1882年他读完四书五经,多才多艺,"念仔先生督教极严,伯元之母亦不稍予姑息,以是伯元学业精进,擅制艺、诗赋、能书画,供词曲,精篆刻,余如金石、音韵、考据之学,无不触类旁通"①。扎实的文化素养和文艺才能为他日后成为文坛翘楚打下基础。1886年李伯元成为秀才并补廪贡生,越二年乡试败北,1889年李念仔为其捐官候补,李伯元已无意功名而未去报到。

第二阶段为西方文化视域的拓展期,从1892年李伯元随同李念仔回到常州开始,至1896年赴上海办报为止。1894年李念仔去世,"伯元内伤门庭的多故,外感国势之阽危,慨然有问世之志"②,独立谋生也成为他必须考虑之事。1895年在家乡闲居时,李伯元从传教士学习英文,这段经历拓宽了他的文化视野。

第三阶段为辉煌的办报、创作期,从1896年李伯元赴上海开始,至1906年逝世为止。《指南报》于6月6日由西商所创,李伯元是主笔,以骈文写就的《谨献刍忱》中说:"主人乃熟谙体例之西商,指点更征完备,故不惜指引,创为指南报馆。"③在办报观念上,他也接受了西方近代新闻观念的影响:

有闻必录,千蹄不为多,或握要以图,一夔而亦足。惟愿遵懿范于朝廷,无违功令;慬步趋于铅椠,恪守尺绳。语不离宗,无矜奇而炫异;事求至是,无黜实而蹈虚。无恃笔锋犀利,儗人不伦;无矜词语鸿裁,陷入非义。……休夸绮藻丰缛之工,力臻简质清刚之体。言归忠耿,纵逆耳而不辞;事在直陈,即犯颜而不避。按时势以立言,无营兔穴;即隐情以昭晰,勿破狐疑。④

---

① 李锡奇:《李伯元生平事迹大略》,载《雨花》,1957年第4期,第32页。
② 李锡奇:《李伯元生平事迹大略》,载《雨花》,1957年第4期,第32页。
③ 薛正兴:《李伯元全集》(第五卷),南京:江苏古籍出版社,1997年版,第26页。
④ 薛正兴:《李伯元全集》(第五卷),南京:江苏古籍出版社,1997年版,第26页。

也就是说《指南报》以有闻必录、追求新闻真实、遵守规定但是又维护正义为办报的指导思想，并具体说明了办该报的六大益处：

一以采万国之精彩焉；二以增朝廷之闻见焉；三以扩官场之耳目焉；四以开商民之利路焉；五以寄寰海之文墨焉；六以寓斯民之风化焉。①

创办《指南报》未及一年，1897年李伯元首仿西人另办了被张乙庐誉为"小报界牛耳"的《游戏报》，该报的命名和内容编排皆受西方文化的影响。他在《论〈游戏报〉之本意》中说："《游戏报》之命名，仿自泰西。"② 西方文艺理论中的"游戏说"最早由康德在《判断力批判》中提出，康德将文学和艺术的起源归结于"游戏"，艺术的真谛在于自由，在这一点上，艺术与游戏是相通的。

我们无从寻绎李伯元从何处接受"游戏说"，他所说的"游戏"和康德的游戏说并不相同，存在着一定的文化误读现象，但李伯元存有游戏的心态是可以肯定的，在他看来"庶天地间之千态万状，真一游戏之局也"③，恒舞酣歌、乐为故事本为关心时事的人们所不屑，《游戏报》却"以开花榜为首事"④，每年四次以"才色品艺"为标准为青楼女子排名，李伯元戏拟西方民主选举制度，先推荐青楼女子的名单，并结合了中国科举制度以投票多少确定状元、榜眼、探花各三甲的名次，别开生面的花榜、武榜、叶榜等"艳榜三科"成为沪上小报的一大景观，其热烈程度超出了李伯元的预期。

从报刊生存需要出发，《游戏报》以市场为导向，投市民趣味之所好，李伯元强调"游戏文字"有合理性和重要性，同时他清醒地认识到古今皆然，不以为玷的游戏文字"或托诸寓言，或涉诸讽咏，无非欲唤醒痴愚，破除烦恼。易取其浅，言取其俚，使农工商贾，皆得而观之"⑤。在玩世的表象之下隐藏着醒世之心，诙谐短文优于迂腐且背时的"经济文章"，

---

① 薛正兴：《李伯元全集》（第五卷），南京：江苏古籍出版社，1997年版，第26~27页。
② 薛正兴：《李伯元全集》（第五卷），南京：江苏古籍出版社，1997年版，第26~27页。
③ 薛正兴：《李伯元全集》（第五卷），南京：江苏古籍出版社，1997年版，第27页。
④ 薛正兴：《李伯元全集》（第五卷），南京：江苏古籍出版社，1997年版，第70页。
⑤ 薛正兴：《李伯元全集》（第五卷），南京：江苏古籍出版社，1997年版，第28页。

有后者所达不到的功效,从《游戏报》刊登谐文《碰和解》可以看出,李伯元借娱乐活动"叉麻雀"的碰和而发挥论述道:"礼之用,和为贵,故中华偶被外国一碰,便尔讲和。自春秋魏绛和戎,一脉相传,以迄今日。"① 他谐谑地解说了麻雀牌中的东、南、西、北、中、发、白板,以喻晚清中国的形势。显然,他所说的"游戏"与西方无目的的合目的性无关,而是有着非常强烈的目的性。

1901年(光绪二十七年)3月,李伯元在《游戏报》办得有声有色之时,却将它以"铺底"价格售出,而另办了《世界繁华报》。前人对此决定的评价,有三种代表性的说法:一是吴沃尧评论李伯元在创办《游戏报》获得成功之后,效仿者有十多家,但都望尘莫及,"君笑曰:一步何趋而不知变哉!"于是他先人一步创办《繁华报》。二是张乙庐认为随《游戏报》之后而起的《寓言》《采风》等报的主笔及其友人皆有著作,"名骎骎驾于《游戏》。(李)氏惧,复创立《繁华报》,体裁仿《中外日报》"。三是欧阳健认为李伯元作此决策的主观原因是其知机知变的性格,客观原因是国内外形势变化,1900年,庚子事变举国震惊的情势直接催化了他"首持公论,力任开化"② 的报人责任和"不随世运为转移,不窥祸福而趋避"③ 的办报宗旨。虽然阿英根据《世界繁华报》的内容:讽林、艺文志、野史、官箴、北里志、鼓吹录、时事嬉谈、谭丛、小说、论著等类,将其定位为"消闲"的小型报纸④,但欧阳健不同意这样的定位,他认为"《繁华报》之'别树一帜',首先体现在报名由'软性'的'游戏',改为具有时代性的'世界繁华',说明李伯元其实已心注世界之大格局,并从这一大格局中来观察谛视中国的社会现实,显示了办报宗旨的变化"⑤。再从创作实绩来看,《世界繁华报》刊载了李伯元的《庚子国变弹词》《官场现形记》等小说,它们慷慨激昂、笔伐深刻,已经突破了主文而谲谏的《游戏报》风格,不再是游戏文字。

1903年(光绪二十九年),在李伯元的思想发生深刻变革之际,他得

---

① 薛正兴:《李伯元全集》(第五卷),南京:江苏古籍出版社,1997年版,第55页。
② 魏绍昌:《李伯元研究资料》,上海:上海古籍出版社,1980年版,第52页。
③ 魏绍昌:《李伯元研究资料》,上海:上海古籍出版社,1980年版,第52页。
④ 魏绍昌:《李伯元研究资料》,上海:上海古籍出版社,1980年版,第457页。
⑤ 欧阳健:《晚清小说史》,杭州:浙江古籍出版社,1997年版,第54页。

到聘任为商务印书馆主编的机会，创办和主编了半月刊《绣像小说》，该刊于1903年5月1日开始发行，共发行72期。在第1期《本馆编印〈绣像小说〉缘起》中，他谈创办《绣像小说》启迪民智的必要性时，格外推崇欧美重视小说的风气，因为小说对民众精神起到了感化、教化的作用：

　　欧美化民，多由小说；搏桑崛起，推波助澜。其从事于此者，率皆名公巨卿，魁儒硕彦。察天下之大势，洞人类之颐理，潜推往古，预揣将来，然后抒一己之见，著而为书，以醒齐民之耳目。或对人群之积弊而下砭，或为国家之危险而立鉴，揆其立意，无一非裨国利民。支那建国最古，作者如林，然非怪谬荒诞之言，即记污秽邪淫之事，求其稍裨于国，说书唱歌，感化尤易①。

接下来他谈《绣像小说》的主要内容，既包括国内小说家的创作，也包括来自欧美和日本等国的翻译之作：

　　本馆有鉴于此，于是纠合同志，首辑此编。远摭泰西之良规，近挹海东之余韵，或手著，或译本，随时甄录，月初两期，藉思开化夫下愚，遑计贻讥于大雅。呜呼！庚子一役，近事堪稽，爱国君子，倘或引为同调，畅此宗风，则请以此编为嚆矢。著者虽为执鞭，亦忻慕焉②。

从中我们能够看出，《绣像小说》作为文学刊物从创刊之初并非旨在审美，它师法欧美，提升小说的地位，通过创作或翻译来"远摭泰西""近挹余韵"，有着非常强的"裨国利民"的现实功利目的，旨在唤起民众的爱国之心。《绣像小说》所刊内容十之九为小说，十之一为杂文（传奇、弹词、版本、时调和杂记等）。《绣像小说》中的作品大都逐回绣像，多刊名著，作品对清政府的昏庸和帝国主义的侵略表示不满，着重宣传资产阶级改良思想。因此，阿英在《清末小说杂志略》中评价说："所刊者，又皆以能开导社会为原则，除社会小说外，极少身边琐事，闺阁闲情之著

---

　　① 薛正兴：《李伯元全集》（第五卷），南京：江苏古籍出版社，1997年版，第159页。但1980年上海书店翻印的《绣像小说》第一期未见到这篇《缘起》。
　　② 薛正兴：《李伯元全集》（第五卷），南京：江苏古籍出版社，1997年版，第159页。

作。若《文明小史》《活地狱》《老残游记》《邻女语》《负曝闲谈》《扫迷帚》等，均足以说明一时代之变革。"[1]

（二）李伯元的社会身份与文化身份

1. 社会身份：报人小说家

社会身份（social status，或社会地位）是指"人们在一定的社会制度、社会结构中所处的地位的外在标志。在封建等级社会中，有身份的一般是统治阶级中的贵族，被统治阶级地位低下，身份卑微。在现代社会中，身份仍反映人们的社会地位的等级差别，更主要地表现在人们的职业角色，即工作职务职位的不同"[2]。林顿（R. Linton）将社会身份分为两种，一是"基于出身的地位"，它是人生下来由家庭财产、家庭关系、性别、年龄所决定的；二是"基于业绩的地位"，它是凭借后天努力而得到的，为各种职业、财富、权利和教育等所确定。英克尔斯（Alex Inkeles）将两者分别称为"先赋地位"（ascribed status）和"自致地位"（achieved status）。[3] 而库恩（Manford H. Kuhn）和麦克帕兰（Thomas S. McPartland）对社会身份的测试研究至今仍具有典型性，他们要求被试者对"我是谁"这个问题给出20种不同的答案，结果发现被试者在对社会身份的各种指代中广泛提到的是性别和职业。[4]

传统中国是以农业文明为主导的社会，它具有社会阶层稳固、人员流动性不强的特点，先赋地位常常决定和伴随人们的一生。但在晚清的社会转型时期，传统的社会经济结构被打破，引起了各种职业的流动、产生或消亡，人们获取自致地位的可能性大大增加。我们通过前人为李伯元撰写的人生传记，来探讨他在晚清社会关系处于何种位置。这些人与李伯元有不同程度的亲疏关系，为他作传也有不同的立场、目的、认识水平，使众说纷纭的传记呈现出三种叙述方式：

---

[1] 张静庐辑注：《中国近代出版史料初编》，北京：中华书局，1957年版，第109页。

[2] 韩玉敏等：《新编社会学辞典》，北京：中国物资出版社，1998年版，第407页。

[3] 参见王康：《社会学词典》，济南：山东人民出版社，1988年版，第236～237页。此处认为"身份"和"地位"同义，根据是"有什么样的社会地位，也就有什么样的社会身份。个人在社会中的威信、声望，是由他的社会地位以及他的实际表现和他对社会的实际贡献所决定的。因此，在英克尔斯的著作中，将'身份'与'地位'连用，认为'身份—地位'是社会公认的称呼"。

[4] 参见 Manford H. Kuhn, Thomas S. Mcpartland. An Emprical Investigation of Self-attitudes, American Sociological Review, Vol. 19 (1), 1954, 68—76.

第一种叙述方式是他生前好友吴沃尧（吴趼人）的小说笔法，吴沃尧描摹李伯元的语言、神态，并饱含感情地表达作传者对朋友英年早逝的哀痛，"呜呼，君之才何必以小说传哉，而竟以小说传，君之不幸，小说界之大不幸也"①。吴沃尧认为李伯元的声名得以流传有赖于小说创作，但他并不是从职业的角度来看待李伯元的社会身份。

第二种叙述方式是鲁迅、胡适、李锡奇等人或详或简地介绍李伯元在文学史上的主要贡献，如主办过《指南报》《游戏报》《世界繁华报》《绣像小说》等报刊，并在这些刊物上发表过《官场现形记》《庚子国变弹词》《文明小史》《活地狱》等作品。他们笔下的李伯元仅是一个客观的叙述对象，还不具备鲜明的职业形象。

第三种叙述方式则是在前人的研究基础上，从李伯元的创作出发，深入作家的内心世界，弥合他在人生关键时刻所作选择的缝隙和裂谷。如欧阳健认为李伯元投身报业在谋生之外，是出于拳拳爱国之心，是耻于趋炎附势的自觉行为，"从身份上讲，李伯元不是梁启超那样的时代巨子，而是处于政治漩涡之外的普通人物；他的人生价值在于作为一名职业报人和职业小说家的成功事业和开创一代风气的广泛影响"②。欧阳健从职业角度明确指出了李伯元的社会身份，即报人和小说家。陆克寒认为李伯元的人生的基本趋向是从旧式士人转变为近代都市职业文人③，强化了他的社会身份。

我们将作为个体的李伯元置于社会活动和社会关系的整体中体察，就会发现其报人小说家的职业是他的社会身份的表征。该社会身份决定了他在社会生活中必将形成一种行为模式，它既与报人小说家自身所处的地位相一致，也符合社会的期望。晚清报人是将报业作为职业的从业者，他们是新闻出版业中最具有活力的重要组成部分。报人的职业素养要求他们有明确的办刊理念，充分地了解市场，能准确定位读者群体，有发行和营销的策略。李伯元是一位有丰富经验的报人，他在办《游戏报》等报纸时已积累了丰富的编辑经验，到创办《绣像小说》时，他能准确地将普通民众而非精英阶层定位为刊物的受众，该刊物因具有图文并茂的丰富内容、低

---

① 魏绍昌：《李伯元研究资料》，上海：上海古籍出版社，1980年版，第10页。
② 欧阳健：《晚清小说史》，杭州：浙江古籍出版社，1997年版，第48页。
③ 陆克寒：《李伯元评传》，南京：江苏人民出版社，2012年版，第2页。

廉的价格和广泛的行销点等特点而持久地吸引读者，使它在晚清四大小说期刊中发行时间最长。

进入出版业的晚清小说家不再像传统文人那样将写作当成怡情养性、孤芳自赏的爱好和乐趣，他们积极参与新闻出版市场进行创作，或以写作作为谋生的职业，或以写作作为"救国"的手段，这些既有传统文化基础、又受西方文化思想影响的文人壮大了职业写作的队伍，他们的价值观、道德观和审美观直接影响了小说创作的语言、题材、主题和表现形式等。李伯元作为多产的小说家，承担着繁重的写稿任务，主办的《绣像小说》中随写随刊的作品有《文明小史》《活地狱》《醒世缘弹词》等，这些作品或讽刺虚假文明的丑恶现象，或揭露司法的黑暗，或反对封建迷信，均具有独特的价值。

李伯元报人小说家的双重身份，具有一种过渡的性质。过渡性使该职业具有不容忽视的弱点，李伯元超负荷的工作量不仅对自身的健康造成危害，他本人因此英年早逝，也造成了刊物愆期、写作质量不高，甚至由人代笔的缺陷。《绣像小说》刊登的作品，有的不署著者、译者的本名而署号，有的干脆连号也不署，则说明编辑者和撰稿人尚未形成成熟的著译权意识。因此当时尽管存在报人、小说家的既成事实，但包括李伯元在内的时人对自己的社会身份并没有明确的认识，这就是吴趼人没能指出李伯元的社会身份的原因。而职业报人与职业小说家的社会身份从无到有、从不明晰到明晰，则是后人建构出来的。虽然我们说李伯元双重社会身份具有一种过渡性质，但是"过渡性"并不会减损其重要性，以李伯元为代表的一批晚清报人小说家已走在时代前列，开了一代的风气。

2. 文化身份：批判与认同

从文化传播的角度来看，"知识分子是文化的人格化代表，也是文化传播的主体。从文化传播学的角度考察知识分子不但是文化（当作观念意识形态的文化）的生产者和创造者，也是文化的载体和文化传播的媒介"[①]。李伯元作为具有代表性的晚清知识分子处在政治秩序瓦解、崩溃，中学与西学、新学与旧学正相交替的时期和文化氛围中，他经历着深刻的思想文化危机，他所从事的编辑和创作工作既反映了时代思潮又裹挟着很

---

① 王继平：《近代中国与近代文化》，北京：中国社会科学出版社，2003年版，第165页。

多文化信息，因此很有必要讨论李伯元的文化身份（cultural identity）。英语中同一个 identity 对应着汉语中两个有区别的词汇，分别是"身份"和"认同"。身份是名词，是指"某个个体或群体据以确认自己在特定社会里之地位的某些明确的、具有显著特征的依据或尺度，如性别、阶级、种族等等"①；认同是动词，是指"寻求一种文化'认同'的行为"②，文化身份和文化认同虽不同，但它们是相互联系的问题。

李伯元在深受西方文化冲击的上海开创办报事业，办报理念也取法泰西，具有中西文化的双重视域，但他并没有张开双臂拥抱新文化（文明），而以怀疑的眼光打量新旧文化碰撞下产生的光怪陆离的现象，同时他既辛辣地批判旧体制，也拒斥激烈的社会革命，20世纪五六十年代的学者们一度将他的意识形态斥为改良主义者的保守、落后和反动③，李伯元复杂的思想让我们不由得思考：在社会历史转型期，他如何选择自己的文化身份？

李伯元出身官宦世家，自幼受到严格而良好的中国传统文化教育，在他科举之路受挫之后，他的伯父从前途计议而为他捐了廪贡生资格，他也有机会通过应征经济特科而跻身官场。但在晚清社会的变动时期，伯父去世之后，他却脱离自己所属的阶级、阶层和群体，进入带有资本主义性质的新闻出版业，成为一位报人。他被有着相似经历的吴沃尧（吴趼人）称为"征君"，征君或征士本来指的是有学行的士人被诏，是对被征召者的尊称。但崇尚名节的士人往往以不应征为荣，征君就有了不受朝廷征聘的士人之意，如范晔《后汉书》卷三十五："宪初举孝廉，又辟公府，友人劝其仕，宪亦不拒之，暂到京师而还，竟无所就。年四十八，终，天下号曰征君。"④ 晋代颜延之《陶征士诔》："有晋征士寻阳陶渊明，南岳之幽居者也……有诏征为著作郎，称疾不到。"⑤ 同样，李伯元不愿意受朝廷

---

① 阎嘉：《文学研究中的文化身份与文化认同问题》，载《江西社会科学》，2006年第9期，第63页。
② 阎嘉：《文学研究中的文化身份与文化认同问题》，载《江西社会科学》，2006年第9期，第63页。
③ 参见赵娟茹：《李伯元〈文明小史〉研究的回顾与前瞻》，载《燕山大学学报》，2015年第1期，第62~66页。
④ 范晔：《后汉书》（第六册），北京：中华书局，1965年版，第1745页。
⑤ 颜延之：《颜延之诗文选注》，合肥：黄山书社，2012年版，第179页。

征辟，表明了他要远离政治漩涡，成为边缘人的政治态度，他由传统社会的士人转变为近代自由知识分子的先行者。

近代自由知识分子先行者与传统社会士人的区别在于，前者不是封建官僚阶层的成员，不依附于政权，不以进入仕途为实现人生价值的唯一目标，他们在创办的教育、新闻、出版、商行等新兴行业中重新找到自己的位置，因而对政权持有批判的姿态，从而在理论和实践两方面都承担着文化生产、传播的角色。李伯元不为官场所羁绊，在报业中拥有独立的经济地位和社会地位，使他能够以西方文化之借镜来自由、独立地观照中国文化。虽然他深谙中国文化的优缺点，但对西方文化并不熟稔（只曾向传教士学习英文），中西两重视域的深度和广度在他那里表现得极不平衡，从传统士人向知识分子先行者的转变，及西方文化视域的介入并未给他带来文化认同的危机。如耿传明所言，被命名为"谴责小说家"的职业文人如李伯元、吴沃尧等人，"从文化性格上来说，他们属于一种'开明的保守派'，'开明'表现为他们都认识到变革的必要性；'保守'则主要体现为以'传统'批判'现代'"[①]。

李伯元将文化批判的目标锚定于官场体制，他在《官场现形记》里对当时各种匪夷所思的官场怪现象进行了尖锐批判，在《文明小史》里他以不凡的笔力描写"假维新"的怪相和乱象，经西方文化熏染过的中国文化在文明的进程中失去本根、流于表面的刺眼和可笑，但同时他对晚清体制改良还抱有希望，在《文明小史》里借姚士广老先生之口说："我们有所兴造，有所革除，第一须用上些水磨工夫，叫他们潜移默化，断不可操切从事，以致打草惊蛇，反为不美。"[②] 他既反对康、梁等人激烈的维新变法，也反对义和团的暴力革命，而坚守着传统的道德理想，通过反迷信、反缠足、反鸦片、传播科学新知等启蒙活动重建新文化。

（三）其他著译者的身份与视域

《绣像小说》的撰稿人除李伯元之外，还有一个为之供稿的作家和翻译家群，晚清四大小说家中的吴沃尧（吴趼人）和刘鹗均在《绣像小说》

[①] 耿传明：《"开明的保守派"——"谴责小说"作家群的文化性格考察》，载《天津师范大学学报》（社会科学版），2006年第6期，第55页。

[②] 李伯元：《绣像小说》（第一期），上海：上海书店，1980年版。

上发表作品。但大部分的作者和译者的真实姓名和生平事迹无从查考，如洗红盦主、荒江钓叟、旅生、悔学子、姬文、支明、吴蒙、杨德森等。从有姓名且生平可考的小说家和翻译家来看，尽管他们的秉性、立场各有差异，但在社会急剧变化的转型期都表现出家国意识和忧患意识。

《绣像小说》所刊创作小说的作者或多或少都有西方文化的视域，只是在作品中表现的深浅程度不一。

第一类小说家依循传统旧小说的内容和形式进行创作，西方文化视域对他们的创作基本上没有影响。如欧阳钜源（1883—1907），江苏苏州人，名淦，字巨元，号茂苑惜秋生、惜秋生、惜秋、蘧园等。他的寿命短暂，只活了25岁，文学创作的时间也不长。但他从小就很擅长撰写文章辞赋，写得又多又快，他曾在上海协助李伯元编辑《绣像小说》，并在李伯元去世后续写《文明小史》。他创作的小说《负曝闲谈》记事由一人而起，又随着人物活动的结束而终止叙事，转写其他人物，小说中的登场人物身份分别为文人士子、杂佐、买办、出洋人员、维新人物、朝廷官员等；他们在公园、烟馆、学堂、市集、戏院、青楼、衙门、朝廷等场所活动；地域涉及江浙、上海、广州、北京；小说主要反映了晚清腐朽的社会风气和黑暗的政治，拘泥于写实和谴责，并不具备现代意识。欧阳钜源是一位有才华的剧作家，编写的戏曲有《维新梦传奇》《玉钩痕传奇》等。因此欧阳钜源属于传统的旧文人。

第二类作家对西方文化的了解在小说创作中有所体现。吴趼人（1866—1910），原名吴沃尧，字小允、后改趼人，又名宝震，自称我佛山人，广东南海（今广州）人。十七八岁在上海以撰写小品、短文和创办《消闲报》《采风报》为生，后旅居山东和日本。1903年，他为梁启超主编的《新小说》撰写长篇小说。1905年春，在汉口任美商英文《楚报》的中文版编辑，后辞职返回上海。1906年，他创办《月月小说》，同时期撰写的作品都发表在这个刊物上。他在不到10年的创作生涯中写了三十多种作品，如《二十年目睹之怪现状》《九命奇冤》《两晋演义》《电术奇谈》《上海游骖录》《劫余灰》《新石头记》《最近社会龌龊史》。吴趼人因谴责小说《二十年目睹之怪现状》而广为人知，而一些少有人知的探索性小说妙趣横生，比如他的《新石头记》借拟旧的形式写谴责和科幻的内容，小说讲的是贾宝玉来到了20世纪，经历过晚清上海、北京和湖北的动荡之后，无意中到了"文明世界"，目睹了先进的社会制度和发达的科学技术，最后他发现"文明境界"的缔造者是甄宝玉，遗憾自己入世补天的愿望无法实现，便再次归隐。另外他的《电术奇谈》是将日本著名小说家菊池幽芳原著、东莞方庆周译述的作品进行衍义，樽本照雄认为衍义得非常成功，一是没有改变原作的情节，二是增加了主人公的心理状态、故事伏笔和对于金钱的描写①，由此可以窥见吴趼人有深厚的创作功底。他署名为"茧叟"发表于《绣像小说》的《瞎骗奇闻》是一篇抨击封建迷信的传统小说。

刘鹗（1857—1909），字云抟、云臣、铁云，别署洪都百炼生，江苏丹徒人，有过目不忘的才智，广富才学，研究数学、医学、水利学、音律，精于鉴别金石文物，文学创作是业余爱好。他出身官宦家庭，有从政的经历和能力，但并不热衷于封建的科举功名。他为人侠义、狷介，是太谷教的入室弟子，有明确的哲学思想和信仰。在他看来，"道"是慈悲喜舍②的统一，学道要能成，就得明道和行道，因而他在治河、兴办实业等事业上用力极勤，体现出一生都积极承担着"教"与"养"太谷学派的分工。尽管随着时局的变化，他已认识到清廷是一艘岌岌可危的大船，但他仍忠于清廷，而在对"北拳南革"的论述中激烈地反对革命、贬低义和团运动。刘鹗具有西方文化的视域，他接触西学的途径较多，如 1893 年为兴办实业而受聘于英商赴公司山西煤矿；1902 年间与任华人经理；与外国外交官私交甚好，来往密切；追随他的门徒如丁问槎、江伯渔、常伯琦等人精通英语；他也阅读翻译小说，如梁启超特意将自己翻译的儒勒·凡尔纳的科幻小说《十五小豪杰传》寄给他题签③等，西方视域对他的影响不仅表现在对科学精神的追求上，还表现在艺术创造上，他的小说《老残游记》里抒情风格、游记散文的形式和非情节化的因素与异域小说散文

---

① 参见樽本照雄：《清末小说研究集稿》，济南：齐鲁书社，2006 年版，第 148 页。
② "念无量众生苦集无既而不能救，此道人之大悲也；明知其不能救而必欲登一世于春台，此道人之大慈也；念亿万众中我独得阿耨多罗三邈三菩提，此道人之大喜也；可度之众生以智力度之，不可度之众生以断力绝之，此道人之大舍也。慈悲喜舍，缺一非道。"参见蒋逸雪：《刘鹗年谱》，济南：齐鲁书社，1980 年版，第 11 页。
③ 参见刘德隆等：《刘鹗及老残游记资料》，成都：四川人民出版社，1985 年版，第 143～209 页。

化、诗化的方向趋于一致。①

连梦青，生卒年不详，原名连文澂②，字慕秦，浙江钱塘人，翁同龢的弟子。他由光禄寺卿王幕陶保举经济特科，和李伯元不同，他参加了考试，初试通过，复试后却不见其名，遂在上海任编辑。连梦青、刘鹗、李伯元、吴趼人等人是相识并往来的朋友。1902年2月至1903年6月连梦青转而受聘于英敛之的天津《大公报》，任主编，因受沈荩案件的牵连而逃回上海，在刘鹗的帮助下开始笔墨生涯。1903年10月，他卷入李伯元主办的《世界繁华报》揭露张香全在国民丛书社内狎妓一事，而被人打。在吴趼人纪实性的小说《近十年之怪现状》第五回里连梦青化名为"秦梦莲"。1919年5月26日，翁同龢15周年祭，门人孙雄（1866—1935）召集同门在北京陶然亭公祭，各人赋诗以悼念，结成《瓶社诗录》，连梦青的诗歌表达了对恩师不肯侍奉清廷的敬仰：

昔时报国忠君志，素甲银涛恨未消。
传说三篇良弼梦，屈原一部美人骚。
已知亡国由藜祸，岂肯贪功事牝朝。
我辈师门营俎豆，且携角黍把鬼招。③

连梦青的政治态度在《绣像小说》作家群里算是很激进的，他的《邻女语》（十二回，未完），译述《商界第一伟人》，载于《绣像小说》，署名为"忧患余生"④。

---

① 参见徐鹏绪：《论〈老残游记〉的艺术形式革新》，载《东方论坛》，1995年第2期，第53页。
② 陈大康、王学钧等学者认为是"文澂"，张纯认为是"文徵"。参见陈大康：《中国近代小说史料——〈绣像小说〉中的小说史料编年》，载《文学遗产》（网络版），2014年第2期；王学钧：《李伯元年谱》，见薛正兴：《李伯元全集》（第五卷），南京：江苏古籍出版社，1997年版，第190页；张纯：《连梦青与天津〈大公报〉》，载《清末小说から》，1990年第3期，第11～13页。
③ 张纯：《连梦青与天津〈大公报〉》，载《清末小说から》，1990年第3期，第13页。
④ 《邻女语》是否为连梦青的作品，国内尚存在争议，蔡铁鹰及陆楠楠认为该作的作者是刘鹗，而非连梦青。参见蔡铁鹰：《〈源委〉的真与伪：〈老残游记〉成书"资助说"质疑——兼论〈邻女语〉作者为刘鹗》，载《淮阴师专学报》（哲学社会科学版），1991年第3期；陆楠楠：《刘鹗应为〈邻女语〉作者考论》，载《中国现代文学丛刊》，2012年第3期。鉴于以上两篇均为推论，并无实证，本文采用陈大康的观点，即连梦青为〈邻女语〉的作者。

《绣像小说》上刊载了唯一一篇文学理论作品《小说原理》，署名别士，这是夏曾佑的笔名。夏曾佑（1865—1924），字穗卿、遂卿，浙江钱塘（今杭州）人。光绪进士，曾任泗州知府、两江总督文案，参与过维新变法运动。作为文艺评论家，他是小说理论的积极探索者，是"诗界革命"和"小说界革命"的主倡者之一。他的《小说原理》认为写小说有五易五难："一、写小人易，写君子难。二、写小事易，写大事难。三、写贫贱易，写富贵难。四、写实事易，写假事难。五、叙实事易，叙议论难。"[①] 这其实涉及作家的阅历和思想对文学创作的影响。《小说原理》还回顾了小说的发展，并认为弹词是有韵律的小说。作为诗人，夏曾佑早期的诗歌主要反映维新时期的社会生活，表达对局势的忧虑和希望挽大厦于将倾的愿望，诗作一百余首，但少有流传，目前可见到的较好的版本是《夏曾佑穗卿先生诗集》[②]。

《绣像小说》所刊翻译小说，署名的有专职外国文学翻译家吴梼。吴梼（？—1912），字丹初，号亶中，浙江钱塘（今杭州）人。他精通日语，译作多由日语转译。1904 年，他开始翻译生涯，他翻译的德国著名小说家苏德曼（H. Sudermann, 1857—1928，吴氏译作苏德蒙）的小说《卖国奴》、波兰小说家显克微支（吴氏译作星科伊梯）的《灯台守》和美国著名小说家马克·吐温（吴氏译作马克多槐音）的《山家奇遇》，均发表在《绣像小说》上。但最著名的译作是俄罗斯文学[③]，如莱蒙托夫的《银纽杯》（今译《贝拉》，为《当代英雄》的片段），契诃夫的《黑衣教士》和高尔基的《忧患余生》（今译《该隐和阿尔乔姆》）。吴梼的翻译态度认真，译作文笔也很优美。

以上署名或未署名的作家和翻译者，以《绣像小说》为平台构成了一个"舆论共同体"，就共同关注的晚清社会现实各抒己见，他们的经历、眼界和思想立场不同，使得《绣像小说》刊载的作品呈现出多元化的特点，有的反思文明，有的呼吁改革，有的暴露黑暗，有的传播科学，有的

[①] 李伯元：《绣像小说》（第三期），上海：上海书店，1980 年版。
[②] 参见夏丽莲：《夏曾佑穗卿先生诗集》，台北：文景书局，1997 年版。夏曾佑是夏丽莲的先祖。
[③] 郭延礼：《近代西学与中国文学》（上卷），南昌：百花洲文艺出版社，2010 年版，第 209 页。

寄托审美理想……但总体来看，这些小说以《绣像小说》为传播平台，揭露社会黑暗、反对封建迷信、启发民智，起着"觉世"的作用。

二、《绣像小说》中涉及异域书写的作品

《绣像小说》"代表了晚清小说期刊的最高文学成就，同时也是研究晚清文学史、文化史、社会史的珍贵资料"。它刊发的作品数量众多、内容庞杂，可分为三十六种小说（包括一部弹词）、三种传奇、三种戏曲和六种杂俎，其中半数以上的小说都配有绣像。812幅绣像均依据小说的情节画出，可视为晚清社会活灵活现的写生画。本书主要讨论《绣像小说》中的"异域书写"，因而不涉及异域书写的文学和图像将不做讨论。

（一）涉及异域书写的小说类作品

《绣像小说》刊发的小说类作品按其来源，分为十九种创作小说（包括一部弹词）和十七种翻译小说。

1. 创作小说

创作小说包括《文明小史》《活地狱》《老残游记》《邻女语》《负曝闲谈》《瞎骗奇闻》《扫迷帚》《痴人说梦记》《玉佛缘》《花神梦》《月球殖民地小说》《市声》《苦学生》《学究新谈》《未来教育史》《世界进化史》《泰西历史演义》《商界第一伟人戈布登轶事》和《醒世缘弹词》（第一期名为《俗耳针砭弹词》）。① 这些小说有的讽刺维新乱象，有的着意反映监狱黑暗与朝廷腐败，有的介绍国外新政及科技，有的揭露学界弊端，有的抨击旧社会轻视妇女，有的演述外国历史，有的畅想域外和未来的文明……都旨在暴露晚清社会现状，寄托对未来世界的理想。其体裁有社会小说、历史小说、科幻小说、教育小说和商业小说。

社会小说有三部：《文明小史》，署"南亭亭长著、自在山民加评"，连载于1903年5月27日至1906年7月23日②第一至五十六期，一直占据各期的首位。全书共六十回，除第三十一回无绣像，其余各回每回前配有绣像2幅，共118幅。李伯元写作的《文明小史》是晚清第一部以"文

---

① 根据《绣像小说》第三期夏曾佑的《小说原理》，他认为弹词属于小说，区别只是弹词有韵，而小说无韵。

② 《绣像小说》的发行有愆期现象，本书中所署的作品发表的时间均来自陈大康《中国近代小说史料——〈绣像小说〉中小说史料编年》，《文学遗产》（网络版），2014年第2期。

明"为题、为"文明"写史的小说，它是《绣像小说》的开篇力作，以1900年庚子事变后处于动荡、变革中的中国社会为背景，广泛深入地描写了西方文明引进中国后被接纳、抵制、扭曲的过程，揭露了清廷官吏的守旧、昏庸，以及假借维新之名图谋升官发财的社会风气。

《世界进化史》，署著者为"惺菴"，连载于1906年7月27日至1907年1月30日第五十七至七十二期，共二十二回，未完。小说实录办学堂、办工业、办编译所等情况，展现了晚清社会的改良进化，同时揭露了科场、官场的腐败，成功刻画了两个重要的人物形象：维新派名士庄来生和官僚名士姬又丹。

《邻女语》，署"忧患余生著"，连载于1903年10月5日至1904年10月27日第六至十、十三、十五至二十期，共十二回，未完。欧阳健、陈大康等学者认为忧患余生是连梦青的笔名，此说尚存有争议。小说写的是庚子事变后，江苏镇江府丹徒县的爱国豪杰金不磨变卖祖产，进京赈济灾民，沿途目睹各级官吏、洋人的苟且和残暴，而人民饱尝苦难，"除金不磨所目见的事实外，大都出自各地女性的报告，如听隔板尼姑谈话，隔壁女性悲唱，邻店女东怕赈灾大员的小语等等"[①]，故名"邻女语"。

历史小说有一部：《泰西历史演义》，署"洗红盦主演述"，连载于1903年5月27日至1905年7月23日第一至十三、十五至二十一、二十三至二十五、二十九、三十八期，历史小说，共三十六回。1906年商务印书馆出版单行本，署著辑者为"中国商务印书馆编译所"。该小说围绕拿破仑、华盛顿、彼得等历史人物，记述18世纪以来的法国大革命、英国海外殖民、美国独立战争和俄国政治改革，以及其他国家的近代历史，对法国、美国的民主制度颇加赞赏，肯定彼得的政治改革，也揭露其扩张野心。该小说为演义体，以史实为基础，辅以文学描写，还载有彼得的遗嘱等史料。

科幻小说有两部：《痴人说梦记》，署"旅生著"，连载于1904年8月28日至1906年4月18日第十九至三十、三十五至四十二、四十七至五十四期，共三十回。作品中有三条线索：贾希仙历经苦难，终于成功地开发了仙人岛，建立起一个美丽富饶的国家，这是作者的理想。宁孙谋、魏

[①] 阿英：《阿英全集》（第八卷），合肥：安徽教育出版社，2003年版，第52~53页。

淡然上维新奏本，受到朝廷重用，后由于旧势力的迫害而被迫出逃，此二人分别影射康有为和梁启超。黎浪夫代表孙中山，他策动起义，却遭失败。这三种人物的成败得失表明了作者的政治理想，他既不赞成改良，也不同意革命，而把希望寄托在空幻的理想之上。

《月球殖民地小说》，署"荒将钓叟著"，连载于 1904 年 11 月 26 日至 1906 年 10 月 6 日第二十一至二十四、二十六至四十、四十二、五十一至六十二期，共三十五回，未完，配有 40 幅插图。该小说写的是湖南人龙孟毕携家眷前往南洋，因沉船，夫妻失散又分别被救，八年后龙孟华在日本人玉太郎的帮助和陪伴下，乘着气球前往纽约、伦敦、非洲、印度和赤道的一些岛屿寻找妻子，最后终于找到，合家团圆的故事。作家怀着对祖国的热爱讴歌发达的文明社会，嘲讽野蛮的落后社会，对大众的愚钝感到痛心疾首，抨击驻外领事不能保护华侨的正当利益，传播医学、天文学、科学知识。这部小说描写了可飞翔的气球，被认为是我国第一部科幻小说，它受到凡尔纳《气球上的五星期》的影响。

教育小说有三部：《未来教育史》，署"悔学子著"，连载于 1905 年 10 月 21 日至 1905 年 12 月 2 日第四十三至四十六期，共四回，未完。小说描写了苏州阊门外的黄率夫看望在镇江学堂教书的朋友周萍生，两人讨论教育问题，周认为当下要紧的是有一群志同道合的老师，这样能避免教出党同伐异的学生，黄认为当务之急是开启民智。周萍生将新教育观念传播给世伯陈由章，陈有所感悟。黄和周又一起拜访奇女子王阿辛，王认为教育要从树立道德入手，不能从兴办实业教育入手，黄持相反的观点。小说还写了江宁府江浦县的范善迁严格对待学生，遭遇家长袒护，他不知如何是好。

《学究新谈》，署著者为"吴蒙"，连载于 1905 年 12 月 28 日至 1907 年 1 月 30 日第四十七、四十八至五十一、五十五至七十二期，共二十五回，未完。该小说写出了晚清学界的种种新象，及新象萌生中存在的旧态。殷咄空告诉夏仰西要废八股、兴学校的时代思潮，夏仰西在旧学办不下去要投湖自尽时被表弟沈子圣搭救，子圣夫妻供给仰西吃用，助他学习新学，成为教育名家。沈子圣和鲁子输是正面的"学究"形象，他们寄托着作者的"教育救国"的理想。小说对借新学名目所泛起的各种渣滓，也进行了批判、讽刺。第四回仰西的梦幻描写了一个美好的乌托邦社会，也表现出作者不愿"轻动干戈"的改良主义立场。

《苦学生》，未署著者名，连载于1906年10月5日至1906年12月12日第六十三至六十七期，共十回。小说讲的是中国留美学生黄孙和文琳在异域遭受歧视和驱赶的遭遇，抨击了驻外的中国官员，黄孙学成而文琳堕落的故事。小说将此故事嵌入杞忧子的梦境，第一回杞忧子梦到一群白蚁和黄蚁夺食，团结而有秩序的白蚁战胜了内讧的黄蚁，小说具有象征性意义。

商业小说有一部：《商界第一伟人：戈布登轶事》，署"忧患余生述"，连载于1903年10月5日至1904年10月27日第六至八、十一、十四期，这部小说讲述了英国商人戈布登家世、戈布登幼时、戈布登经商之始、戈布登之家难等内容。

在这十九部创作小说中，有十部小说涉及"异域书写"问题，它们将是本书讨论的对象。还有九部创作小说和弹词不涉及异域书写，如暴露晚清社会和官场现实的《负曝闲谈》，侧重表现学界怪相的《未来教育史》，揭露监狱黑幕的《活地狱》和反对封建迷信的《瞎骗奇闻》、反对歧视女性的《花神梦》和《醒世缘弹词》等小说和弹词，这些小说不涉及涉外书写，故不是本书研究的关注点。

2. 翻译小说

《绣像小说》共刊出翻译小说十七种，分别为《卖国奴》《灯台卒》《山家奇遇》《理想美人》《斥候美谈》《珊瑚美人》《小仙源》《梦游二十一世纪》《汗漫游》《环瀛志险》《生生袋》《幻想翼》《天方夜谭》《回头看》《三疑案》《俄国包探案》《华生包探案》。这些小说有的描写政治的波谲云诡，有的描绘美好的乌托邦社会，有的彰显西方的冒险精神，有的针砭淘金梦，有的展现人类的逻辑推理能力。体裁有政治小说、军事小说、社会小说、冒险小说、科幻小说和侦探小说。

政治小说有三部：《卖国奴》（今译《血爱》《猫桥》或《猫路》），署"德国苏德蒙原著"，连载于1905年3月19日至1905年12月28日第三十一至三十三、三十七至四十八期，套用中国传统章回小说形式，分为十六回。1906年4月商务印书馆出版单行本时署"登张竹风①原译，吴梼重译"。苏德蒙即赫尔曼·苏德曼（Hermann Suderman，1857—1928），该小说写的是1812年德法战争期间史那特男爵将法国军队领入德国领土，以组织德国入侵波兰，遂成为卖国奴，而他的儿子史约西是抗法的英雄，史约西查清父亲的死因后，选择为保卫国家而战，以洗刷家族的耻辱。

《回头看》（今译《回顾》），署"美国威士原著"，标为"政治小说"，连载于1905年3月11日至1905年7月23日第二十五至第三十六期，套用中国传统章回小说形式，分为十四回。小说第一句为"在下姓威士"，译者误将叙述人当成作者，其实该小说的作者是美国作家爱德华·贝拉米（Edward Bellamy，1850—1898）。②小说讲的是出生于1857年的"我"在结婚前夕被医生催眠，由于发生意外而未被及时唤醒，遂来到21世纪，体验全新的波士顿城的社会制度、生产制度，"我"所经历的显然是一个梦幻，表达了作者空想改良主义思想。

《珊瑚美人》，署"日本青轩居士原著"，标为"政治小说"，连载于1905年3月11日至1905年9月9日第二十七至三十一、三十三至四十一期，共二十回。1906年商务印书馆出单行本时署"日本三宅彦弥原译，商务印书馆编译所重译"。该政治小说写1821年法国的王室重新取得政权，欧洲革命党计划继续对抗，争取民主自由。笪家弥将军的爱子笪学熙是王室的守卫官，一天夜晚却离奇死亡，包探陆克亚奉命查找真凶，他探访学熙时常出没的葛若美夫人的赌场，发现了要推翻王室的珊瑚党。小说纯用白话，情节离奇。

军事小说有一部：《斥候美谈》（How the Brigadier Slew the Fox），署"科楠岱尔撰，日本高须梅溪③译意，钱塘吴梼重演"，标为"军事小说"，刊载于1907年1月30日第七十二期，为《绣像小说》的殿军之作。它是柯南·道尔（Arthur Conan Doyle，1859—1930）的短篇小说集《吉拉德历险记》（The Adventures of Gerard）中的一篇，小说开篇以第三

---

① 登张竹风（1873—1955），日本近代文学评论家，德国文学研究者。本名信一郎，出生于广岛县，东京帝国大学毕业，是尼采思想的鼓吹者，对鲁迅有影响。著作有《新教育论》（1903）、《人间修行》（1934）、《游戏三昧》（1936）等。

② 爱德华·贝拉米，美国小说家和社会学家，他在成名作乌托邦小说《回顾》一书中描写了自己心目中未来世界的理想蓝图。

③ 高须梅溪（1880—1948），著名的明治文艺评论家，著作有《日本近世文学十二讲》。

人称评论法国威岱那格拉特大佐性格刚愎自用、坚强、固执、自信,他犯下大罪,但他生前常在咖啡铺向别人讲述自己的功勋伟绩。接着大佐成为叙述人,以第一人称"我"讲述1810年英法战争期间,法军几乎陷入英军包围,相持六个月时,"我"因善于骑马击剑,被马萨拿将军派去做斥候以侦察敌情,经历了从敌营中盗马、在人群众多的围猎场上猎狐,最后全身而退,完成了法军将领交给"我"的侦查任务。

社会小说三部:《灯台卒》(今译《灯塔看守人》),署"星科伊梯撰,日本国山花袋①译,钱塘吴梼重演",连载于1907年1月13日第六十八至六十九期②,两期之间任意中断,不分回,星科伊梯今译显克微支(Henryk Sienkiewica,1846—1916)。该小说写的是一生漂泊、遭遇失败和不幸的老人斯加平斯克在离巴拿马不远的岛上找到一份看守灯台的工作,他一直很忠于职守,直到他收到来自祖国波兰的诗集,竟激动地忘记点灯,然后被革职。虽然他重新踏上漂泊路,但眼睛里闪着无限的光。

《山家奇遇》(今译《加利福尼亚人》),署"马克多槐音,日本抱一庵主人译,钱塘吴梼重演",刊载于1907年1月30日第七十期。马克多槐音即马克·吐温(Mark Twain,1835—1910)。小说讲的是"我"在加利福尼亚淘金,一无所获,好在碰到了热情好客的亨利,他的妻子19年前回家的路上发生了意外,严重的精神打击使亨利陷入妻子将要回来的幻觉,19年来陪伴他的矿工只剩下三位,他在幻觉中无法自拔。

《理想美人》,署"葛维士③著,日本文学士中内蝶二④译,钱塘吴梼重演",连载于1907年1月30日第七十一至七十二期。该小说是一篇爱情故事,出海航行的青年画家遇险,被吴羽岛的爷爷和孙女菊枝搭救,美丽的菊枝是青年画家理想的绘画对象,在接触过程中他们相爱了,青年画家愿意和祖孙俩一起生活在远离尘世的小岛上。小说的环境描写很出彩,

---

① 《灯台卒》的译者误为"国山花袋",应为"田山花袋"。田山花袋(1872—1930),日本小说家,本名录弥(ろくや)。出生于群马县(当时是栃木县)。著作有《少女病》(1907)、《残雪》(1917)、《东京震灾记》(1924)等。

② 第六十八、六十九期为同一日出。

③ 郭延礼认为"葛维士"对应的是"Charles Carvice",我们暂未找到该作家的相关文献。参见郭延礼:《近代西学与中国文学》,南昌:百花洲文艺出版社,2000年版,第213页。

④ 中内蝶二(1871—1937),日本小说家、剧作家、记者和作词人。本名中内义一,出生于高知县,东京大学毕业,代表作有戏剧《上尉的女儿》、评论《帝剧所见,最精彩的是梅兰芳》。

故事具有传奇性。

科学/科幻小说有三部：《生生袋》，署"支明著，韫梅译"，标为"科学小说"，连载于1906年1月10日至1906年2月22日第四十九至五十二期。樽本照雄认为作者克明误为支明①，作者及评论者生平情况不详。②小说讲述了在文明未开的平静小岛上来了一位科学家，他给老学究讲解太阳辐射之理，并治好了老学究的佝偻病，继而给妇人之子移血、给百姓审案缉贼、戳穿妖事异事，很受人们的欢迎。小说从生理学角度传播了科学知识，具有启蒙的价值，情节跌宕起伏，语言生动雅致，具有艺术性。

《梦游二十一世纪》，连载于1903年5月7日至1903年7月24日第一至四期，署"荷兰博学士某君原著"，1903年商务印书馆出版单行本时，译者杨德森在《序》中说："作者谓荷兰博学士，隐其名，自号Dr. Dioscorides 达爱斯克洛提斯，书成，咸以先睹为快。德之博学者奇赏之，译以德文，印行者再。英人Dr. Alex. V. W. Bikkers 培克斯亚历山大，又译德文为英文。此书风行欧洲，递相翻译，经数国文字足增加值，为不朽之杰作，仆译此书，悉本英文。"③从该序言，我们可知《绣像小说》刊发的《梦游二十一世纪》经过德文、英文的多次转译，小说讲的是"我"在冥想文化进步的问题，入梦后培根和芳德西带"我"游历进步的伦敦城，"我"体验了暖气、图书馆、电力气球等，然后惊醒。

《幻想翼》连载于1906年4月18日至1906年7月23日第五十三至五十五期，共十五章，《幻想翼原序》署作者为"爱克乃斯格平"。1908年商务印书馆出版单行本时，署作者国别为美国，译者为"商务印书馆编译所"。小说写的是着迷于天体学的霭珂日有所思，夜有所梦，他在梦中随白衣女子荧儿游历月球和太阳，传播了科学知识。

冒险小说有四部：《小仙源》（今译为《瑞士鲁滨逊漂流记》《瑞士家庭鲁滨逊》，或称《海角乐园》），署"原名《小殖民地》，戈特尔芬美兰女史著"，译者不详，连载于1903年6月10日至1904年6月3日第二至

---

① 樽本照雄：《清末民初小说目录》，大津：清末小说研究会，2014年第6版，第3073页。
② 韫梅，生平资料不详，他评点过《生生袋》，还为尤泣红著鸳鸯蝴蝶派小说《碧梦痕》写过《凡例》《释疑》《读法》和《题词一》。
③ 达爱斯克洛提斯：《梦游二十一世纪·序》，杨德森译，上海：商务印书馆，1913年版，第3页。

四、七、十至十一、十四、十六期，共十四回。1905年商务印书馆出版单行本，署编译者为"商务印书馆编译所"，《凡例》透露编译此书的目的："是书织（知）悉之事，记载颇详，西人强毅果敢，勇往不挠，造次颠沛，无稍出入，可为学子德育之训迪。"① 小说原作者是瑞士作家约翰·大卫·怀斯（Johann David Wyss，1743—1818）②，小说仿照笛福的《鲁滨逊漂流记》，写瑞士的洛萍生一家人移民海外，因遭遇暴风雨而来到荒岛上，他们凭借强烈的求生欲望、坚强的意志力和船上遗留的物品，在荒岛上搭建房屋、种植作物，得以存活并创造出一个海外的新世界。

《环瀛志险》，署"奥国维也纳爱孙孟著"，未署译者，连载于1903年9月8日至1905年3月11日第五、十一至十四、十八、二十一至二十五期，任意中断，不分回。1905年商务印书馆出版单行本时署"商务印书馆译"。小说共12段，由冒险家讲述遭遇的诸如水灾、火灾、匪盗、恶兽等各种险境。

《汗漫游》（今译《格列佛游记》），署"英国司威夫脱著"，未署译者，连载于1903年9月8日至1907年1月30日第五、八至十、十二至十三、十五、十七、二十三至二十四、五十六至七十一期，它套用中国传统章回小说形式，分为三十六回，前五期题为《僬侥国》。司威夫脱即乔纳森·斯威夫特（Jonathan Swift，1667—1745），该小说讲的是"我"出海航行，在小人国、大人国、飞船国、马国经历的种种奇遇，并阐发了对政治的看法。

《天方夜谭》（又译《一千零一夜》），连载于1904年2月6日至1906年7月23日第十一至十二、十五、十七至二十一、四十一至五十五期，

---

① 戈特尔芬美兰女史：《小仙源·凡例》，上海：商务印书馆，1905年版，第1页。
② 约翰·大卫·怀斯是有四个儿子的随军牧师，为了逗孩子们开心，才创作了《瑞士鲁滨逊漂流记》。1812至1813年间约翰·鲁道夫·怀斯（Johann Rudolf Wyss）将父亲的手稿进行整理，在苏黎世（Zurich）出版。该小说的英文版本很多，第一个英文版本由威廉·戈德温（William Godwin，1753—1836）翻译，1812年企鹅经典（Penguin Classics）出版，最著名的是1879年出版的威廉·亨利·吉尔斯·金士顿（Willian. H. G. Kingston，1812—1880）根据法文改写本翻译的版本。《绣像小说》中的《小仙源》则根据德文版翻译。

未署著者和译者。1906年商务印书馆出版,洋装四册,署"奚若①译",这是《天方夜谭》在晚清的第一个汉译单行本。1906年《申报》广告中说:"是书一名《一千一夜》,为阿剌伯著名最古之说部,惜拟者姓名不传。所故事虽多俶诡奇幻,近于搜神述异。然天方教徒之法制、教俗多,足以资考证。其余或穷状世态,或微文刺讥。"② 虽然编译者、发行者认为该书所讲故事离奇荒诞,但仍对于了解异域法制、习俗有价值,文学性表现在描摹和刺讥世态。如今它几乎是家喻户晓的阿拉伯民间文学,"天方夜谭"成为荒诞离奇的议论的固定成语。

阿英在《清末小说杂志略》中说:"《绣像小说》,在侦探小说风靡一时,能独持异议,不刊此类作品,时为难能。"③ 他认为《绣像小说》没有刊载侦探小说,其实并不正确。《绣像小说》重视娱乐性和商业性,并未免俗,共刊出侦探小说三种(计十篇):

第一种是《华生包探案》系列,即著名的柯南·道尔的福尔摩斯探案小说系列,译者将小说的两大主人公 Holmes 译作福而摩斯,Watson 译作华生,共译介了六篇,分别为《哥利亚司考得船案》(今译《"格洛里亚斯科特"号三桅帆船》),连载于第四至五期;《银光马案》(今译《银色马》),刊载于第六期;《孀妇匿女案》(今译《黄面人》),刊载于第七期;《墨斯格力夫礼典案》(今译《马斯格雷夫礼典》),刊载于第八期;《书生被骗案》(今译《证券经纪人的书记员》),刊载于第九期;《旅居病夫案》(今译《住院病人》),刊载于第十期。以上六篇都没有注明译者,1906年商务印书馆结集出版时,题为《补译华生包探案》。

第二种是《俄国包探案》,未署作者和译者名,刊载于第二十二期。该小说讲的是俄国莫斯科叔侄二人一年间先后死去,先是将死因归于食用了冷鱼羹,而一位年轻博士通过实验证实,叔侄二人真正的死因是被人投放了一种植物制成的毒药,接着博学多识、声名远播的大侦探美卡威来查

---

① 奚若(1880—?),原名奚伯绶,江苏元和(吴县)人,1904年至1910年间在商务印书馆的担任高级编辑和翻译,他为小说林社翻译的文学作品有柯南·道尔《大复仇》、哈葛德《爱河潮》、焦士威奴《秘密海岛》、玛利孙《马丁休脱侦探案》,还参与编辑过教材和辞书。参见陈应年:《奚若,一位被人遗忘的翻译家》,载《中华读书报》,1999年7月14日;邹振环:《奚若与〈天方夜谭〉》,载《东方翻译》,2013年第2期。

② 《天方夜谭》,载《申报》,1906年7月27日。原文无句读,标点为笔者所加。

③ 张静庐辑注:《中国近代出版史料 初编》,北京:中华书局,1957年版,第109页。

案，找到真凶为谋财害命的焦利亚夫人。

第三种是《三疑案》，未署著者和译者。1907年商务印书馆出版《三疑案》单行本时署"（英）男爵夫人奥姐①著，商务印书馆译"。《伊兰案》（*The Case of Miss Elliott*）刊载于第60期，写的是沙夫亚调养医院女医生伊兰横死在马特弗地白朗非街，警察调查了理事金纳、验尸医生区孝、伊兰之兄章梅、会计施德登等人之后仍无头绪，然而旁观此案的结绳异人看破了玄机，向"我"解释伊兰死于金纳和施德登的计谋。《雪驹案》（*The Hocussing of Cigarette*）刊载于第六十一期，写的是败落的豪族之后嵇生侨善识马性，寄居在子爵华赫登家做厩夫，为使儿子嵇生康能娶子爵之女爱痕小姐，便在赛马之日毒害雪驹使子爵破产。《跛翁案》（*The Lisson Grove Mystery*）刊载于第六十二期，写的是戴阿梅伙同情夫卫阿福杀害父亲戴亚章，以夺取四千镑遗产。三篇侦探小说采用了变换的叙述视角，首先都以夫人"我"为叙述者，然后将叙述权力转交给结绳异人，由结绳异人讲述和总结案件，嫌疑人和证人在法庭上发言时也可充当叙述人，限制性的叙述视角使案件看起来扑朔迷离，引人入胜。

《绣像小说》的翻译小说与创作小说并重，翻译小说的源语国有日本、英国、奥地利、美国、荷兰、波兰、德国、意大利、阿拉伯、瑞士十个国家，创作小说均为长篇小说，而翻译小说有《灯台卒》《山家奇遇》《理想美人》《斥候美谈》和侦探小说等多个短篇小说。翻译小说涉及社会、政治、冒险、科幻、侦探等体裁，它们多为述译和重写。翻译家们一方面热衷于译介异域的新奇故事，另一方面在文中时常夹杂着对比中国现实之后做出的评价，使异域小说具有极强的观照现实的特质。

（二）涉及异域书写的非小说类作品

《绣像小说》刊载的作品不局限于小说，它还刊载了一些有趣味的非小说类作品，包括传奇三部，分别为《维新梦传奇》《童子军传奇》和《云萍影传奇》；戏曲三部，分别为《经国美谈新戏》《算命先生》和《测字先生》；杂俎六种，分别为《时调唱歌》《小说原理》《益智问答》《京话

---

① 男爵夫人奥姐（Emmuska Baroness Orczy，1865—1947），今译为奥西兹女男爵，以上三个短篇选自"安乐椅探案"小说集《伊兰案》（the Case of Miss Elliott），她的代表作还有《红花侠》（The Scarlett Pimpernel，又译《猩红色的繁笺花》）。

演述英轺日记》《西译杂记》和《理科游戏》。在这些非小说的作品中，涉及异域书写的有以下五种：

《经国美谈新戏》，署"讴歌变俗人著"，讴歌变俗人即李伯元，这出戏剧连载于 1903 年 5 月 27 日至 1905 年 5 月 20 日第一至五、十九至二十、二十二、二十四至三十、三十三至三十四期，共十八出，未完。《经国美谈》是日本明治维新时期矢野龙溪的政治小说，周逵译成中文，连载在 1900 年 2 月至 1901 年 1 月的《清议报》上，后来广智书局 1907 年出版了单行本。李伯元将周逵的小说译本改成戏曲《经国美谈新戏》[①]，该小说讲的是齐武国国内奸臣当道，老师向巴比陀等人讲述阿善王舍身救国的故事，以激励学生拯救同胞，恰逢斯波多国怀着吞并齐武国的心思，向齐武国借道，巴比陀等人商议清除奸贼，失败后，巴比陀去外国借兵，经历千难万险想要拯救自己的国家。

《益智问答》，未署作者，它以一问一答的形式介绍动植物知识和各国的风俗。连载于 1903 年 5 月 27 日至 1903 年 9 月 8 日第一至五期，共 59 则。从比较文学形象学的异国形象的角度看，晚清中国人眼中的"他者"带有怪异的色彩，是被"自我"想象放大了差异之后而建构出来的异国形象。如今再看《益智问答》的问题，发现它们大多都很滑稽可笑，比如："西洋人的亲嘴，也有数目没有？""西洋的市面，顶小的有多大？""外国人都喜欢吸烟，也有不抽烟的吗？"但其中却真实记录着我们渴望了解他国，和开眼看世界、走向现代的艰难。

《京话演述英轺日记》，未署演述者，连载于 1903 年 5 月 27 日至 1905 年 8 月 6 日第一至三十六、三十九至四十期。这是一部海外笔记，主人公振贝子是爱新觉罗·载振（1876—1947），他是奕劻的长子，乾隆皇帝的四世孙。晚清时任镇国公，贝子。1901 年（光绪二十七年十二月十六），他被清朝廷派去参加英国王爱德华七世的加冕典礼，典礼之后用半年时间出访了英、法、比、美、日等国，此番经历写进了《英轺日记》（共 12 卷）一书，该书记载了各国的教育、制造工艺、制度章程等内容，是国人了解世界的窗口。载振的行文十分庄重，《绣像小说》刊载的《京

---

① 参见王志松：《小说翻译与文化建构：以中日比较文学研究为视角》，北京：清华大学出版社，2011 年版，第 64 页。

话演述英轺日记》则将其口语化，变得通俗易懂，便于为读者所接受。

《西译杂记》，署"山阴谢鸿赍译意，嘉定徐少范述文"，载于1903年10月5日第六期，未完。该文以极短的篇幅讲述俄国大彼得、奥国约瑟、德国拂烈士、意大利乌白朵、瑞典的鼠疫、俄国银行家雪泽阑的轶事，以扩充民众的见识。

《理科游戏》，署"日本板下龟太郎著"，连载于1904年5月27日至6月10日第一至二期，未完。作者认为欧洲的进步有赖于理学的进步，而以物理化学的进步为最，日本全面向西方学习才获得了进步，而中国的文学发达，理科落后，中国人意识到要向西方学习，但又容易半途而废，中国失去了变得文明的机会。然后介绍了自动汽车、新式幻灯、水车、水独乐（转盘陀）等器物，以及幻灯制造、云龙之术、旋风实验等理科实验。

总之，《绣像小说》的异域书写有意地借鉴欧美、日本社会发展中的社会政治启蒙作用的经验，运用通俗性、普及性的长处来启迪民智，宣传爱国思想、唤醒民众，变革政治，从而达到启蒙的目的。

第三节 《绣像小说》多层面的异域书写

异域书写是创作主体以"自我"为主体来建构"他者"，作为"他者"镜像的异域的景物、人物、空间、历史、文化等形象包含着知识性的想象，通过建构"他者"来观照"自我"的书写行为伴随着跨文化的交流和冲突，书写的媒介形式包括图像和文字两种形式。我们将从形象、文化、观念和审美效应四个层面及它们之间的关系来看《绣像小说》的异域书写问题。

从形象上来看，异域书写以文字的方式呈现给读者与异域有关的形象。《绣像小说》用文字塑造的形象可以分为三类：

第一类异域形象是人物形象。《绣像小说》中的多部小说描绘了洋人的形象，李伯元在《文明小史》里塑造了凌驾于晚清法律之上的洋矿师和洋教士，从大小官员与蛮横的洋矿师接触的过程中，能体会到晚清民众怵外和媚外的心态。但在《邻女语》里官员不再一味奉行"柔远"的礼文化，金不磨和沈道台面对德国将领无所畏惧，沈道台还通过计谋夺回了关口。不同的主体面对洋人有不同的态度，反映出晚清民众在如何与洋人相处的问题上有不同的心态。《绣像小说》中的多部小说都描绘了英雄的形象，《灯台卒》里的老人斯加平斯克、《斥候美谈》中的侦察员格拉特大佐虽是普通的平民、士兵，但他们有常人无法比拟的经历，而《泰西历史演义》中的拿破仑、华盛顿、彼得和《卖国奴》中的抗法英雄史约西是有军事才能的将领，小说家们不掩饰对他们的钦佩之情。这些英雄的共同特点是勇敢有谋略，对国家忠诚。晚清期刊和报纸有传播新知的目的，在《绣像小说》里异域智者形象也很突出，《文明小史》里精通中国文化的传教士，科幻小说《月球殖民地》里的玉太郎、圣母玛苏亚，《梦游二十一世纪》里的"培根"，侦探小说里的结绳异人等，他们面貌各异，但在小说中都以各自的经历传播新知，反映了晚清知识分子渴望传播科学知识，从而加快现代文明建设的愿望。李伯元的《文明小史》、旅生的《痴人说梦记》、吴蒙的《学究新谈》、杞忧子的《苦学生》则塑造了诸多海外留学生，他们的衣着、看待世界的方式均带有异域的色彩，已经不同于中国传统社会里的学生，但是呈现出极端优秀和极端恶劣的两种状态，小说家们赞扬前者，而以讽刺的笔调批判后者。

第二类异域形象是器物形象。伴随着人们对异域文化认识的深化，作家们从对器物表层的描绘上升到理解器物与工业技术、国家进步之间的关系，在《文明小说》《月球殖民地小说》《回头看》《梦游二十一世纪》等小说中多次出现洋灯、书报、交通工具等，反映出国人对工艺精良的异域器物的讶异和迷恋。

第三类异域形象是国家形象。《绣像小说》中的异域国家分为两类，一类是欧美日等先进国家，他们被描述成工业发达、制度完善、法律严明、教育先进的理想社会，小说并不在乎这些国家之间的差异，但都将其当成落后中国的榜样。在《文明小史》《苦学生》和《京话演述英韬日记》中我们却无法感知这些国家的先进之处，叙述者总是在外围兜兜转转，无法带我们深入进去，这种阅读的落差正反映出作家们自身的体验不足。第二类是被压迫的国家，如波兰、印度等国，这一类国家形象并不是很多，但它们代表了晚清知识分子的焦虑，它预示着另一种阴暗的可能性，即晚清中国无法实现自强自立的话，就将堕入国家灭亡、人民被奴役的命运中去。

异域书写还以图像的方式深化或者补充文字所难以描绘的形象。就深化来说，《月球殖民地小说》《梦游二十一世纪》均用很多笔墨描写可以载人飞行的热气球，但读者仍然无法直观感知热气球的样子，插图中反复出现的热气球就深化了人们对于热气球的感知。而补充是指异域形象隐藏在文字的"空隙"中，在作品中这些形象不会受到读者的特别关注，但当它们被绘制在图像上时，就从语言文字的空隙中闪现出来，成为画面上值得被注视的对象，比如小说中没有详尽描绘的各种西式的建筑，在图像上它们作为人物活动的背景和空间就会占据画面，令读者不得不关注，继而欣赏它和中国传统建筑的差异。当然，《绣像小说》里图像所描绘的异域形象也是一种想象性的建构，当画家们难以想象异域形象时，就会掺杂进很多中国的文化符号，比如异国的战争场景，时常能够看到用来防守的中国式城墙，荒郊野岭上出现中国式的凉亭等。

小说家、翻译家和画家运用文字和图像来描绘带有异域的人物、器物和空间的形象，这些形象带有异域情调，谢阁兰认为异域情调（exotisme）"并不是一般的旅行者或庸俗的观察家们看到的万花筒式的景象，而是一个强大的个体在面对客体时感受到的距离和体验到的新鲜生动的冲击"[①]。它"不再指异域印象，而是指对'异'的体验，即主体面对客体时从对方那里获得的'非我'的感觉"[②]。

从观念上来看，在风云激荡的时代大变动时期，中国被卷入世界历史进程，晚清民众与异域的互动频繁，他们的生产、生活受到异域的影响，因此需要从小说家和翻译家笔下的异域书写来研究晚清社会观念的变化。比如异域文明冲击之下"礼文化"遭受危机，对外表现为柔远文化的失效，对内则是等级观念的失序，礼文化式微后民族心史呈现出处于"边沿"的危机状态，如何进退有据、平稳度过危机是作家们共同探讨的话题。

晚清的时间观念也发生了变化，农业社会下形成的循环时间观，被来自异域的直线时间观取代，民众开始关注未来，而空间上，人们从稳固的乡土环境走向变动不安的他乡和世界，由此当下身处的不美好的时空成为焦虑的缘由，作家们凭借对未来的想象和憧憬的群体意识创造出小说里一个个梦幻乌托邦，最接近理想状态的乌托邦不是退回到封闭、隔绝的状

[①] 乐黛云等：《多元之美》，北京：北京大学出版社，2009年版，第30页。
[②] 谢阁兰：《画&异域情调论》，黄蓓译，上海：上海书店出版社，2010年版，第218页。

态，而是积极地与世界对话，它更接近于实现。

从审美上来看，晚清新闻行业迅猛发展，很多文人投身报刊事业，进行小说创作，他们写作速度很快而不仔细推敲，造成小说数量众多，水平参差不齐的局面。由于要通过刊物连载赚取稿费，他们随写随刊，以"话柄"的形式结构小说，很少有作家进行文体探索；暴露社会的阴暗面的作品过多，也使得读者容易丧失阅读欣赏的兴趣。不能说《绣像小说》没有这样的问题，但认真去读它所刊发的小说，我们仍能够被陌生化的小说世界吸引，其陌生化表现在小说使用了超出常规经验的词语来指称异域事物、采用旅行的视点观察世界、营造出真实和想象并置的世界，因而有阅读的趣味。

《绣像小说》异域书写的形象、观念和审美这三个层面并非相互隔绝，而是相互补充的统一整体。从文字与图像的不同之处探讨的异域书写的形象，这些异域形象体现出社会观念的变革，呈现出陌生化的审美效应，它们的共同核心是晚清知识分子在社会剧烈变革时如何体验都市及认识西方。

《绣像小说》的异域形象大体上包含异域人物、异域器物和异域国家形象三类，从比较文学形象学角度来说，异域形象带有作家的主观意愿，蕴含着晚清作家对异域"他者"的想象性诠释。重要的不是作家笔下的异域形象是否真实，而是异域形象与晚清的社会现实、作家心目中的理想社会构成"意识形态"和"乌托邦"的两极关系，正面的异域形象如英雄、智者、留学生精英、西方先进的科学技术、强大的国家等符合作家、翻译家对理想社会的想象，异域形象无不带上乌托邦的色彩，进而起到解构晚清社会现实的作用；而蛮横的洋人、堕落的留学生、弱小的国家等负面的异域形象则背离了作家、翻译家对理想社会的想象，他们对西方文明持有怀疑、批判甚至是否定的态度，继而肯定中华文明的优越性，增强中华民族的凝聚力。

异域形象透露出作家、翻译家们对异域的多种复杂的心态：或艳羡、赞赏与叹服，或敌对、仇视与愤慨等。《绣像小说》里涉及异域书写和异域想象的小说文字都表明作家看待世界有了全新的视域，他们希望借助一个个生动可感的文学形象来激发民众的爱国热情，从而实现反抗压迫、崇尚科学和追求文明的愿望。

第二章 华夏中心观解体
与重构近代乌托邦图景

21世纪交通便利、通讯发达,异域不再遥不可及,似乎也就缺少了未知的悬念和想象的空间。但百余年前的中国人却经历了一场"天下观"的变革,惯以"文明中心"自居的国人发现,"中国"在地理上并不居于世界的"中心",华夏文明的优越感在与西方世界发生剧烈冲突时也产生了危机。出于对现实的不满,晚清知识分子在作品中反复书写异域,表达着对美好世界的向往之情。《绣像小说》中的异域书写同样反映出华夏中心观解体后,李伯元等人对维新以后的世界的想象与重构。

第一节 华夏中心观的解体

我们身处一个多种文明并存的世界,文明多源而且多元,这似乎是一个常识。但从历史上看,无论是中国还是西方,都曾出现过以"华夏中心"或"西方中心"来看待自身在世界历史进程中的地位的现象。中国是世界上最古老的且持续时间最长的文明型国家,早在上古时期黄河中下游的华夏族就进入了农业社会,它和生产力低下的游牧社会形成了鲜明的对比,华夏族将周边地区视为具有贬义的戎、狄、蛮、夷,产生了华夷之辨。

"华夷之辨"或称为"夷夏之辨",指的是对华夏族和周边少数民族的区别和分辨。古代华夏族聚居于中原地区,相对于落后的周边地区,其自视为文明的中心,随之产生了以文明礼义程度为标准来分辨人群的观念,合于华夏礼俗文明者为华或夏,不合者称为夷、蛮、戎或狄等。《春秋左传》孔颖达注曰："有礼仪之大故称夏,有服章之美谓之华。"① 《周易·系辞下》曰:"黄帝、尧、舜垂衣裳而天下治。"② 在中国看重衣冠礼仪的传统文化理念中,衣冠、礼仪都是文化先进的外在体现,可以用来指代文明。在中央王朝看来,"华夏"指的是文明进步、文化先进的中原国家,华夏民族的文化具有与生俱来的高贵之处;而"夷狄"则是指相对文明滞后、文化落后的周边国家,夷狄文化则是一种落后的文化。

华夏中心的天下观是中国卷入近代历程之前对于世界体系的认识,该认识有其两重性,一方面它有谨严的伦理秩序,是一种稳定的理想状态;另一方面它以中原为中心,在傲慢地对待异族文明上表现出狭隘性。

中国古代知识分子对蛮夷的优越感正建立在"华夏中心"的观念之上。随着清王朝奄奄一息,中国也面临着分崩离析、亡国灭种的危险,"华夏中心观"开始解体,而中国人认识到世界上有多种文明的类型,中国开始具有了新的天下观和世界意识。

"华夏中心观"解体的直接后果,是维护中国封建社会秩序的一套"礼文化"逐渐动摇。当"礼文化"与西方"力文化"发生碰撞时,晚清社会原有的等级关系失去了秩序。晚清"老大帝国"的主流意识形态的儒家文化将德性作为人生和政治的基本价值追求,崇尚精神和伦理的"礼文化"观念对内维护着社会的等级关系,而不是社会的平等关系,它在崇尚物质和实力的"力文化"面前失去了优越性,旧有的社会秩序被瓦解和破坏。异域书写的形象折射出以儒家文化为核心的"礼"的规范体系在受到了西方文化观念的冲击之后逐渐式微,造成了对内和对外的两重混乱,加大了辨识他者和认同自我的难度。中国传统文化是儒家思想占主导地位的礼文化,什么是礼?《礼记·曲礼上》说:

夫礼者,所以定亲疏,决嫌疑,别同异,明是非也。礼,不妄说人,不辞费。礼,不逾节,不侵侮,不好狎。修身践言,谓之善行。行修言道,礼之质也。礼闻取于人,不闻取人。礼闻来学,不闻往教。③

---

① 《十三经注疏》(下卷),上海:上海古籍出版社,1997年版,第2148页。
② 《十三经注疏》(上卷),上海:上海古籍出版社,1997年版,第87页。
③ 《十三经注疏》(上卷),上海:上海古籍出版社,1997年版,第1231页。

以上讲明了"礼"是什么，以及"礼"的习得与养成。礼是判定亲疏关系，解决误会，辨别同和不同，断明是非的规则。礼是不轻率地取悦他人和啰唆多言。礼是不逾越节制、侵侮他人和谐谑轻薄。能修养身心和履行诺言是善行。礼的本质是行为有修持和说话合乎道理。我们只能从他人那里学习礼来约束自己，但不能强迫他人去学习。礼只听说主动来学的，没听说过前去教他人的。因此，礼最初是用来自我修行和自我约束的。

《礼记·曲礼上》继续谈"礼"在中国人的社会生活中的重要性：

道德仁义，非礼不成，教训正俗，非礼不备。分争辨讼，非礼不决。君臣、上下、父子、兄弟，非礼不定。宦学事师，非礼不亲。班朝治军，莅官行法，非礼威严不行。祷祠祭祀，供给鬼神，非礼不诚不庄。是以君子恭敬撙节退让以明礼。[1]

以上是说社会生活中的道德、习俗、诉讼、政治、人伦、教育、军事和宗教都需要礼来规划、主宰。封建统治阶级用"礼"来管理社会和维持秩序时，格外强调尊卑上下的等级关系，形成了一整套君臣、父子、兄弟、夫妻和朋友的伦常关系和忠、孝、悌、忍、善等社会观念。

但晚清处于"万国竞争时代"，由于中西文化的交流和冲突，礼文化所形成的社会观念已经不足以应对外部的世界，而西方现代观念诸如立宪、自由、平等、人权等观念对礼学观念也造成了极大的冲击。

第二节 重构近代乌托邦图景

近代以来，"华夏中心观"因受外部势力的冲击而解体，人们认识到"中国"不是世界的中心，看到中国已落后于世界上的其他民族和国家，"咸与维新"成为社会的普遍共识。晚清知识分子满怀对现实的不满，他们通过在报纸、期刊上发表小说、诗歌、戏剧、文论等，代表民众诉说变革的愿望，以文学的方式介入社会现实。尤其在1900年庚子国变后，知

---

[1] 《十三经注疏》（上卷），上海：上海古籍出版社，1997年版，第1231页。

识分子笔下的乌托邦文学蔚然成风,"中国乌托邦文学的兴盛期可以说是从'庚子之变'后开始的,到民国初年五四运动之后告一段落。在近20年的时间里,出现了大量译自国外和中国人自创的社会乌托邦小说、科幻乌托邦小说"①。晚清作家和译者群对异域的想象和描绘正是重构乌托邦社会图景的起点。

西方现代观念挑动着晚清作家对旧世界的不满和对新世界的期盼,他们的作品表达着难以排解的焦虑感,他们在梦中勾勒着中国未来的不同的理想图景,他们憧憬着人民努力追赶时代,使未来中国建立起新的秩序,变成一个政治清明、经济繁荣、科技发达、社会文明、教育先进、和谐安乐的国家。《绣像小说》里不乏这样的梦幻叙述和对乌托邦图景的描写。

一、源于现实焦虑的梦幻寓言

古今中外的文学作品中,"梦幻"都是一个文学母题。梦是人类日常生活中一种特殊的精神活动,但梦的机制和意义直到今天也还没有完全认识清楚,对梦的认识其实是对人自身的认识。梦大多产生于快速眼动的睡眠阶段,当我们醒来时常常会忘记做过的梦,但仍有很多是忘不掉的。在梦中经历的十分真实的场景、事件、情感,可能会对我们醒来之后的生活产生影响。梦有超凡色彩、神秘特征,梦与现实世界的关联,能给人带来快乐、痛苦和惊诧的感受。

古人认为梦具有"神启"的功能。到了现代,心理学大师弗洛伊德在《梦的解析》(1899)中对梦进行了系统的分析,认为"梦的内容是在于愿望的达成,其动机在于某种愿望"。而且,"就愿望达成的观点来仔细推敲,则每一细节均有其意义"。由于梦境本身的奇异、人们对梦的意义的执着追寻、梦幻与现实的密切关联,人们讲述梦、记录梦,梦幻与文学就有了天然的联系。俄国宗教学家弗洛连斯基认为"文学创作即是密集化的梦境",弗洛伊德在《作家与白日梦》中认为作品是作家的白日梦,都将整个文学活动等同于梦幻。我们不从此意义上讨论"文学梦幻",我们这里所说的"文学梦幻"指的是在作品中叙述者明确指出梦的部分或整个

---

① 耿传明:《清末民初"乌托邦"文学综论》,载《中国社会科学》,2008年第4期,第177页。

作品。

　　《绣像小说》中的很多作品都有对于"梦幻"的叙述。比如创作小说中的《痴人说梦记》《学究新谈》和《苦学生》，翻译小说中的《梦游二十一世纪》《回头看》和《幻想翼》，尽管这些小说的体裁和内容各异，但都描写梦幻的内容，使用梦幻叙述结构，表现出脱离现实又无时无刻不和现实相对比的特征。

　　分析以上小说中的"梦幻"叙述，我们可以借用艾布拉姆斯（M. H. Abrams）、杰克·迈尔斯（Jack Myers）等人对"梦幻寓言体"（Dream allegory/Dream vision）的解释来理解，"梦幻寓言体"简单说来就是通常在春天的美景中主人公入睡，梦到了接下来他所讲的事情。主人公时常被一位向导（人或动物）引导，梦到的事情至少部分是寓言。在梦幻叙事策略里，主人公拥有一个含有寓意的名字，如骄傲、谦虚和死亡，他们的行为是象征性的。"梦幻"是一种有具体目的的叙事策略，遵循叙事者叙述他入睡、做梦和醒来的经历的这样一种结构。形成诗歌主题的梦被诗歌先前提到的醒时生活的事件唤起，"幻影"专注于那些清醒时的顾虑，通过睡眠状态为虚幻美景提供了可能。在做梦的过程中，叙事者时常有向导的帮助，向导给予叙事者洞察力，使其醒时的顾虑得到潜在的解决。但创作实际远比任何理论归纳都更丰富，不是所有的梦幻描写都具备"梦幻寓言体"的全部特征，但《绣像小说》中的创作小说和翻译小说凡涉及梦幻描写，都源于对现实的焦虑和不满情绪，以及对美好社会的向往。

　　《痴人说梦记》的"梦幻"描写分布在小说的开头和结尾两段。第一回写湖北愚村的贾守拙半生都过得很顺当，一天午睡时他梦到一个水连天、天连水的岛屿，岛上有不少人家，他们都穿着短衣皮靴，对着自己笑。贾守拙向前来募集资金的稽老古讲述了这个奇怪的梦，稽老古说那是"仙人岛"。接着贾守拙受到侄儿的牵连，摊上一场官司，向我们展示了老老实实的农民在晚清社会里平白无故地蒙难，黑暗的现实让人只想逃离。

　　贾守拙为了使自己的家庭不再受官吏欺压，将儿子贾希仙送进洋教士的学堂，以求洋人庇护，但贾希仙却对自己受到了洋人的奴化教育十分不满。他和同学一起逃出学堂，经历了很多磨难，误打误撞到了父辈口中的"仙人岛"。在贾希仙未到之前，"仙人岛"是一个物产丰富、民风淳朴，但十分落后的乌托邦世界，他怀着海外拓殖的心思在仙人岛上建立资本主义的文明制度，居然获得了成功。"仙人岛"一转成为"镇仙城"，父辈们也到"镇仙城"来安安稳稳地过日子，第三十回里稽老古却对岛上的制度提出异议，他希望岛上依旧按照中国五伦的道理教导百姓，但不被阮福仔等年轻人接纳，稽老古感到有些困扰，然后也做了一个中国改良之后的光明梦，贾守拙坚信这样的梦可以实现。

晚清知识分子对时局的焦虑同样以梦幻形式体现在教育小说《苦学生》里。杞忧子翻阅着《留学生纪事》就昏昏入睡，接下来梦到了黄孙和文琳去美国留学，黄孙在十分艰难的条件下完成了学业，而文琳败光了家财才有所悔悟。然后杞忧子从梦中醒过来，黄孙已经来拜访过他，并给他留了一封信，杞忧子向家人说他以后不睡了。《苦学生》有完整的入睡、做梦和醒来的结构，但黄孙和文琳的留学经历完全可以独立成篇，作者为何要将其纳入梦幻叙事的结构呢？杞忧子入睡前和梦醒后，他直接向读者宣讲自己的观点，深化了作品的主题，这种直抒胸臆似的写法缺少审美的含蓄性，但在晚清社会里充满感情地传达作家心底的希冀，具有较强的冲击力。

《苦学生》第一回写夏天一阵暴雨过后，杞忧子在藤椅上纳凉，他看到墙角蚁穴里的白蚁抱团打败了黄蚁，显然这是象征晚清中国被列强打败，作者感叹到中国的失败正是因为无秩序和无团体，接着他慨叹自己老之将至，只会作于事无补的八股文和对几条空策，不能为社会做贡献，便寄希望于年轻人："诸君啊！青年的诸君啊！趁这个时候，努力猛进。看着我老朽现在的后悔，万勿如老朽以往的蹉跎。诸君将来得享的幸福，就是中国全体同胞得享的幸福了。"第十回里补述杞忧子平生最大的嗜好就是睡和梦，他可以一连十天昏睡不醒，在梦中观看各种人物的生活，醒来后将其记在本上，但是直到他看过黄孙的生活，竟对家人说他再也不睡了，他从黄孙的经历中得到了启示，就是为改变现实世界的黑暗而去努力奋斗，不应沉睡在梦中。作家以杞忧子的入睡和醒来表达国人不应该闭上眼睛逃避现实，而应以乐观、积极的态度去改变现实。

《学究新谈》和《苦学生》同为教育小说，但不同的是《学究新谈》里的梦不构成小说的结构，而只是夏仰西思想观念转变的关键性片段。由于晚清新学兴起，夏仰西教授旧学遭遇危机，沈子圣带他了解新学之后，他的顽固思想发生变化。第四回梦中的牧童成为向导,带他参观改良之后的泰平乡,那里人人接受义务教育,在新式学堂里学习科学技术,泰平乡的物质非常丰富,人们没有私有观念,变得淳朴高尚,实行公民议会制度。从姓名上的寓意来看,"夏仰西"寓意着晚清社会对西方文明的仰慕和向西方学习的热情。"沈逢时"(子圣)寓意着具有新观念、新思想的教育家在晚清生逢其时。

《梦游二十一世纪》和《回头看》都是关于未来的文明社会的梦。《梦游二十一世纪》的主人公"我"在入睡前思考今天的文化、数世纪之前的文化和将来的文化之间的关系,认为世界上的万物都有赖于改良。某天下午"我"想到历史上对文化进步做出贡献的人们,尤其想到培根对今天文化的预言,就陷入了幻想。在梦幻中培根和芳德西是"我"的理想的向导,他们都很热情,但性格略有不同,培根智慧、冷静,时刻捍卫"伦敦呢阿"的制度和文化,决不留给"我"任何质疑的机会;芳德西既时刻引领"我"的行动,有时又嘲笑"我"的观点。"我"花费了两天时间梦游21世纪,醒来之后故事就戛然而止。《回头看》的主人公"我"原本生活在1887年,入睡之后来到虚拟的2000年,向读者讲述新世纪里的波士顿城的繁华,和资本主义消亡后进入了按需分配的时代。"我"始终都没有醒过来,而愿意生活在新的世纪里。

《幻想翼》也是典型的梦幻小说,霭珂热爱天文学,但有些问题始终弄不明白,夜晚观看星斗,想知道它们是不是都是太阳和行星,幻想能够到天上游览一番,他感到困倦之时,一位白衣女子前来邀请突然身上长出翅膀的霭珂一起游览太阳系,游览完之后告诉读者这是霭珂因为长期思考形成了焦虑,而产生的梦幻。

总览这些有宏大主题的梦幻,它们都表现对社会、文化、民族和国家前途的忧思,作家们用梦幻的形式探寻社会发展的可能性,描绘理想蓝图或者给出接近理想的实践方法,使非现实的梦幻获得了现实的意义。作家通过主人公幻想游历的另一个世界,表现作家自己的向往,而晚清小说的梦幻大都表现对未来美好的世界的向往,可见这些梦幻带有群体的意识,而绝不是个人化的小情小调。晚清小说在一片对社会现实的谴责之声中,同样发出了希望之声,从梦幻寓言里,我们可以读出晚清的作者和译者渴望中国早日实现独立富强的愿望。

二、多副面孔的乌托邦理想

梦幻寓言表达着作家们的乌托邦理想。乌托邦（Utopia）来自托马斯·莫尔的小说《乌托邦》，它由希腊语词根"没有"（ou）和"地方、处所"（topos）组成，它兼有"美好的地方""不存在的地方"和"即将要实现的地方"之意，它每时每刻都在同不圆满、不美好的现实作对比，表达希望建立一个没有矛盾、和谐稳定的美好社会的愿望。① 乌托邦社会不是自发形成的，它需要集体参与设计、建设，而人与人之间存在着道德、能力、认识水平等多方面的不同，因此人们通过努力达成共识，从而无限接近乌托邦理想，但它与现实之间永远有差距。

从《绣像小说》中我们可以看到各种不同的乌托邦社会。值得注意的是，梦幻寓言和乌托邦社会并不完全对应，在运用梦幻寓言体的《痴人说梦记》《学究新谈》《苦学生》《梦游二十一世纪》《回头看》和《幻想翼》六部小说中，虽然《苦学生》和《幻想翼》都将叙事纳入了入睡—做梦—醒来的结构，但《苦学生》的主体部分是写实性地叙述留学生在海外的经历，《幻想翼》是幻想遨游天空，它们都没有对人类建设一个合理的美好的世界展开叙述和进行设计。而《痴人说梦记》《学究新谈》《梦游二十一世纪》和《回头看》等小说的梦幻寓言都勾勒了一个个理想社会，还有一些小说如《小仙源》《理想美人》和《汗漫游》，虽然没有采用梦幻寓言体，但都有对乌托邦社会的描述，因此这里主要讨论这七部（篇）小说。

《痴人说梦记》虽然只写了两段梦幻，但有四个乌托邦社会，即三副面孔的"仙人岛"和独立富强的"中华"。这四个乌托邦社会可以分成父辈的和子辈的两组。父辈有两个乌托邦社会，一个是开篇贾守拙梦到的"仙人岛"，稽老古为他释梦时说到关于"仙人岛"的典故，这个岛很有来历，传说秦始皇派山东的道士徐福带领三千童男童女到海外寻找不死仙丹，他们到了这个岛繁衍生息，就没有再回去。古代传说中的"仙人岛"其实是一个宗教乌托邦，人们依托于道教修行和仙丹以实现长生不老的愿望，徐福是引导人群进入仙境的领袖。

---

① 参见赵一凡：《西方文论关键词》，北京：外语教学与研究出版社，2006年版，第613页。

父辈还有一个乌托邦社会。稽老古向贾守拙讲述自己梦到坐船回到中国上海，那时街上外国字全换成了中国字，没有红头巡捕，十八省的铁路都修成了，街道上干净整洁，孩子们都去学堂读书，皇帝还在，但只听新进官员的意见，老秀才的那一套治国理念都过时了。稽老古的梦幻只是希望中国能够恢复独立自主的地位，他描述的理想社会状态不过是一个正常国家应该具有的状态，但他并不能给出实现理想的途径和方法。

子辈却积极行动，比父辈更加接近乌托邦社会。贾希仙等人离开日本，想去美洲做事情，他们到了"仙人岛"，贾希仙想到父亲贾守拙说过这个岛，于是父辈和子辈的乌托邦理想建立起了一种联系。但不同的是，父辈的乌托邦社会虚无缥缈，离他们很遥远。而子辈见到的"仙人岛"依靠基督教信仰和道德维持秩序，小说写"仙人岛"是科伦坡（哥伦布）探索美洲时遗漏的地方，这个岛和外界隔绝了联系，物质上自给自足，岛民性情纯良，人与人没有君主官民之分，虽然有个像中国皇帝的教主，但他本身就是"民主"。这样平和的生活已经是现实难以企及的理想状态，但贾希仙等人仍不满意，认为人们信仰的耶和华实在荒诞不经，应该将这个岛用作自己的殖民地，以岛上的珍宝和外界交易，赚取更多的财富，再给岛上的人们带来幸福，结果他们真的将原始的仙人岛变成了文明的镇仙城。

因此，"仙人岛"的三副面貌分别是：神仙的居所、淳朴人民的居所和现代文明人/殖民者的居所，父辈和子辈的乌托邦理想还蕴藏着这样一种逻辑：父辈在现实中受难，将理想投射到"仙人岛"，但毕竟是南柯一梦，醒来之后依然面临内忧外患的困顿，反映了父辈/传统/老大帝国的困顿。父辈最后失去话语权，也宣告了"老大帝国"的崩溃。[①] 而子辈贾希仙等人以商业、宪法、科技等现代观念建设和管理的"镇仙城"，既不同于父辈向往的神仙居所，也不同于倒退回小国寡民的封闭去处，而是一个充满活力、积极进取的"文明"社会，但这个"文明"的问题是带有殖民色彩和无政府状态。

以三副面孔的"仙人岛"为参照来看其他表达乌托邦理想的小说，就

---

① 颜健富：《进出神仙岛，想象乌托邦》，载《台大文史哲学报》，2005 年第 2 期，第 111~122 页。

会发现它们的相同和不同之处,而这些乌托邦理想还有些新的特点,可以分成两类:

第一,无政府状态的乌托邦理想。《理想美人》里出海航行的画家流落到吴羽岛上,被美人菊枝和岛上的平静生活吸引,不愿意再回到外面的世界,这其实是一种退守,退到不被人侵犯和打扰的净土,过与世无争的生活。这样的乌托邦社会不参与历史进程,时间将是停滞的。《小仙源》中瑞士一家人在移民途中因航船遇险,也流落到荒岛上,他们运用有限的物资和生存智慧将一个蛮荒之地开发出来,并逐渐建立和恢复与外界的联系,他们虽然与世隔绝,但是创造了荒岛的历史,也带有拓荒和殖民的色彩。

第二,在现代文明烛照下的乌托邦理想,没有殖民色彩。《梦游二十一世纪》虚构了一个叫作"伦敦呢阿"的地方,小说表达了科幻乌托邦的理想,大部分篇章都在畅想到了21世纪科技给人类生活所带来的改变,着重思考文化如何发展的问题,幻想荷兰政府官员不纳良言,导致荷兰被水淹没,而后搬迁到另一处,人们开始新的生活。《回头看》和《学究新谈》都希望有一个公民组织对社会进行有效管理,《学究新谈》描绘的改良图景是方圆五百里的泰平乡组织公民会议进行管理,一群人过着田园诗般的生活,充满东方的静谧之美。与建立在一片田野上,人民享受自由自在的生活不同,《回头看》的乌托邦理想则希望建立在繁华的都市里,由中央集权对个人资本主义进行有效管理,那里工业发达,机器社会化极大地解放了人类的劳动,财富属于创造者,整部作品充满了自信的力量。

由现实的焦虑而引发梦幻,再到对各自不同的乌托邦理想进行自由的表达,我们真实地感受到晚清知识分子追赶时代的迫切愿望。中国传统的乌托邦观念如陶渊明笔下的桃花源或《痴人说梦记》中未经贾希仙改造过的仙人岛,是一个封闭起来的地方,由一位英明的统治者带给人民福祉,教育人民和谐共处,这样的乌托邦社会可以一直稳定地发展。但在和西方接触之后,中国的时空观念、社会观念都发生了不可逆转的变化,乌托邦理想也有了更详尽的面貌,人们不再希望退回到封闭、隔绝的状态,而是积极地与世界对话。

第三章 异域书写与物质文化层

从鸦片战争、洋务运动到甲午战争，中国人复活了"经世致用"观念，增长了富国强兵的呼声，首先承认了中国的器物不如西方，因而要向西方学习物质文明。晚清民众从"师夷长技以制夷"的层面上，认识到西方器物的先进之处，出现了崇拜、迷恋西方器物的心态。《绣像小说》给读者展示了与生活、生产、军事等方面息息相关的器物，其中最为突出的有洋装、洋灯、书报和交通工具。

第一节 晚清社会对异域器物的认识和深化

马克思主义哲学以生产工具和技艺来定位生产力的发展水平，第一次蒸汽技术革命、第二次电力技术革命和当下我们正在经历的科技革命，不仅极大地推动了人类经济、文化和政治的进步，还带来了哲学观念、思维方式和审美能力的变革。中国作为一个地大物博的农业国家，人口众多，小农经济能够实现自给自足，在"天朝上国"的自大心理作用下，清朝政府实行闭关锁国政策，拒绝和外国进一步扩大贸易，也拒绝获得了解和引进异域器物和技艺的机会，因而造成中国工业的落后。

同时，中国的文化体系历来不大重视器物和技艺对于社会发展的变革作用，以儒家文化为核心的正统思想认为，个人的社会身份取决于修身、齐家、治国、平天下所能达到的高度，文人的志向是通过朝廷的选拔成为官员，官员选拔的标准是撰写出精妙畅达、有助于治国安邦的文章，而那些掌握一技之长的人（发明创造、行医、经商、务农等）显然缺乏这种能力，自然而然地被排除在晋升官场的人选之外。在科学技术方面有贡献的人才被归入"匠人"行列，他们无法获得相应的社会地位。

当西方的坚船利炮撞开了晚清社会的大门，随着中西文化的交流，异域器物大量地输入到中国。"中国人对西方文化的直接印象，也确实是通过西方器物，如枪炮、军舰、轮船、火车、铁路、机器、钟表、火柴、布匹等，因此，西方器物形象也是中国观照西方的一个窗口。"① "器物"原指尊彝之类，《周礼·秋官司寇·大行人》："三岁一见，其贡器物。"② 郑玄注曰："器物，尊彝之属。"③ 尊和彝都是古代的酒器，后来各种用具都称为器物。

本研究所说的异域器物是指来自国外的，主要是欧洲和日本的各种物质产品，指文化的外层，"如果把文化整体视为立体的系统，那时它的外层便是物质的部分——不是任何未经人力作用的自然物，而是'第二自然'（马克思语），或对象化了的劳动"④。晚清社会对异域器物有一个逐步认识和深化的过程，在林则徐、魏源之后，有识之士纷纷留洋，走出国门，他们在游记里记录异域器物所带来的视觉和心理震撼，从中感悟外部世界的先进和反思中国落后的原因，如最早的两部国人出访欧洲的游记。其中一部是斌椿的《乘槎笔记》，1866年（同治五年正月初八），总理衙门行知斌椿奉命到欧洲游历，将"所过之山川形势、风土人情，详细记载，绘图贴说，带回中国，以资印证"⑤，向当时对外界知之甚少的国人依次介绍了法国、越南、锡兰、意大利等地的整齐街道、参差楼宇、先进器物和特色物产。

另一部是张德彝随斌椿出访而写的《航海述奇》。时年19岁的张德彝在这部游记里记录了对欧洲的最初印象，中国人对欧洲所使用的轮船、火车、电报和各种机械十分陌生，因而他对此都进行了记述，他从天津搭乘的英国火轮船名叫"行如飞"，其火轮机"以火蒸水，水滚则上下铁轮自转，轮转则船自行矣。船初开时，黑烟直上，既走则昼夜永闻丁东之声。

---

① 王一川：《中国现代性体验的发生：清末民初文化转型与文学》，北京：北京师范大学出版社，2001年版，第201～202页。
② 《十三经注疏》（上卷），上海：上海古籍出版社，1997年版，第892页。
③ 《十三经注疏》（上卷），上海：上海古籍出版社，1997年版，第892页。
④ 庞朴：《文化结构与近代中国》，载《中国社会科学》，1986年第5期，第84页。
⑤ 斌椿：《乘槎笔记》，长沙：湖南人民出版社，1981年版，第1页。

船能日行一千三四百里,终日有人查看道路,计算里数,照料客人,管理奴仆,整齐之至"①。船体宏大坚固,内设上等舱、下等舱,每天定时供应点心和正餐,这些新鲜的体验都和在国内迥异。

但早期的出使团对异域文化的认识还仅停留在城市景观、日用器物和军用器物等表层的描绘和认识上,到了洋务派提出"师夷长技以制夷"时,人们已开始从工业技术和国家进步的层面来理解异域器物。因此,异域器物从一开始就伴随着国人对异域文化的体验,它们出现在小说中,作为精彩纷呈的文学形象,折射出国人对工艺精良的异域器物的迷恋和迷失心态。

第二节 《绣像小说》里的异域器物形象

马克思主义认为,人区别于动物的首要标志是人能够进行自由自觉的社会实践(劳动),人通过社会实践改变了自然界以及人自身。而物质生产活动是人类最基本的社会实践活动,它把人与自然界联系起来,人类按照"美的规律"进行生产和建造,即将客观规律和主观能动性结合起来创造出物质文明,并在劳动产品中复现和直观自身。西方世界工业文明创造的物质财富超越了之前各种社会形态的总和,并将曾经处于文明之巅的中国远远地抛在身后。研究《绣像小说》中异域书写的器物形象,有助于我们理解晚清民众面对纷繁复杂的物质世界的心态,以及他们对未来的选择。

一、作品人物对异域器物的两种态度

《绣像小说》所刊的非小说类作品《理科游戏》和《京话演述英轺日记》带着十分艳羡的口吻向国人介绍西洋的器物。创作小说和翻译小说中主人公与异域器物的亲疏关系,有两种不同的程度,也表现出不同的态度。

一种是主人公从偏远、闭塞之处来到先进文明的地方或国家,他们在

---

① 张德彝:《航海述奇》,长沙:湖南人民出版社,1981年版,第5页。

面对异域器物时都表现出惊讶、艳羡和赞叹之情，读者在阅读过程中陪他们一起体验异域文明。如《文明小史》写吴江贾氏三兄弟跟随老师姚老夫子去上海体验现代文明，他们初次面对新闻纸、洋灯、洋服等器物，就为之震撼，不遗余力地表达了对文明的向往。《梦游二十一世纪》里荷兰某君梦游英国，亲身体验暖气、铝制品、磷、风力、电磁车和热气球等器物给生活带来的巨大便利。《回头看》里的主人公威士在2000年的新波士顿见到了全自动的音乐厅、替代人工劳作的机械等。

另一种是主人公已经身处现代世界，他们能驾轻就熟地使用各种先进器械，作品对其进行了详尽描绘，是为了普及科技知识，令读者感到惊讶。如《泰西历史演义》里渲染枪炮、船舰势不可当的攻击力对战胜敌人所起的巨大威力。《痴人说梦记》里贾希仙寻找只在父亲的梦境和传说中听说过的仙人岛，他驾驶的交通工具是十分现代化的电气轮船，轮船上带有防备迷路的罗盘针和御敌的火药和枪炮，这样经过长途跋涉才找到了仙人岛。《小仙源》里瑞士洛萍生一家在移民海外的路上出现了意外，他们利用船上的遗留物品自救，漂流上岸后自己制作衣物、生活用品和种植粮食，虽然他们的器物十分原始，并不现代，但是冒险小说里主人公为生存利用和制作器具的过程充满科学性和趣味性。

总之，国人并未参与异域器物的生产、制作过程，异域器物对他们来说仍是外在于自身的异己力量，它们代表着一个不同于中国农业文明的西方世界和西方文明，国人面对这些陌生的器物，难免会带着好奇的心态去打量和追随。在此过程中，因经验不足，他们会感到惊奇、尴尬或恐惧，但并不因此放弃学习和探索。《绣像小说》中的作品记载了异域器物书写的内容，该内容不只反映异域器物进入国门的事实，还反映了当时人们面对器物的心理状态，其中包括了记忆与想象。

二、异域器物形象

鸦片战争以来的一连串失败让国人无法漠视异域器物的存在，它们被写进小说、诗文里，成为重构未来中国物质文化的一部分。《绣像小说》里比较突出的器物有洋装、洋灯、书报和交通工具等。

(一) 洋装

1. 洋装中的戏剧性

服饰在中国的封建社会被上升到事关国体的高度，尤其清朝是少数民族入主中原而建立的大一统王朝，统治者接受了儒家的文化，格外看重"衣服有制"，"服饰乃政治的符号，政治是服饰的内核。衣冠形式成为最基本的政治选择，成为臣服和归顺的最起码的政治表态"[①]。晚清时期，中国人服饰审美的社会性规约渐渐失效，而个人性色彩逐渐凸显。

《文明小史》详尽地描写假洋人的装扮，服饰问题里蕴含着戏剧性，小说五回的回目都直接和改换传统装扮、穿着洋人的奇装异服相关。

改洋装书生落难　　竭民膏暴吏横征（第八回）
妖姬纤竖婚姻自由　草帽皮靴装束殊异（第十六回）
阻新学警察闹书坊　惩异服书生下牢狱（第四十二回）
黄金易尽故主寒心　华发重添美人回意（第四十七回）
改华装巧语饰行藏　论圜法救时抒抱负（第四十八回）

葆拉·扎姆帕瑞妮认为晚清小说里充满了描写衣服、装饰和定义人物形象活动的细节，它总是长篇大论地向读者介绍每一个新人物的衣服，类似于戏台上的"亮相"。服饰是"身体的身体"（the body's body），通过它能够很快地推测出一个人的性格类型。服饰描写在晚清小说中有特殊的作用，无论在东方还是西方，关于服饰时尚的话题是一个现代性的话题，它连接着从生物体到社会人，从公共到私人的文化，晚清小说也不例外。[②]

《文明小史》里李伯元花费大量笔墨描写改着洋装的假洋人的亮相，假洋人原本是"自我"的文化母体，变成了异域他者，不为"自我"所认同。"他们是谁？是自己人还是外来者？看起来他们不是外来者，但也不像自己人，他们的身份和地位尴尬、暧昧，他们处于舞台的中心，处于众

[①] 王洁群：《晚清小说中的西方器物形象》，湘潭：湘潭大学出版社，2009年版，第111～112页。

[②] 参见 Paola Zamperini. On Their Dress They Wore a Body: Fashion and Identity in Late Qing Shanghai, Positions. Fall 2003, Vol. 11, No. 2，301－330.

人目光的焦点上，这个位置也同时意味着他们身在众人之外的边缘。"①作家无一例外地以反讽的眼光打量他们的穿着和行为。

假洋人包括跟随意大利矿师来的通事、刘伯骥、黄国民的洋装朋友、劳航芥等人，他们破坏了旧有的秩序，因而被视为异己，受到批判。他们中人西装、不中不西、中西变换的装扮，总带来喜剧或者闹剧效果。比如第十六回黄国民的洋装朋友称自己饮食起居都仿效外国人，却不学洋人天天洗澡换新衣服，理由是怕学洋人拿冷水洗澡而冻感冒，其实他改穿洋装的真实理由是穿不起四季变换的价值百十块的中国衣裳，而十几块的洋装只需要一套就可以穿四季。黄国民认为这是一种"改良"，显然此种改良并不意味着进步。

"改装"是蕴涵着戏剧冲突的元素。李伯元时常品藻人物的穿着，他善于运用"改装"表现冲突，虽然改装情节在中外小说、戏剧中是叙事的动力因素，并不鲜见。但在《文明小史》里改装除了传统的隐藏身份的功能，还有混同身份和彰显身份的功能。

第一，隐藏身份的功能。第四十五回至第五十回写久居英属殖民地的香港律师劳航芥，会讲流利的英文，但精神已被奴化，他觉得香港诸事文明，而瞧不起自己的拖辫子的旧同胞。他回内地去上海喝花酒，精心地穿了一身白衬衣、白裤子、白鞋、白袜的洋装，遭到不喜欢洋人的当红倌人张媛媛的厌恶，为了博得张媛媛的喜欢，他改回了中国装，还装上了假辫子。跌宕起伏的改装情节将劳航芥由假洋人打回中国人，他不过是披挂着"文明"的皮囊，在维新时期东西跳梁的小丑，他所代表的虚伪的"文明"也轰然坍塌。

第二，混同身份的功能。第四回意大利矿师一行四人从高升店里爬墙逃命，洋人和假洋人的身份有碍于去老百姓家借宿，他们不得已改换了中国人的打扮。第八回刘伯骥向和尚借被子不得反被奚落，却得到教士慷慨赠予，后来他和教士两个人一同进城救会党朋友，"一个外国人，扮了一个假中国人，一个中国人，扮了一个假外国人，彼此见了好笑"。

刘伯骥改洋装既是隐藏身份，也是在无衣可穿时的无奈举动，但来华26年，穿中国服、说中国话的教士有意入乡随俗、混同身份，拉近与中

---

① 李敬泽:《"在穿衣镜里看自己的影子"》，载《创作评谭》，2000年第3期，第48页。

国人的差距，这样有利于他在中国生活和传教。传教士主动传播基督教文化，他们还将传播的方式中国化，搭救刘伯骥的教士熟稔中国文化，用《康熙字典》攻击佛教，说得刘伯骥没话回应。

第三，彰显身份的功能。李伯元还描写通过改穿洋装来彰显身份的假洋人，如第二十三回写有志愿出洋留学的黎定辉只有扮作假洋人，才能登堂入室见到万抚台，洋装成为社会身份、地位高的象征。

2. 洋装背后失序的礼文化

随着近代以来时局的变化和社会、经济的变化，封建社会较为稳定的"士农工商"职业等级体系出现松动，士人通过读书进阶官场的愿望很难实现，即使进入官场，也不过是摧残和消磨着自身的人格，进入仕途已不是士人的最优选择，他们的地位也由中心滑向边缘。商人在近代中国从"末商"时代走向历史的前台，成为最为活跃的社会阶层。西方的自由、平等、革命、改良、立宪、文明等概念的输入，更是激发人们挑战传统的等级秩序观念。

《文明小史》中最能反映等级观念、礼文化失序的是服饰的改变，它向封建的等级制度发出挑战。何以如此？服饰除了遮羞避寒的基本功能，还是社会身份、性别和经济地位的标志。在不同的文化背景中形成了各民族不同的服饰文化，西方的服饰文化和基督教文化传统有关，《创世纪》里亚当和夏娃受了蛇的引诱，偷吃了禁果："他们二人的眼睛就明亮了，才知道自己是赤身露体，便拿无花果树的叶子，为自己编作裙子。"服饰在西方被看作人类过错的产物。[①]

而中国的服饰制度有鲜明的"中国性"（Chineseness），"衣服有制"是礼文化的一部分，《礼记·王制》对衣服等级有明确的规定，历代统治者通过衣服的颜色、款式、材质、配饰等规定，维护尊卑上下有别的礼制，蕴含着政治、伦理意义。到了晚清时期，西风东渐，传统的礼文化日渐式微，国人的价值观和审美观开始以西方为标准。洋装有颠覆原来的社会阶层等级秩序，追求上下平等的民主自由的含义，洋装成为新社会身份的标志和时尚。人与物的互动关系明显体现出晚清的文化冲突和观念改

---

① 参见 Paola Zamperini. Clothes That Matter: Fashioning Modernity in Late Qing Novels, Fashion Theory, 2001, Vol. 5, No. 2, 192—214.

变，洋人着中国服装，中国人着洋装，服饰的"改装"往往伴随着文化的"改装"。但服饰"改装"只是洋务运动、维新运动时期文化、观念"改装"的一个剪影，它折射出礼文化的等级制度失序和晚清国人主动向西方学习的过程，尽管只学到了皮毛或学走了样儿，但毕竟使得现代观念深入人心，昭示着文明的其他可能性。

(二) 洋灯

鸦片战争尤其是甲午战争之后，清政府逐渐失去了文化自信，国人以西方文明的标准为标准，通过输入新文明来改造旧有文明。西方文明成果首先是通过器物来呈现，西方的食物、布匹、枪炮、火轮船、洋灯、新闻纸、书籍、手表等器物，随着中国市场的扩大和留学生直接接触、体验而大量输入，并被接受。

比如李伯元的《文明小史》里不乏人们感受西方文明的情节，人们对将器物和文明简单地画上等号，有抑制不住的欣喜，而"洋灯"是文明的象征。第十四回贾氏三兄弟通过读书看报了解吴江县之外的世界，并且十分向往，他们托人买了一盏比油灯亮数倍的洋灯点着看书，贾子猷（谐音假自由）评价说："我一向看见书上总说外国人如何文明，总想不出所以然的道理，如今看来，就这洋灯而论，晶光烁亮，已是外国人文明的证据。然而我看见报上说，上海地方还有什么自来火、电气灯，他的光头要抵得几十支洋烛，又不知比这洋灯还要如何光亮？可叹我们生在这偏僻地方，好比坐井观天，百事不晓，几时才能够到上海去逛一趟，见见世面，才不负此一生呢？"晶光烁亮的洋灯在小说里被简单地视为"文明"的证据，因而第二十二回万抚台讲究维新且重视外界对自己的看法，他门房和上房里洋灯和保险灯不够用、茶叶是霉的，就吩咐差人或添或换，差人抱怨万抚台说："茶叶使我们账房师爷亲到汉口黄陂街大铺子里买的上好毛尖，倒说有霉气。洋灯四十盏，保险灯十三盏还不够，除非茅厕里也要挂盏保险灯才衬他的心！"第三十四回里写八股出身的王毓生在外游学，成了维新的领袖，他在济宁开了个专卖文明器具图书的开通书店，为了使生意红火起来，他将书店搬迁至省里贡院前，他赞叹布置好的新书店"文明得极！"并叫伙计把东洋图像画出，并"配上两盏保险灯"。

在小说里"洋灯"被赋予了文明、光明的寓意，激发了人们对新世界的向往。用"洋灯"等浅层的异域器物来代表新文明显然是浅薄的，但这些有维新愿望的人由异域器物所感受到的异域文明的欣喜,进而盲目崇拜异域文明也反映出精神的迷失,他们在取舍自己的文化和重建新文化的问题上,将会失去辨别的能力,甚至反向吸收异域负向的因素,而误以为是"文明"。李伯元的态度不同于他笔下的人物,冷静的反讽语调说明在异域器物的输入和接受上,他持有清醒而审慎的态度。

(三) 书报

"启蒙"是晚清时期进入中国的话语,作动词用时所对应的英文单词是 enlighten,从词语构成上来看就有"使……变得有光亮"之义,从西方哲学话语体系来看,康德在《何谓启蒙》(*What Is Enlightenment?*)中认为启蒙是"人从加诸自己身上的那种不成熟情境中脱离出来,呈现出他个人的独立判断力以及理性运作的境界,这是人朝向独立思考的一个很重要的、跟过去的传统决裂的新发展"①,启蒙使现代和过去传统的决裂变成可能。在文化的问题选择上,晚清知识分子艰难地选择了"新学",图书和报纸在社会转型过程中发挥着不可替代的作用。

晚清小说中的异域书籍象征着先进的文明和知识,使小说中的读书人面对它们时无不充满了欣赏和好奇。《梦游二十一世纪》里培根和芳德西带"我"参观广厦林立、花朵环绕的万国藏书室,由于书籍卷帙浩繁,培根建议"我"选择最感兴趣的部分进行浏览,"我"根据藏书室细致入微的分类,依次从格物、生物、飞虫,选择到飞虫中的小类"两翼飞虫学"的贮藏所,"我"大略翻阅,发现记载的蚊蝇类就有千余之多,不禁感叹:"二十一世纪之事,何繁细竟至于此!"② 这种分类法得益于 1751 至 1780 年之间编纂出版的 35 卷之多的《百科全书》,狄德罗为首的唯物论者向 18 世纪受过教育的新兴资产阶级介绍文学、音乐、医学、工程、航海、军事等各个领域的先进知识,借此他们攻击封建等级和教会制度,向往更加公平、合理的社会,反对封建等级、愚昧无知,使唯物主义和自然神论成为青年们的信条。《梦游二十一世纪》的原作者哈亭也相信思想启蒙能够使人类的理性获得应有的地位。

---

① 廖炳惠:《关键词 200:文学与批评研究的通用词汇编》,南京:江苏教育出版社,2006 年版,第 89 页。

② 李伯元:《绣像小说》(第二期),上海:上海书店,1980 年版。

同样,《痴人说梦记》里贾希仙离开传教士开办的学堂,就是为了寻找一个能学习实用知识的学堂,直到他和五个朋友初次流落到仙人岛,才听说岛上的神宫里有一个藏书楼,"里面的书,尽是希腊国的古文,还有些哥白尼、奈端、培根等人的著作,却是钞本"(第八回)。希仙等人十分欣羡,经过岛主的同意,他们到了楼上,分别取了重学、力学、气血、医学、电学、矿学、化学和天文学等,然后六个人各自学习,贾希仙用三个月时间废寝忘食地学习,用脑过度将自己弄得奄奄一息,仙人岛教主和一位老者将他抢救过来。这里的寓意是学习接受新文化是一个艰难的、痛苦的过程,必须有坚强的意志和不懈的努力,它可能同自身原先的文化不相协调,甚至爆发出某种危机,但只要慢慢地调养过来,就会是一个有所取舍和融合的富有生命力的文化。

《文明小史》里维新官员已有意废除八股,改考"时务掌故天算舆地",读书人则跟随科考导向,学习格物学和了解时事,虽然科考改革是推动读书人学习新知识的一个重要因素,但更重要的因素是读书人自身对外部世界的好奇。吴江的贾氏三兄弟如饥似渴地阅读报纸,想拉近和外部世界的距离,甚至跟随姚老夫子去上海游览。各地的书店也时兴翻译书籍,有的书店专门成立译书局,请专业人才来翻译,但也为一些不负责任的翻译者迎合大众庸俗趣味、赚取钱财提供了便利,当时译书局大量译印诸如《男女交合大改良》《传种新问题》之类的书,而国外真正的好书却因"人家不懂,反碍销路"(第十七回)而被舍弃。旧有典籍和教育模式将被新学取代,但沸沸扬扬的"维新"有的成功,有的并不成功,刘伯骥等年轻学生还在缺乏辨别能力之时,就对《四书》《五经》等古代典籍表明厌倦之情,来自西方的启蒙之光占据了他们的全部心灵,造成他们对传统的极力反对和深深的隔膜。李伯元意识到晚清民众所需要警惕的正是唯西洋书籍是瞻,因为它将遮蔽原本可以更加丰富的心灵空间。

(四)交通工具

《绣像小说》所刊小说里有各种各样的交通工具,如轿子、人力船、电磁车、火轮船、热气球等,前面两种在晚清社会比较常见,不是来自异域的交通工具,而电磁车、火轮船和热气球体现了近代科学技术带动交通工具的变革,扩大了人类移动的范围,提高了移动的速度,使环游世界的梦想变成现实。

《文明小史》里民风未开的地方，人们搭乘中国比较传统的交通工具：轿子和人力船。轿子作为代步工具的效率不高，它是身份和地位的象征，通常为官员或有地位的人物使用。第一回写到柳知府和张师爷得知永顺府里来了外国人，专程坐轿拜访，轿前还要"鸣锣开道"，官吏出门有差役一边敲着锣，一边喝令行人让路，制造声势以显示官威。第十三回制台大人吩咐差役需要用轿子迎接洋人，将轿子象征身份和地位的功能发挥到了极致，他规定："只要是外国人来求见，无论他是哪国人，亦不要问他是做什么事情的，他要见就请他来见，统统由洋务局先行接待。只要问明白是官是商，倘若是官，统统预备绿呢大轿，一把红伞，四个亲兵。倘若是商人呢，只要蓝呢四人轿，再有四个亲兵把扶轿杠，也就够了。如果是个大官，或者亲王总督之类，应该如何接待，如何应酬，到那时候再行斟酌。"制台大人按照洋人是官员还是商人的身份，给他们安排不同级别的轿子，以区别对待。但突然到访了一位非官非商的教士，文案按照商人的接待规格处理，只是多加了一把代表官的礼节的伞。李伯元平静的叙述之下，涌动着对迂腐官员集团的讽刺，他们的聪明就浪费在于百姓无益的礼节之上。因此，小说里写到晚清代表性的交通工具一定是缓慢的、有地位区别的，并不具有现代性的意义。

而中国人自古以来就渴望出现某种交通工具，在广袤的土地、辽阔的大海和高远的天空里快速移动，如西晋张华《博物志·八月槎》写到银河与海相同，"近世有人居海渚者，年年八月有浮槎去来，甚大，往反不失期。人有奇志，立飞阁于查（通'槎'）上，多赍粮，乘槎而去"①。经过十多天的飞行到了天上，见到了牛郎和织女。但这只是一则幻想故事，飞船充满了浪漫色彩，却没有任何的科学技术支持。到晚清小说里，电磁车、火轮船和热气球实现了人们快速移动的梦想，并且有工作原理的说明和解释。

《梦游二十一世纪》里培根和"我"在街上走，见到载着黑色圆桶的车行驶而来，一个人坐在车上；这辆车不依靠人畜力前行，略有见识的"我"想到英法各国的蒸汽车，但观察之后发现这辆车没有蒸汽也没有烟，培根解释说这是"电磁机"。本书的原作者哈亭（Piter Harting，1812—

---

① 陈文新：《六朝小说》，北京：文化艺术出版社，1997年版，第43页。

1885)是一位荷兰的科学家,精通生物、医学和地质学,他知道煤炭是不可持续资源,他在科幻小说里借培根之口回顾车辆运转所需之力的历史,他说之前人们利用煤炭使车辆运转,到了21世纪煤炭资源稀缺而宝贵,依赖煤气(Lights Gas)转运的车也停罢,因而电磁成为便捷的资源,但电磁太耗费资金,不合时宜,人们开始使用取之不竭的风力、水力运转机器,将来更为先进的是依靠压缩的空气或其他气体的压力而使车辆行走。

而中外科幻小说《月球殖民地小说》和《梦游二十一世纪》同样幻想搭乘气球去环游世界。《月球殖民地小说》中的气球是私人制造的交通工具,第五回写玉太郎在夫人璞玉环的帮助下费了五六年的时间,研制成了会飞的气球,足有三四亩大,这个气球机器十分巧妙和舒适,不仅有气舱,还有客厅、体操场、卧室和大餐间,里面的物品齐备而精致,只需风轮鼓动,气球就带着屋子腾空飞行,速度还非常快。《梦游二十一世纪》里培根、芳德西女史和"我"搭乘的游历欧洲的电力气球是公众交通工具,大众只需要买票就能够乘坐。"我"十分关心电力气球升空和转向的原理,培根解释说以前气球在空中行驶依靠风力转运,但风使气球升起就像使纸片升起,有时卷入云霄,有时飘在空中,气球要获得自我控制的能力就得依赖机械,细的铁条绕上铜质缧丝,用电力和指北针控制气球行驶的方向。三人搭乘的气球上有欧洲各国的乘客,俄国、法国、德国、英国等国的人们爱好旅行,和平相处。

相比那些依赖人力行走的轿子和划行的船舶,异域交通工具则从科技进步的角度关注如何使人类的交通工具降低资源消耗,使生活更加快捷和舒适,当然显出了天壤之别,小说起到普及科学知识的启蒙作用。这些依据一定科学原理幻想出来的异域交通工具非常便捷,乘着它们可以在地球和宇宙之间随意往来,小说的作者和译者之所以存有这样的幻想,一方面体现出随着社会阶层的流动性增强,安土重迁的固有观念被改变,人们向往去探索更广阔的天地,无形中改变了人们对世界和时空的感觉,世界变小了,时间变短了,而眼界所能达到的空间更加开阔了。另一方面,人们飞离了地球之后,飘浮在空中或飞向月球落脚,其实都是幻想前往一个美好的地方,反映出想逃离污浊和无奈的现实世界的心理。

传统小说如《封神演义》《西游记》里经常出现法宝、道术、阵法等奇门异术,它们时常起到变换时空的作用。但在《绣像小说》里传统小说中的异术不见了踪影,科学技术成为更加吸引读者的内容,"晚清小说中的新科技不外乎几样东西:最多的就是飞艇,第二多的就是潜水艇"[①]。而《绣像小说》里频繁出现的就是热气球。异术与科技书写从出发点上来看,前者大都没有科学依据,表达有局限的人对异域和自由的向往;科技书写则希望能够普及科学常识,尽管有些科技超前于时代发展,如《梦游二十一世纪》里写的温度可以调控的城市,《月球殖民地小说》里人们可以自由登上月亮等,但两部小说的目的都是描写科技,展示在正确运用科学技术的帮助下,人类的物质文明可能达到的高度。从向心力上来讲,异术引导人们亲近玄幻思想,在无拘无束的想象中实现对现实世界的超越;而科技书写则引导人们掌握科学技术及其规律,从而使用它们为人类的利益服务。

综上所述,异域书写"以制器为先",重构了未来世界的物质文化,晚清小说作者意识到异域器物终将直接改变人们的日常生活、阅读习惯和出行模式等,人们从拒斥、惊奇、不知所措,直到最终接受现代的生活方式。

[①] 李欧梵:《晚清文学和文化研究的新课题》,载《东吴学术》,2015年第4期,第11页。

第四章　异域书写与制度文化层

晚清政府为了自救而开展洋务运动，官员从西方引进生产机器、军事装备和科学技术，却没能阻挡晚清继续衰败的颓势。知识分子救亡图存的目光从更新器物转移到更新制度上，他们在小说里描写欧美日等强国形象，这些强国被描述成政治文明、工业发达、法律严明、教育先进的社会，他们并不在乎这些国家之间的差异性，都一股脑儿地将它们当成中国要学习的榜样。

本书所探讨的制度层，即文化的中层，它包括"隐藏在外层里的人的思想、感情和意志，如机器的原理、雕像的意蕴之类；和不曾或不需体现为外层物质的人的精神产品，如科学猜想、数学构造、社会理论、宗教神话之类；以及，人类精神产品之非物质形式的对象化，如教育制度、政治组织之类"[1]。我们将从政治制度、教育制度和法律制度等方面，探讨《绣像小说》异域书写中展现的晚清知识分子对未来中国制度层的想象。

第一节　政治制度

从带有奇幻想象的《山海经》开始，中国人描写异域就形成了一种模式："以中国为世界的中心，将中国以外的世界描绘成离奇、诡异的地方，那里生存的也是各种奇形怪状的生物，如'犬戎国'民'状如犬'之

---

[1] 庞朴：《文化结构与近代中国》，载《中国社会科学》，1986年第5期，第84页。

类。"① 这种模式到晚清时发生大扭转,"开眼看世界"的中国人接受了中国不是世界中心的事实,转而将欧美、日本等异国视为文明的样本,国人带着增长见闻、学习新知的目的去这些国家游览、学习,将他们的经历记录在笔记、小说里,还有一些作家并未留洋,仅凭听闻和想象也在作品里描写异域国家的风俗、形象,尤其关注异域的政治制度。

一、晚清内外交困的政治局面

晚清时期,封建专制制度下的社会矛盾激烈而频发,涉外事务上最能表现出官员、民众与洋人之间的冲突,反映出晚清政府对内和对外的政治制度都出现了严重的问题。

(一) 官民与洋人的冲突加剧

鸦片战争以来,清政府接连不断地战败、和谈、割地赔款,造成了民族精神和心理的创伤。尤其 1900 年庚子事变后,晚清社会从官僚到民众普遍弥漫着怵外和媚外的心态,这两重心态成为小说里不需要做任何铺垫的背景。晚清官员面对洋人有社交上的不适应感,曲意奉行着礼尚往来、他者为上的外交仪节。从官员到民众都自觉或不自觉地仰人鼻息,更激发了洋人的嚣张气焰。作家塑造蛮横的洋人,目的是反思自己的问题。

《文明小史》里的洋人可以凌驾于晚清民众、司法之上。整部小说开始于民风浑噩的湖南永顺府的"白瓷碗"事件,第一回店小二的父亲失手打碎了洋矿师的"白瓷碗",洋人只是在地保的转述中在场,却很有震慑力,地保说:"那个有辫子的外国人就动了气,立时把店小二的父亲打了一顿,还揪住不放,说要拿他往衙门里送。"柳知府认为这是外交事件,第二回他专门去拜访洋人,金委员向柳知府传授自己和洋人打交道的经验,说洋人是"得步进步,越扶越醉,不必过于迁就他"。但柳知府奉行着"柔远"外交的策略。

第十五回洋关码头的洋人更加专横跋扈,晚清政府向外国人借款,以厘金作抵押,在洋关码头由"铁面无私"的洋人查验客人的行李,一个洋人拿着本和笔,带着扦子手威风凛凛地上船,查验客人的行李。结合前面

---

① 刘勇强:《明清小说中的涉外描写与异国想象》,载《文学遗产》,2006 年第 4 期,第 133 页。

对洋人的描写来看，永顺府的"白瓷碗"事件赶走了洋人，换了两任知府，而在洋关码头人们只能恨恨地议论。李伯元写出了洋人肆意横行的现实，从湖南到上海，越"开放、文明"的地方，洋人的行为越合法，而人们的反抗越微弱。通过洋人在中国的特权和专横跋扈，我们看到奉行传统儒家文化的晚清社会，遭遇西方资本主义扩大市场、争夺殖民地时的艰难境况。

《文明小史》里的人物在与洋人接触的过程中，李伯元揣测洋人如何看待中国人，借"他者"的眼光来批判"自我"的劣根性，"他者"成为能够照见"自我"不足的一面镜子。"仗义"搭救落难书生刘伯骥及其同伴的外国传教士，在小说里具有相对正面的形象，他有干预晚清政府的司法的权力，带着刘伯骥向坐堂的傅知府强行索要了一干会党囚犯，很多人围在周围交头接耳，"教士恐人多不便，便把刘伯骥手里的棍子取了过来，朝着这些人假作要打，才把众人吓跑"（第十回）。洋教士只是挥一挥棒子，周围人都害怕到逃跑，洋教士觉得围观群众太胆小，很好笑。李伯元没有反思传教士在晚清庇护教民、拥有连官府都不敢得罪的特权地位，是不是合情合理。他从言谈到行为都在美化传教士，与之相比的是晚清官僚凶恶对待百姓的现实，和尚、傅知府都是见钱眼开、缺乏善良品性的恶人，他将传教士塑造成急公近义的行侠之士，表达了对司法不公的愤怒、渴望实现正义的心理。

传教士为宣传基督教，用《康熙字典》《古文观止》来抨击佛教、和尚，说得"头头是道"。传教士搬出《四书》《五经》《东周列国志》《三国演义》《唐诗三百首》等，还有他亲手注解过的《大学》，这些被奉为中国传统文化的"经典"著作，在刘伯骥看来是"读厌看厌"不中意的书。洋人对中国文化的熟稔与中国读书人对本国文化的厌倦形成对比，经典失去了往昔的光彩，它彰显了国人文化认同的焦虑。当洋教士劝衣衫单薄的刘伯骥赶快穿上他赠送的衣服时说："你们中国人底子弱，是禁不起的。"回评写道："中国人底子弱，是禁不起的，说的是病，妙有言外之意。"这"言外之意"即由国运之弱辐射到种族之弱，产生了民族危机，这种危机通过"他者"的视角加以强化。

但晚清知识分子在描写民众，尤其是具有维新视野的官员面对蛮横的洋人时，所表现出的并不只是怵外和媚外的心态，还有一种无所畏惧的心态。比如《邻女语》里依然有洋人在中国为所欲为，但并没有刻意地凸显洋人在智慧和能力上高出国人一等，因而它和《文明小史》是不同的。小说写庚子事变后人民面临的国破家亡的人间惨境，读者跟随金不磨的脚步和视野，遍览洋人入侵后官民逃难的情景。然而在这样紧张、沉痛的气氛里，小说却通过描写一个勇武有余而智慧不足的德军统帅，以及他与沈道台三番两次的交往，让读者对乱世中敌我矛盾的复杂性更多了一些认识，即为百姓利益着想的官员为了使自己的利益最大化，想方设法在敌我之间进行博弈。

第七回写德国兵士一路上没有遇到强有力的抵抗，他们从北京、直隶长驱直入，到达居庸关时，刘提督手下的官兵误放了炮弹，才阻止了德军继续向前。继而德军占据张家口的关口，戍守张家口的沈道台原先是位留洋学生，由于得罪了到江南搜刮民财的官员刚毅，被发配到张家口，他能用德语交流而成了通事，小说写他见德军统帅，"德国兵官遂邀他进了行营，带他去见德国统帅。统帅意见，欢喜非常，亲自出门迎接。入厅握手，相与为礼，述了些向慕的意思，又慰问他得罪之故。又告诉他两宫现住西安，和议已经开议，并无敌兵侵犯，要他宽心"（第七回）。在这里，作者假想了一个懂得待客之礼的"他者"形象，统帅热情地接待一个小小的通事，并告诉他时局发展的动向，表达了爱才、惜才之意，并希望沈道台替德军采买粮食。沈道台为避免德军抢夺老百姓，答应了募集军粮，这时统帅的不信任立马表现出来，他派了十个德国兵跟着沈道台分别跑了德全县、宣化府和张家口，等他们募集到军粮和牲畜，才赢得了德军统帅的信任，而张家口被沈道台经营得比洋兵到来前繁荣了很多。沈道台虽然被统帅逼迫，不得不完成一些筹集军粮的任务，但在取得信任之后又利用统帅的见识短而实现了减少人员、财产的损失和收复关口的目的。

第八回至第九回里沈道台见德军只有一面国旗挂在关上，想不费一兵一卒收复关口，他借口为德军教场行营再立一面国旗，就从德军统帅那里骗取照会，允许中国人到营中代立国旗，沈道台将关口的德国国旗降下来换进行营，而在关口升起中国的龙旗，以此来收复关口失地。德军统帅得知被骗后破口大骂，沈道台振振有词地说出了三条道理：第一，统帅是武将，有关德国国体，不应表现出恣睢之态，说出不堪入耳之言。第二，德国的军律是国旗军旗不得分作两处，这样的挪动还是替统帅分忧，替德国扬威。第三，统帅若觉被骗，那也得怪自己见识不高，其实还不如将这个人情还给中国，将来议和时再以此换取其他的利益。至此，德军统帅也只得应允。这里，沈道台再三地玩弄德军统帅于股掌之间，洋人形象作为"他者"并没有表现出智慧上的优势，反而突出了"自我"形象的机敏灵活、能言善辩，但也隐含着不敢开罪对方的意义。

从以上分析可见，晚清时期洋人和民众的矛盾越来越激烈和公开化，从民众的反应中可以窥见"柔远"文化的偏差。

(二) 柔远策略失效

第一，在中国"柔远"从一种文化观上升到外交制度，有着悠久的历史。

"柔远"是中国儒家积淀已久的"礼文化"观念，《尚书·尧典》："柔远能迩，惇德允元。"① 意谓安抚远处才能安抚近处，行厚德信足以使好的品性永久。《诗经·大雅·民劳》："柔远能迩，已定我王。"② 该诗是西周贵族召穆公用尖锐的话讥刺成王的七世孙厉王，厉王掌权时横征暴敛，任用奸佞，百姓生活得很苦，穆公规劝厉王要爱护百姓，安抚远方贵族，使近处的贵族顺从。《论语·子路》也勾勒了一副"近者悦，远者来"的内政外交的图景。几千年来，中国的华夷观认为华夏是天朝上国，居于天下中心，"柔远""怀柔"成为历代统治者安内驭外的理想策略。

到了清朝，根据赵尔巽等人撰写的《清史稿》，提到"柔远"的有25处③，内容涉及皇帝、臣子与番邦、外邦交往的具体事件和设置柔远司、柔远郡，如顺治十八年（1661）八月，理藩院设录勋、宾客、柔远、理刑四司；嘉庆二年（1797）暹罗（今泰国）又派使臣朝贡，清廷与其交往施予丰厚而纳受微薄，奉行着安抚小国的定制等。清朝王之春（1842—？）以编年体的形式编写过一本从顺治元年（1644）到同治十三年（1874）中央和少数民族、外国交往的史书，名之为《清朝柔远记》（原名《国朝柔远记》，又称《国朝通商始末记》《中外通商始末记》），彭玉麟为之作序说：

---

① 《十三经注疏》（上卷），上海：上海古籍出版社，1997年版，第130页。
② 《十三经注疏》（上卷），上海：上海古籍出版社，1997年版，第548页。
③ 该数据来源于四川大学爱如生中国基本古籍库。

昔宣圣与鲁君论文武之政,于远人则曰"柔"。诚以远人不可遽怵以威也,遽怵之以威,则彼必震动不安;又不可故示之以弱也,故示之以弱,则彼必狡焉思逞。此而求一至善不易之经,则非"柔"不为功。且夫"柔"之云者,非我之自处于柔也,道在顺其归附之心,而孚之以诚信,则柔者亦柔,所谓"燮友柔克"也。化其犷悍桀黠之习,而迪之以中庸,则不柔者亦柔,所谓"高明柔克"也。①

以上这段话是说孔子和鲁国国君讨论文王、武王的为政之道,对远方的人采用"柔"(安抚)的策略,柔正处于"遽怵以威"和"示之以弱"之间,是最高明的策略。但《清朝柔远记》一半的篇幅记载的是武将战死、文官和谈和割地赔款等的屈辱之事,彭玉麟的序言和正文正好构成一种反讽。

第二,外部世界的冲击在《文明小史》中有非常生动的刻画。

在国人与异域人物和器物互动的过程中,我们能够体悟到晚清社会的"礼文化"观念受到了来自异域的强烈冲击。《绣像小说》第一至五十六期每期的首位连载李伯元的《文明小史》(六十回),这是一部极有分量的小说,它反映的是戊戌变法失败后晚清的社会现实,国人在进入"文明世界"的前夕,所感受的新旧文明(文化)冲突时的焦虑。中国原本是一个有着悠久文明历史的国家,小说里倾向维新的人们却向往开辟历史的新纪元,他们反复叙述传统封建社会的经济、战争、文化、外交各方面的"不文明",以西方的文明为标准,向西方看齐。历来关于《文明小史》写的是什么有多种看法,我们认为它写的是中西方文明冲突时,传统礼文化行将倾颓和新文化尚未建立时混乱的社会全貌。在处理外部关系时,原有的"柔远"文化也失去了应有的效用。

《文明小史》最为精彩的部分是前十一回,第一回从湖北永顺府的"白瓷碗"事件写起,在民俗浑噩的永顺府,地保向柳知府报告高升店的店小二的父亲不小心打碎了洋人的白瓷碗,柳知府怕得罪了洋人,把事情闹大,立马派差人把店小二抓到衙门,还暂停了武举考试,采取了中国传统的"柔远"策略,专程处理外交事宜,他说:

---

① 王之春:《清朝柔远记·彭叙》,北京:中华书局,1989年版,第1页。

你们是在外面做官做久了的，不知道里头的情形。兄弟在京里的时候，那些大老先生们，一个个见了外国人还了得！他来的是便衣短打，我们这边一个个都是补褂朝珠。无论他们是个做手艺的，我们这些大人们总是同他们并起并坐。论理呢，照那《中庸》上说的，柔远人原该如此。况且他们来的是客，你我有地主之谊，书上还说送往迎来，这是一点不错的。①

这段话的意思，一是柳知府表示对社会等级被破坏的不满和无奈，几千年来，中国的小农经济形成了封建的社会等级体系。但到了晚清，京城里的官员对外国人既怕且敬，上有行而下必效，地方官也只能慎重相待。二是柳知府从礼文化中找到了解释现实中委曲求全的托词，他以"柔远"策略来应对危机，可以说是有根有据的，还有大国官员待人以宽的心理优势。

但事情的发展超出了柳知府的预期，《文明小史》反映的正是国人恪守"柔远"成规，却已经失去了该外交策略发挥效用的余地，表现为晚清官员为自己的怵外和媚外开脱。参加武举考试的学生认为勘探矿苗的洋人损害了自己的利益，而柳知府对其毕恭毕敬，考生们将他的行为视为谄媚和卖国，便纠合在一起攻打县衙，抓了洋人，"白瓷碗"事件最后以给洋人赔款作结，而上司见柳知府弹压不力而将其撤职。

柳继贤在上任永顺府知府之前，是一个"精明练达，勇敢有为，心地慈祥，趋公勤慎"的郎中，他有改革弊端、革故鼎新的愿望，有志于做个好官员，却难以适应利益纠葛的官场。小说还塑造了理想的官僚制台大人，该人物是以张之洞为原型，制台说："我虽然优待洋人，乃为时事所迫，不得不然，并非有意敬重他们。"（第十三回）晚清的官员仍以"柔远"为自己的怵外和媚外开脱，但在心态上不再有高明策略的优势，而是不得已而为之。

李伯元在小说里借柳知府、制台大人等人之口所说的"柔远"有明显的言语反讽，"言语反讽，指的是说话人话语的隐含意义和他的表面陈述

---

① 李伯元：《绣像小说》（第一期），上海：上海书店，1980年版。

大相径庭。这类讽刺话语往往表示说话人的某些表面看法与评价，而实际上在整体话语情境下则说明了一种截然不同，通常是相反的态度与评价"①。李伯元还借饶洪生坐船到美国却不能够上岸，点明了当时华工在美国的不公平待遇即"华工禁约"。在《文明小史》的连载期间，国内积极响应海外的"反华工禁约"运动，声势浩大。异域对华实行的"华工禁约"，恰好与晚清对洋人的"柔远"形成了极为刺眼的对比。

但时过境迁之后，论者在批判"柔远"的消极意义时，也依然认为从晚清起往前追溯富而有礼的中国，尽管自视为天朝上国，但这种"自我中心"的生命力并不来自对周边生命的吞噬，而是在与他国的交往中奉行着另一套"他者为上"的行为准则，乐于对周边国家施予丰厚、纳收微薄，从而显示大国的国威和优越感，也有着积极的意义。因此要解决中国文化的问题，并不是全盘否定我们的历史，而要对我们的失策之处进行检讨，对文化进行调适，这样才能从更加积极的意义上避免重蹈晚清"被揉"的覆辙。

第三，《文明小史》写出了以"柔远"为代表的礼学观念受到冲击后，整个民族陷入危机状态的心史。

柔远策略在外交上的严重失守，使晚清知识分子感受到一种前所未有的危机，正如《文明小史》的楔子写道："请教诸公，我们今日的世界，到了什么时候了？有个人说：'老大帝国，未必转老还童。'又一个说：'幼稚时代，不难由少而壮。'据在下看起来，现在的光景，却非幼稚，大约离着那太阳要出、大雨要下的时候，也就不远了。"太阳与大雨两种截然相反的意象，共同支撑起极端紧张的晚清社会的生存状态，新政、新学可能带来民族的新生，也可能把民族带向更深的灾难，但应该怎么办？李伯元给出的答案是改良，陆克寒认为这是一种"智性民族主义"② 的立场。

改良的而非革命的立场使李伯元的创作具有边沿性，"边沿"是巴赫金在《陀思妥耶夫斯基的诗学问题》中提出的术语，他从陀思妥耶夫斯基

---

① M. H. 艾布拉姆斯：《文学术语词典》，吴松江等编译，北京：北京大学出版社，2009年版，第271页。

② 陆克寒：《民族叙事中的智性民族主义立场——李伯元〈文明小史〉论》，载《扬州大学学报》（人文社会科学版），2006年第1期，第44~48页。

的创作中发现了"边沿人",边沿有时也译作门槛,指的是人的心灵危机的时刻,就是把人放在门槛上来描绘,即放在危机状态中来描绘。① 但李伯元所描写的不是"边沿人",而是边沿的民族国家,即民族心史的危机状态。

1900年后的中国处在动荡和变革之中,《文明小史》描写了西方文明被引入中国后被民众抵制、接纳、改造或扭曲的过程。但民族心史的表达不一定非得选取重大的历史事件来写,《文明小史》就将目光定位于沉痛、荒诞的社会转型时期各种场景里官员与百姓的经历,作品从平庸的、琐碎的日常生活写起,整部小说的情节单元多、叙述节奏也较快,出现的主要情节有:柳知府以"柔远"应对洋人的白瓷碗事件,暴虐贪婪的傅知府卸任时制造百姓依依不舍的假象,吴江三兄弟去上海游历,一些人以维新的名义走上仕途的捷径……总之在不断变换的情节单元里,我们能够体味到晚清民众在面对新形势、接受新事物时错愕的情绪,它成为一种经验和信息,传达着晚清民众的活法,有助于我们吸取历史的教训,不再重蹈覆辙。

李伯元对现实有谴责和反思,对未来有担忧和期待,这种矛盾的态度使他在小说中时常使用不确定的表述:"也有办得好的,也有办不好的,也有学得成的,也有学不成的。"(楔子)"也有懂的,也有不懂的。"(第十五回)并认为"现在办洋务的,认定了一个模棱主义"(第三十一回),小说并没有一致的肯定的主张。

他将民族国家拟人化,描写它"转老还童"或"由少而壮"的可能性,而不是确定性,这种可能性一直贯穿到小说"假定性"的结尾,阿英评价说《文明小史》的结尾简直收束不起来,我认为小说用理想化的官僚平中丞准备出洋考察政治草草作结,看似有头有尾,但这只是一个假定性的结尾。李伯元没有走出心灵危机,小说就没有也不可能完成。因为边沿书写使自我在与他者的交往和对自我进行定位时,呈现出强与弱、真与假的两面性,和向任意一面延展的可能性,而如何重建文明的追问到今天都还没有完成。

---

① 巴赫金:《诗学与访谈》,白春仁等译,石家庄:河北教育出版社,1998年版,第386页。

那么李伯元书写民族心史危机的意义何在？首先，《文明小史》高扬着爱国主义和民族意识的旗帜。从梁启超的《新中国未来记》开始，晚清知识分子就在想象一个全新的中国，《文明小史》则关注"现在"的中国，尽管"文明"一词在小说中有明显的反讽的意味，但全景式反映晚清政治局势的混乱，讨论中国维新改革的方案与道路，无不渗透着作者对民族命运的忧心与关注，代表着一种时代氛围和社会情绪。其次，小说注重还原历史现场，通过表现民族心史的危机状态，直面小人物在历史进程中的作为及心灵世界，微不足道的小人物如吴江三兄弟、劳航芥等人恰是构成历史鲜活面貌的必不可少的人物。最后，民族心史的危机表现出中国向现代性挺进的曲折坎坷，文本与思想、政治、文化关系紧密，成为中国现代性进程中的独特经验。

二、异域乌托邦的政治制度

《文明小史》里反映的晚清政治制度亟待改革，但改成什么样才能符合人们的愿望？《绣像小说》里的其他小说给我们提供了改革的各种前景。

比如《泰西历史演义》是一部通俗的欧美争取独立自由的近代史，以拿破仑、华盛顿、彼得大帝的人物传记结构全书，其中彼得大帝为振兴俄国做出了巨大的贡献，他向西方看齐，游历欧洲各国，学习先进的制造工艺和治理国家的方法，归国后改革政治、建立海军，引进新式武器和战略战术，使俄国快速西方化并强大起来。在小说《回头看》里，叙述者眼中的乌托邦着眼于远方和未来，美国政治上已经实现了社会主义；经济上消灭了私有制，人人过着按需分配的富足生活；生产高度工业化，小说设计出一整套完美的制度，带有极强的理性主义色彩。《痴人说梦记》里不乏对社会黑暗、腐朽的现实的揭露和批判，但它主要是以塑造正面理想人物为中心的长篇小说，它以分分合合的三条线索（贾希仙一线、宁孙谋和魏淡然一线、黎浪夫一线）写晚清知识分子从不同角度为社会寻觅出路。[①]而这三组人物分别代表了社会发展的不同的方案和前途，贾希仙代表作者的理想，他身上幻想成分较多，他进行海外拓殖，来到仙人岛和毛人岛，被大鸟抓走，都体现了文学的虚构色彩，他认为晚清时局不能扭转，这时

[①] 参见欧阳健：《晚清小说史》，杭州：浙江古籍出版社，1997年版，第230页。

想站出来抗争与时相悖，但仍要去海外的仙人岛做出一番事业；宁孙谋和魏淡然代表康、梁二人，他们主张在朝廷内部进行改革，就能扭转时局；而黎浪夫最为激进，他代表着孙中山，想推翻朝廷来振兴中华。总之，无论他们的政治立场如何，他们所表现出来的热情和牺牲都体现了晚清知识分子的担当精神和报国精神。

但总的看来，作家们对中国政治制度如何改革仍是语焉不详的，尤其当国人与强国进行接触、互动时，小说家们却由于自身经验不足，而主动为强国蒙上了一层烟雾，使读者更看不清楚它们的面貌，只能照见自己的影像。

如《文明小史》第五十一回写饶鸿生等人游历日本、美国，他出游前对制台说："打算先到东洋，到了东洋，渡太平洋到美国，到了美国，再到英国一转，然后回国。一来可以扩扩眼界，长长见识。二来也可以把这工艺一项，探本穷源。"小说写他留洋的排场很大，对异国不做太多的了解就匆匆出游，闹出很多笑话，但小说对东京、纽约和温哥华，并没有给出多少信息。他们在异域感受着吃喝住行的皮相，而对西方先进文明和文化竟无半点触及。

饶洪生在纽约时，在已故的美国前总统克兰德的坟墓前看到李鸿章的题句，在日本看佛、看湖时想到的是《儒林外史》里的马二先生，见了西湖说出《四书》里的三句话："载华狱而不重，振河海而不泄，万物载焉。"他们像刘姥姥吃惊地看着大观园，但在西洋景里寻找和发现的不是西方的文明，而是自我的形象。李伯元并不是表现外国，而是表现国人，比如在国外饶洪生的小妾抓无花果，饶洪生藏糕饼，在公共场合晾裹脚布。饶洪生被洋人用来打赌，赌他是不是日本野人。或许李伯元夸张的描写并不符合历史真实，他只是恨铁不成钢，借洋人视角来观察国人，以批判性的眼光审视中国人在异域的不文明行为。

《苦学生》里黄孙和文琳初到美国，竟不能上岸，他们烙印着"落后"国家的标记，因而被"文明"的国家粗暴地拒之门外。当黄孙总算以留学生的身份踏上美国的土地时，困顿的生活却将他圈住，他整日为衣食而愁，并不能带领读者感受美国的文明和先进之处。

《绣像小说》也描写被侵略、处在危机中的国家，如《京话演述英轺日记》里成为殖民地的印度，《经国美谈新戏》里被斯巴达侵略的希腊齐武国，这一类的国家形象并不多，但它们切实代表了晚清知识分子对于中国前途命运的焦虑，它暗示了中国倘若不能实现民族复兴的另一种可能，即有更加艰苦和激烈的斗争随时等待着。

综上，《绣像小说》里的小说类或非小说类作品对异域乌托邦政治制度的书写都有着显著的时代烙印，上海属于开放较早的通商口岸，是东西方交流频繁之地，有良知的晚清小说家和翻译家较早感受到国家民族的危机，以笔为刀劈开一条救国救民之路，以此反思东西文化交流过程中不良的因素，引领人们走向政治制度现代化。

第二节 教育制度

鸦片战争打开了中国紧闭的大门，先进知识分子意识到和外国保持联系、向外国学习的重要性，产生了晚清的先后四个留学热潮：1872 年幼童留学美国为留学运动拉开了序幕，洋务运动倡导者派遣船政学堂的学生去欧洲学习，甲午战败大量学生赴日本学习，1908 年美国退还的"庚子赔款"用作中国学生的留学经费。

与之相应，小说中出现了大量的留学生形象，他们站在东西方文化的交汇点上，思想、学识既不完全融合于西方，也出现了对母体文化的反叛、反思。《绣像小说》所刊李伯元的《文明小史》、旅生的《痴人说梦记》、吴蒙的《学究新谈》、杞忧子的《苦学生》中就有较为典型的留学生形象，李兆忠认为作为西学东渐的必然产物，晚清留学生形象可以分为两类：一类是中西合璧的精英，另一类是中西合污的泡沫，晚清小说肯定前者的作品少，而揭发后者的作品比比皆是。[①] 从《绣像小说》所刊的涉及留学生描写的小说来看，两类形象也是对比出现的。

一是留学生中的佼佼者。晚清的大多数留学生都反对一味地学习作八股文，有志于学习西方实用的科学，使中国重新富强起来，他们代表了传统士人向近代知识分子的转变，有百折不回的决心和士人的良知，是社会

---

① 参见李兆忠：《晚清小说中的"假洋鬼子"》，载《博览群书》，2007 年第 8 期，第 77 页。

进步的重要力量。

《痴人说梦记》塑造了感时忧国的爱国留学生群像,他们的形象和作为与旧势力形成对比,他们之间对社会发展的不同观点也形成了对比。贾希仙、宁孙谋和魏淡然最初都在传教士开办的强西学堂学习英语,他们发现强西学堂只给学生教授英语,进行奴化教育,而不教授使中国强大起来的实用科学,因而决定去开风气之先的上海寻找更适合的学堂。他们"离家出走"的行为十分大胆,他们也规划好到上海之后如何生活,准备凭借扎实的英语知识翻译英文书籍来赚钱生活和学习,并准备积攒到足够多的钱时,自己开办学堂,培养社会进步所需要的人才。由于缺乏社会阅历和经验,他们一起去上海的计划并没有实施,三个人在码头失散,各自经历重重磨难。贾希仙始终怀抱着学习西方实用知识的梦想,他阴差阳错地流落到"仙人岛",在世外桃源似的岛上学习新的知识,离开仙人岛后他辗转流落到日本。宁孙谋和魏淡然对通过科举考试成为官员来改变晚清社会仍存有幻想,他们屡屡受挫,但宁孙谋最终通过举荐成为朝廷官员,他支持行新政,包括"振兴商务、开办路矿、整饬武备、创设学堂"等内容,却遭到守旧势力的抵制和诬告,最终丢了官职,和开办译书局的魏淡然一起出逃,他们认为日本是当时亚洲最强大的国家,也来到了日本。在小说第十六回里他们一起遇到了被朝廷捉拿的"乱党"黎浪夫。

吴蒙《学究新谈》里留学美国五年的沈子圣和夏仰西形成了新与旧的对比。沈子圣搭救了因无学生可教而要投河的夏仰西,并给仰西提供食宿,让他专心研习西方各门文化知识,有经学、国文、历史、地理、格物、笔算和唱歌,使老学究转变为适应时代要求的新教习。沈子圣认为中国之所以贫弱是因为没有教育,外国学堂的教育包括三部分:"一叫体育,一叫德育,一叫智育。那体育是强硬儿童身体的,德育是诱导儿童道德根性的,智育是开通他智慧的。"[①] 而中国教育蒙童的方法都与这三部分不相符合,孩子小小年纪被书本捆缚,不能好好地长身体,所学的《百家姓》、《千字文》、四书五经不能培养学生了解外面的世情,智慧不开通,使一国的人都变得怯弱愚蠢。学生只能通过科举考试,当上官员,却没有处理实际事务的能力,不能为朝廷分忧,也不能为国家办事。沈子圣持有

[①] 李伯元:《绣像小说》(第四十九期),上海:上海书店,1980年版。

"教育救国"之论,为了让夏仰西接受他的理论,还特意带夏仰西参观了以新学为办学理念的强华学堂。他对晚清新旧学之争的现实也认识得很清楚,旧学不是全不可取,旧学教授责任心强,有教学的良知和义务,教会学生守规矩和记识的法子。而新学也不是全都可取,关键在于教授的人,"维新的呢,就欺人不懂得,随意贩些新书作料,来哄动社会上的人,骗几文钱过活,哪能讲到热心教育"(第三回)。他批判当时社会上唯利是图之人打着新学的旗号投资教育来骗钱,因而愿意鼓励夏仰西向新学转变,成为好的教育家。

在晚清小说中,留学生中的佼佼者代表着晚清知识分子中的精英,百年前他们或多或少被西方强势文化吸引,并受到西方文化的影响,他们的言行挑战着中国根深蒂固的旧思想、旧观念,带来了自由、平等、科学、女权等新观念,也同时被思想封闭的士大夫和普通民众排斥,经历了很多磨难和考验,历史上的容闳、郭嵩焘、康有为、梁启超等人无不拥有坎坷的命运。但他们代表了"士"的近代转型的前进方向,小说通过塑造正面的留学生的典型形象,向我们展示了他们仍有"传统之士的特点,如忠君、孝亲、重视传统道德等,但是,他们身上所呈现出的崭新风貌,是传统之士无法望其项背的。留学生与传统之士存在着某些共性,这是符合士的近代转型的历史进程的,也是晚清现实生活的一种真实反映"[1]。因此,晚清知识分子是中西方优秀文化培养出来的结果,两者的作用都不可偏废。

二是留学生中的落后者。晚清的留学生也不全是胸怀大志、有社会使命感的精英,还有诸多不学无术的留学生,他们在西方文化面前失去了选择的能力,反向吸收西方文化中不良的因素,而抛弃了中国传统文化中优秀的因素,因而变成面目丑陋的落后者。他们对社会的发展没有起到积极的作用,作家们对他们进行了揭露和批判。在晚清作家批判性的审视下,反面人物往往比正面人物更加滑稽和生动,作家在小说中活画出反面留学生的各种丑态。

李伯元的《文明小史》极力地讽刺了略有才学但品质败坏的留学生,其中有个从日本留学回来的刘学深(谐音留学生),他主张学习外国的婚

---

[1] 汤克勤等:《近代小说学术档案》,武汉:武汉大学出版社,2013年版,第382页。

姻自由，先变革家庭，再变革国家，使得人人自由，认为妓女和良家妇女一样应当享有平等、自由的权利，并且女性不应缠足。他虽说得头头是道，可当一个妓女从面前走过，他忘乎所以地说："妙啊！脸蛋儿生得标致还在其次，单是他（她）那一双脚，只有一点点，怎么叫人瞧了不勾魂摄魄？榜贤兄！这人，你可认得晓得他（她）住在哪里？"（第十九回）刘学深虽然学习了世界上先进的思想，但还在意女性的小脚，可见其言行分离、心口不一。

还有劳航芥也是描写较为丰满的留学生形象，他因不满意陆军学堂的教育，自费留洋，先在日本早稻田大学学习法律，两年后到美国卜利计大学继续学习法律，卒业后在香港从事律师的职业。他有体面的教育背景、开阔的视野和丰富的阅历，安徽巡抚得知他精通外语，认为他是可以为社会所用的人才，聘任他做顾问。但劳航芥是个只顾个人享受的利己主义者，他在受聘前去拜访寓居香港的安绍山（影射康有为）和颜轶回（影射梁启超），安绍山希望劳航芥到安徽政府里当差，可以凭借自己的本事"因势利导"，为改革腐败的政府提供一线希望。颜轶回对他谈起国之将裂的时局，嘱咐他将和外国签署的条约一张张地念熟，将来打官司，也可以和外国据理力争，维护国家的利益。

安绍山和颜轶回对劳航芥的教诲显然成了对牛弹琴，劳航芥自认为高人一等，十分看不起国内的同胞，"每逢见了人，倘是白种，你看他那副胁肩谄笑的样子，真是描也描他不出，倘是黄种，除日本人同欧洲人一样接待外，如是中国人，无论你是谁，只要是拖着辫子的，你瞧他那副倨傲的样子，比谁还大"[①]。他对劳动人民没有丝毫的同情心，诬赖店主人偷了他的手表，硬逼着店主人赔偿他，指望这样的人为国家和百姓的命运着想是根本不可能的。

李伯元讽刺地写劳航芥在上海无所事事之时，应白趋贤之邀一起喝花酒，为了博得上海当红倌人张媛媛的喜爱，他特意穿上洋装，他很看不起中国传统服装，尤其认为和传统服装相配的辫子是使中国强盛不起来的原因。但富有戏剧性的是张媛媛偏偏不喜欢穿洋装的人，他为了讨得张媛媛的喜欢，立马买了中国衣服，还装上了假辫子。劳航芥赴安徽成为外语顾

---

① 李伯元：《文明小史》（第四十七回），上海：上海书店，1980年版。

问,他精通英语,可以很顺利地回复英文信件,但对其他国家的语言无能为力,而对国外语言缺乏基本常识的黄抚台认为外语顾问应掌握所有国家的语言,因而劳航芥由于听不懂德语和法语,他的业务能力遭到黄抚台的质疑,最终辞职重回香港。

劳航芥这个归国留学生和假洋人出现在《文明小说》第四十五至五十回里,他自身有很多缺点,成为李伯元所讽刺、批判的对象。但以他为代表的留学生是不同于"我者"的"他者"形象,他出现在风气未开的安徽,"被看"的局面也凸显了自我身份认同的困境和尴尬。当他打扮成外国人模样来到安徽的一家小店,就在当地引起了轰动效应,"起先当他是外国人,还不甚诧异,后来听说是中国人扮的外国人,大家都诧异起来,一传十,十传百,所以劳航芥出门的时候,有许多人围着他,撑着眼睛,东一簇,西一簇的纷纷议论"[①]。而且黄抚台不知道"外国"包含了很多国家,这些国家的语言千差万别,他对劳航芥掌握所有国家的语言的过高期望也是不切实际的,这些错位都是在"他者"和"我者"文化产生冲突时出现的,因此李敬泽认为劳航芥之流处在舞台的中心,要承受观众好奇、敬畏、不安和怀疑的眼光,看似身处众人的目光焦点,其实也被排除在众人之外的边缘[②]。晚清社会并没有积极接纳留学生成为自己人,表明了现代化进程的缓慢和艰难。

而《苦学生》里的文琳是一个家境优裕但趾高气扬的留学生,他有诸多缺陷,与家境贫寒但胸怀大志的黄孙形成了对比。文琳是北京人,他离开了自己成长的环境前往异国他乡,在去美国的航船上仍将自己看作人上人,起先很看不起下层的华人,很冷淡地应对黄孙的主动搭讪,后来由于他对茶房的态度傲慢,茶房却不吃他这一套,他不仅没有享受到服务,还反被茶房奚落和谩骂。他将自己受到洋人和茶房的欺侮的原因归结为自己是华人,于是到三等舱"中国的下流社会"里寻找归属感和优越感。"虽说贵贱悬殊,究竟还是同类,好让我扬眉吐气,渡过了太平洋,再做计较。咳!文琳到底出身学堂,六根皆净,还留了羞耻的一根;不然是尽他打,尽他骂,尽他笑,一任我掇臀捧卵,总买下洋人笑脸,才肯甘心

[①] 李伯元:《文明小史》(第四十九回),上海:上海书店,1980 年版。
[②] 李敬泽:《"在穿衣镜里看自己的影子"》,载《创作评谭》,2000 年第 3 期。

哩。"①（第 3 回）

　　文琳这一形象反映了当时中国文人、富人缺乏人与人之间平等的意识，他以钱财为底气，若不是在洋人和茶房那里受了气，便不肯将三等舱里的同胞视为"同类"，他始终端着富人贵、穷人贱的架子，但由于贪图玩乐，便很快混进穷人堆里以赌钱为乐。文琳还有文人的清高，这种心态表现为羞耻之心，所以在行为处事上守着自尊的底线，他不愿意彻底放弃自尊，讨洋人的欢心。但这种清高也表现为胆小怕事，黄孙想为其所遭遇的屈辱打抱不平，他拼命拦着不让去惹事。终于航船行驶了三四十天到了关口，但遭遇"华工禁约"，关官借口新来的人员"有病"而拒绝他们上岸，文琳咳嗽两声，碰到迎面而来的警兵都会害怕，缠住了黄孙。当留学美国是官费还是私费成为领事能否援助的关键，文琳因自己是官费生，而黄孙是私费生，自私和冷漠之心又立马显现出来，黄孙指斥他："官费私费，同是学生，在领事不应歧视。至于我和你，彼此出身学堂，惺惺惜惺惺，尤不应无端奚落。你自谓是官费生，有领事做了奥援，就如此得意。要晓得我们私费生，苦心苦志，比你们官费生的人格，真胜十倍哩。"（第四回）后来，黄孙凭自己拿着日本宏文文凭，在日本领事的斡旋之下上了岸，完成留学学业，而文琳因是中国政府派来的留学生也终于上了岸。《苦学生》将二人的身份、性格和遭遇对比来写，创作了一个理想化的结局，胸无大志的文琳上岸之后在赌场妓院消磨了两年时间，诱骗母亲卖了田产，他不仅没有学到知识，原来的知识也生疏了，自己断送了自己的前程；黄孙学成归来，感到天地之间充满了学问，对未来抱有信心。

　　晚清留学的浪潮中，无论是精英还是泡沫都是全新的艺术形象，他们反映了传统士人向近代知识分子转型过程中的冲突，正面形象的留学生坚守着儒家文化中敢于担当、开拓进取的积极精神，负面形象的留学生反映了晚清读书人身上确实需要改革的傲慢、自私、内讧、自卑等缺点，正是在异域文化的映衬和异域眼光的打量下，这些优点和缺点才显得格外突出和醒目。

---

① 李伯元：《文明小史》（第三回），上海：上海书店，1980 年版。

第三节 科学猜想

《绣像小说》所刊侦探小说《华生包探案》六篇、《俄国包探案》一部和《三疑案》三篇，塑造了充满智慧的大侦探形象：福而摩司（福尔摩斯）、美卡威和结绳异人，他们独立于司法体系之外，不为政府所管辖，但以过人的智慧又为司法部门所依赖，遇到难以破解的疑案他们便被警察邀请去破案，这些私家侦探方可大显身手，他们通过了解案情、严密推理、搜集证据或乔装改扮等方法查访案件，最后还原案件的真相，但他们热衷于破案有时只是出于自身的兴趣爱好，而并不完全是为了维护社会正义，最典型的形象如《三疑案》中的结绳异人，他延续和发展了西方侦探小说中的"扶手椅侦探"（Armchair detective）形象。

扶手椅侦探是西方侦探小说里一类虚构的侦探，他们不去犯罪现场或访问目击者，而是通过阅读报纸上的犯罪故事，或是听其他人讲述犯罪故事，即使扶手椅侦探不做任何调查，读者也能像侦探一样解开谜团。这个词组很可能起源于 1893 年的一个夏洛克·福尔摩斯故事《希腊语翻译》（*The Greek Interpreter*），在这篇小说里，福尔摩斯说起他的哥哥米克罗夫特，"如果侦探推理的艺术都开始和结束于一张扶手椅上，那么我的哥哥就是曾有过的最伟大的刑事代理人"。

《三疑案》中的结绳异人就是一位扶手椅侦探，他向"奥姐"讲述报纸上看到的案件，自己推断《伊兰案》中沙夫亚调养院女医生伊兰（Miss Elliott）因知悉医院会计和总理的贪污内情，而被他们害死。《雪驹案》里嵇生侨的儿子嵇生康和子爵的女儿爱痕姑娘相爱，但子爵嫌弃嵇生康是家道中落的厩夫之子，嵇生侨为报复子爵而在赛马前一夜向其心爱的雪驹投毒，使子爵破产，并使嵇生康顺利娶到爱痕姑娘。《跛翁案》里戴阿梅为了夺取父亲戴亚章的 4000 镑，与不务正业的恋人卫阿福合谋害死父亲。这三桩案件在审理过程中不断地出现波折，最后嫌疑人都利用计谋，狡猾地逃过了惩罚，结绳异人通过推理还原了案件真相，但他只向"奥姐"讲述自己的推断，而不伸张正义，也不干涉判决。

同明清的公案小说相比，西方的侦探形象有了两个新的特点：第一，公案小说如《包公案》《海公案》《施公案》《彭公案》和《七侠五义》等都由明察秋毫、不畏权势的官员来断案执法、维护社会正义，而西方侦探是私家侦探，他们以破案为生活的乐趣，并不只是为了维护正义。第二，公案小说里的断案者常被神化为能够沟通鬼神、斩妖除怪的人物，如包拯访察除妖狐、智捉白猴精、审理前世冤情等，海瑞从出生就被神化为是玉帝赐子，他指斥土地庙的小鬼时，泥塑就会跌下来摔碎、服罪等都有封建迷信的色彩，而西方侦探小说没有这些装神弄鬼的情节，案件的真相全由侦探进行科学的推断来得出，他们的魅力来自丰富的知识、惊人的洞察力和科学严谨的推理。如《俄国包探案》里的犯罪分子利用冷鱼羹和毒药结合的科学原理来制造杀人事件，从而造成悬念，但魔高一尺，道高一丈，侦探以乔装改扮和过人的逻辑推理寻找真凶。总之，《绣像小说》中的异域智者以形象化的方式传播了科学技术，他们启蒙晚清民众认识世界，为改良或革命思想的传播做出了舆论准备和文化铺垫。

第五章　异域书写与心灵文化层

经过引进西方物质和制度文化两个阶段，晚清王朝日趋瓦解，中国的命运开始改变，但改变是好是坏？人们终将去往何处？这就成为知识分子持续思考、想要回答的问题，而他们的思维终于抵达了中国深层次的文化问题。庞朴先生认为："文化的里层或深层，主要是文化心理状态，包括价值观念、思维方式、审美趣味、道德情操、宗教情绪、民族性格等等。"[①] 心理层面的文化最保守、稳定，它是文化类型的灵魂。新物质和新制度固然重要，但整个民族想要凤凰涅槃、浴火重生，就得使旧文化得以更新，产生一种"新文化"。《绣像小说》通过描写异域书写重塑国人的价值观念和民族性格。

第一节　时空观念的变革

传统中国社会是以儒家文化为核心，有士、农、工、商的分层社会，晚清中国正经历着前所未有的广泛而深刻的社会变迁，随之而来的是社会观念的转型。社会观念是由社会存在决定并反映社会存在的社会意识，它是不同的人的意识按照一定的观念、方式调和后构成的社会意识的总和，是人的意识的观念化、规模化和模式化。从社会的实践主体来看，它包括个体意识和群体意识，《绣像小说》中的异域书写不约而同地表现出世纪之交人们对现实的焦虑和批判，对未来的想象和憧憬的群体意识。

[①] 庞朴：《文化结构与近代中国》，载《中国社会科学》，1986年第5期，第84页。

这种群体意识以时空观念的变革最为明显，李欧梵认为时空观念是晚清文学和文化研究中的新课题，将思想、文化、文本连在一起比较既有意义，也有一点抽象意味。① 晚清知识分子意识到中国应是整个世界的一部分，于是产生了要把中国的时空与世界联系起来的愿望。《绣像小说》正向我们展现了这种时空观念的变革。

一、时间观念的变革

清末民初，中国的时间观念发生了根本性的变化。钟表作为域外奇物逐渐走进了普通百姓家，人们对时间的感知不再仅靠打更听漏，而培育起了准确的时间观念。"时间观念不仅仅是人们日常生活当中的重要内容，同时也是现实政治权威建构的重要方面，近代时间观念的变革还具有追求现代性的重要特色，所以时间观念的变化能够反映及其复杂的社会变迁。"②

在钟表传入之前，中国人主要使用沙漏、圭表、日晷计时，圭表和日晷根据太阳运行测定，如果遇到阴天下雨，则没有办法测定时间，因此有很大的局限性。随着中西文化的交流，钟表进入中国，受到宫廷和民间的喜爱。明代利玛窦送给万历皇帝的礼物里就有自鸣钟，清代康熙、乾隆宫廷内部都喜欢自鸣钟等自动器械，康熙还从欧洲专门聘请机械师修士陆伯嘉（Jacobus Brocard），清宫里专设"做表处"。清朝宫廷将钟表看成一种玩意儿和科学成就，也影响了对钟表的喜爱。

钟表是用来度量时间的。《绣像小说》所刊小说里钟表、手表也是值得关注的文学形象，小说中多处描写主人公对钟表的感受。比如《梦游二十一世纪》里"我"从19世纪末穿越时空初来乍到"伦敦呢阿"，"伦敦呢阿"是小说里虚构的地名，位于英国的东南部，人口约1200万，过去的首都"伦敦"只是它的一小部分。主人公在人地生疏之所，远远望见"钟楼耸起于前，往就之，见其题志曰：'纪元后二千七十一年元旦'，初犹疑为误观，谛视信然，不禁骇异"③，钟表上的时间提醒主人公已经身

---

① 李欧梵：《晚清文学和文化研究的新课题》，载《东吴学术》，2015年第4期，第9页。
② 朱文哲：《近代中国时间观念研究述评》，载《燕山大学学报》（哲学社会科学版），2011年第1期，第42页。
③ 李伯元：《绣像小说》（第一期），上海：上海书店，1980年版。

处截然不同的未来时空,随之而来产生惶惑的感觉,接着知识渊博的"培根"向"我"讲解了伦敦呢阿同时存在的三个时间:真时(Time Time)指地方时间;中时(Mean Time)指平均太阳时,相当于现在的格林尼治时间;阿鲁底时(Aleutic Time),指的是取地球的中点阿鲁底岛(Aleution Islands)太阳升起的时间作为大同时间。《梦游二十一世纪》是一部科幻乌托邦小说,"作者的乌托邦世界必须从一个新的时间观念开始缔造,换言之,没有新的时间观念,就无法想象这个新的世界"①。

  黄兴涛认为:"时间既是一种自然存在,也是一种社会历史现象。作为一种社会存在的时间,当然有其自身演化变迁的历史。这尤其体现在时间观念和时间体制等的变革上面。"② 虽然钟表在清朝前期就受到了宫廷和民间的喜爱,但人们时间观念的改变则是从晚清开始,因为中国作为历史悠久的农业国家,人们日出而作、日落而息,春种秋收,四季轮回,统治者拥有制定历法的权力,创设了一套包括"阴阳合历、君主纪年以及天干地支计时、辰刻制在内的计时体系,并在此基础上形成了丰富的与时间相关的社会礼仪和文化观念"③。中国的时间观念基本上是循环时间观,其特点是经验性和不准确性较强,而人们叙述历史时也用的是"天下大势,合久必分,分久必合"的道理,时间总是在一乱一治之间循环往复。

  到了晚清时期,人们对"新中国"有种种美好的想象,培养起面向未来的直线时间观。科幻小说《月球殖民地小说》给我们展现出作者对于直线时间的敏感与关注,小说中频繁地出现关于时间的描述,任冬梅统计有八九十处之多④,比如小说第一回不长的篇幅里,就出现多次与时间有关的句子"当晚十一句钟""这夜是西历十二月十四号,合中历是十一月十五日""直至次日十二句钟才醒""约在下午两句钟起碇""到天明后十句多钟""用过午饭,已是一句半钟"等,对时间的刻意强调,就会强化读者对于时间的感知。小说里的龙孟华因在湖南杀贼官而落难出逃,他恼怒当下身处的肮脏世界,向往清清白白的世界,他满腹忠君爱国的情怀,却

---

  ① 李欧梵等:《从一本小说看世界:〈梦游二十一世纪〉的意义》,载《暨南大学学报》(社会科学版),2016年第3期,第496页。
  ② 黄兴涛:《探究近代中国的时间之史》,载《中华读书报》,2013年10月9日,第13版。
  ③ 黄兴涛:《探究近代中国的时间之史》,载《中华读书报》,2013年10月9日,第13版。
  ④ 任冬梅:《科幻乌托邦:现实的与想象的——〈月球殖民地小说〉和现代时空观的转变》,载《现代中国文化与文学》,2008年第1期,第102页。

一脚踏上不知何往的逃难路，出于对自己的未来、国家的未来的忧虑之心，时间对他来说每时每刻都显得紧张而重要。

从循环时间观过渡到直线时间观，对近代中国来说非常重要，它引领人们关注未来，不再停滞不前，因而具有进化论的意义。

二、空间观念的变革

空间是人类能够意识到的第一存在，也是安身立命的场所，同样在晚清时期，中国人的空间观念也发生了变化，其主要原因便是开眼看世界之后，华夏中心观被打破。"从文学的空间表征层面看，古典空间意识的裂变与现代空间意识的重构主要表现为宇宙空间意识与国家空间意识的裂变与重构，以及随之而来的生活空间意识和心理空间意识的裂变与重构。"①

中国古典的空间观念是人站立于大地之上，感觉被天空笼罩，形成了一个"天圆地方"的空间关系，并以个体为中心向外延展出了家、国和天下的概念。近代以来，少有接触的异域人物、器物涌入中国，带动人们将好奇的眼光看向原先处于个体最外围的地方，并发现我们曾经认为的四夷蛮荒之地竟是一派文明、繁华的景象，以自我为中心的空间观念变成没有中心，只追赶"文明"的空间观念。

首先，人们积极地探索宇宙空间。科幻小说《幻想翼》里对天体学着迷的霭珂受白衣女子的邀约前往同游月亮，《月球殖民地小说》里龙孟华一家被邀请去月球上游学，而藤田玉太郎继续研究热气球，以供将来进行星际旅行。探索地球之外的宇宙空间，从功利的层面来说，这意味着可以从自然界中获取更多的资源，外部世界是人类赖以生存的地方，没有自然界，人类就什么都不能生产。但地球上资源有限，各民族、各国为了自己的生存权总免不了要发生冲突和战争。从精神层面来说，人对自然界充满好奇心、求知欲，想自由自在地遨游在宇宙中是崇高而伟大的梦想。文学再现一个个身不能至，而心向往之的宇宙空间，其意义就在于寻找到人类心灵与自然之间的和谐。

其次，重新定位国家在世界、宇宙中的位置。晚清知识分子看到空间无限、宇宙无垠，中国并不占据中心位置，中国以外世界上的其他国家也

---

① 王纯菲等：《中国现代性 理论视域与文学书写》，北京：文化艺术出版社，第157页。

沿着各自的路径向前发展，形成了世界上不同的权力空间和文化类型。统治者不应放任"华夏中心"这样相对保守的空间意识继续蔓延，因为它已将自我圈定在一个狭小的范围内，主动屏蔽自我批评、自我更新的能力。只有放下晚清王朝对所管辖的疆域的傲慢心态，才能在加入世界进程的过程里有所收获。

最后，对生活空间和心理空间进行重构。现代空间意识使小说有了全球视野，交通工具日益便捷使人们能够快速移动，原本界限分明的地域划分逐渐变得模糊，因而空间被大大地压缩了。《梦游二十一世纪》里叙述者搭乘热气球只进行了两天的旅行，行程却遍布世界各地，因此他的速度飞快，所处的空间也频繁变换。《文明小史》则是将落后的江南吴江县和先进的上海并置，也是时间意义上的传统与现代在空间上并置，贾家三兄弟搭乘着轮船便进入相对进步的地域，意味着人物在空间中活动，但不再被空间禁锢，生活空间和心理空间的范围都被扩展到远方。

综上，时空观念的变革让人们积极、勇敢地面向未来，找准自己在世界和宇宙中的位置，只有如此，中华文化才能够在新一轮的中西方冲突里发挥出自己的实力。

第二节 重塑正面积极的民族品格

中华民族素有爱国传统，国家危难之时晚清知识分子抓住民众的爱国主义情绪，通过书写来自异域的勇敢、理性、有智慧的人物形象，以他者正面积极的性格，来激活自我的优秀品质，对摆脱精神创伤、重塑强大的内心世界不无裨益。

一、推崇英雄的爱国主义精神

晚清"新小说"要革新内容，贬抑传统小说中的绿林好汉和才子佳人，而提倡塑造具有社会使命感的英雄人物形象。何谓英雄？约瑟夫·坎贝尔认为："英雄从日常生活的世界出发，冒种种危险，进入一个超自然的神奇领域；在那神奇的领域中，和各种难以置信的有威力的超自然体向遭遇，并且取得决定性的胜利；于是英雄完成那神秘的冒险，带着能够为他的同类造福的力量归来。"① 因此英雄要有为高尚事业奋斗的精神、强烈的感情、百折不挠的意志、卓越的创造力和过人的胆量。

《绣像小说》所刊小说里有两类英雄形象：一类是普通的平民、士兵，如《灯台卒》里的老人斯加平斯克、《斥候美谈》中的侦察员格拉特大佐；另一类是有军事才能的将领，如《泰西历史演义》中的拿破仑、华盛顿、彼得等和《卖国奴》中的抗法英雄史约西。他们的共同点是乐观勇敢、坚强不屈、洋溢着爱国主义的热情，这种热情跨越时空、催人奋进，对提振晚清民众的精神不无裨益。

(一) 平民英雄

极具感染力的平民英雄如《灯台卒》中的斯加平斯克。《灯台卒》是波兰作家显克微支的一个极为优秀的短篇小说，鲁迅、周作人较早地向国内大力推介显克微支，1909年在东京出版的《域外小说集》中，周作人选译了他的三篇小说《乐人扬珂》《天使》《灯台守》，1936年中国书局出版的《域外小说集》里又增加了一篇《酋长》。现在国内比较著名的是施蛰存所译的《灯塔看守人》。1906年《绣像小说》刊载的《灯台卒》是吴梼根据日本国（田）山花袋的译文转译而来。该小说的情节和人物并不复杂，但塑造了一位血液里流淌着坚强不屈的韧性的老人——斯加平斯克的形象，他是爱国精神的化身，小说中弥漫着胜利、正义、尊严的理想主义和道德感。

小说描写了一位远离祖国的不幸的漂泊者。斯加平斯克的一生写满了在世界各地漂泊的经历，到暮年他唯一的希望是成为巴拿马运河一座孤岛上的灯塔看守人，这份工作需要常年独自生活在孤岛上，但对斯加平斯克来说，能在岛上得到安静和休息才是第一等的幸福。老人不幸的命运绝不仅是个人悲剧，他的漂泊无依和波兰的亡国紧密地联系在一起，当美国领事问他从哪里来，他说自己生长在波兰。19世纪波兰先后遭到俄国、普鲁士和奥国的三次瓜分，亡国之痛成为显克微支难以释怀的精神隐痛，也是贯穿在他全部作品里的内在情感，但在《灯台卒》的起始部分这种隐痛被作家刻意隐藏起来，作家并没有留给斯加平斯克很多叙述怀念祖国波兰

---

① 约瑟夫·坎贝尔：《千面英雄》，张成谟译，上海：上海文艺出版社，2000年版，第24页。

的机会。

个人的命运和祖国的命运发生了奇妙的邂逅,波兰同盟会寄来一部米凯皮梯(现译为密茨凯维奇)的诗集,看到了久违的波兰文字,埋藏在心底的爱国情怀一瞬间就点燃了,斯加平斯克整夜都沉浸在对祖国的思念之中,以致忘记了点燃灯塔上的灯,他被美国领事馆辞退,但他重新踏上漂泊之路时,眼里闪着光芒、怀里抱着诗集,他年迈的生命寻找到了新的方向。

翻译是对异域文化的再现,译者选译域外文学作品时一定不会盲目选择,它要对我国的文化建设和文化发展起到推进的作用。吴梼由日文转翻译《灯台卒》一定也有自己的目的,斯加平斯克这位半生流浪、饱经磨难的异域形象之所以有魅力,是因为他在成为灯塔看守人之前有丰富的阅历,他在讲述所经历的采矿、打仗、做贸易、办工厂等事情时,虽然运用了轻描淡写的口吻来诉说自己的"失败",但他的经历在晚清读者看来已经完全突破了传统中国农耕文明的平淡和安稳,而更加契合晚清社会的动荡不拘,个人如浮萍一般漂浮、难以掌控自己的命运。斯加平斯克有着平民英雄的光芒,他没有放弃对祖国的眷恋和希望,没有心甘情愿地成为失去祖国的人,虽然年纪老迈、漂泊无定,但他心里充满了为光复祖国而继续奋斗的信念,这种精神投射到晚清仁人志士的奋斗上,对感到前路迷茫的晚清民众是非常宝贵的鼓舞。

(二)君主或将领

英雄是肩负着拯救国家前途和命运使命的君主、将领。18世纪后半叶至19世纪中叶欧洲掀起了波澜壮阔的革命和此起彼伏的改革,其间涌现出诸多影响世界历史进程的人物和事件,自由、民主的思想对世界各国产生了广泛而持久的影响。1902年梁启超呼吁"小说界革命",强调读者阅读小说时常移情为小说中的主人公,因此小说家应当为读者提供孔武有力、刺激人心的形象,华盛顿、拿破仑就是梁启超心目中十分理想的"主人公"。《绣像小说》所刊的《泰西历史演义》中的拿破仑、华盛顿、彼得大帝等君主,以及《卖国奴》中的抗法英雄史约西都是带有异域情调的英雄形象。

在诸多异域英雄形象中,最为突出的是拿破仑(1769—1821)的形象。拿破仑以横扫欧洲的不可一世的战绩成为晚清史志、兵略、小说的宠儿。1837 年，普鲁士传教士郭实腊（又译郭士立）在广州创办的《东西洋考每月统计传》（Eastern Western Monthly Magazine）已开始向中国介绍拿破仑的事迹①。陈澹然（1859—1930）的《权制》写道："德意志者，欧洲中原大国也，嘉庆十一年法王拿破仑第一灭之，与俄皇共约称帝。"② 陈龙昌的《中西兵略指掌》记述了拿破仑能够取得如此辉煌战绩所使用的兵略，比如拿破仑指挥士兵修建营垒："同治四年，法王拿破仑三令兵操练筑营之法，每二千人于二小时内轮班培土，围及围外之壕，计长九千三百尺，如第一之一图，筑垒数处，安置炮位，其后又操演半小时，筑成之垒。"③ 拿破仑的丰功伟绩不断地在文献中出现，并激起晚清社会对他的文学想象。

在《绣像小说》刊发《泰西历史演义》之前，梁启超发表的政治小说《新中国未来记》中已经较多地谈论拿破仑，该小说第二回里假想维新运动成功以后的 60 年庆典上，孔觉世发表对政党、教育、工商业的看法，认为社会变革不能指靠政府，而要依靠人民形成变革社会的宪政党，英雄豪杰正为引导这个宪政党而横空出世。第三回孔觉世讲述 60 年前出现的两位英雄豪杰黄克群和李去病的争论，黄克群认为中国历史不外是以暴易暴、革了又革的轮回，出现的秦皇汉武是独夫民贼，法国大权独揽的拿破仑也好不到哪里去，因为百姓凭着一时的理想将皇冠送到他的头上，结果换来了专制政体。但李去病不同意黄克群的观点，认为拿破仑和亚历山大、成吉思汗都不同，因为"他的本意，要把全个欧洲弄成一个大大的民政国，你看他征服的地方，岂不是都把些自由种子散播下去吗？你看他编纂的法典，岂不是全属民权的精神吗？"④ 这里梁启超表现出矛盾的态度，他反对专制，但一方面他将中国历史上著名的皇帝看成封建制度的维护者和残暴的统治者，另一方面又将同样维护皇权的拿破仑当成"自由民权"的象征。同时，李去病认为拿破仑对内采用民族主义做法，要将不同种

---

① 参见陈建华：《拿破仑与晚清"小说界革命"：从〈泰西新史揽要〉到〈泰西历史演义〉》，载《中国文学研究》，2007 年第 2 期，第 311 页。

② 四库未收书辑刊编纂委员会编：《四库未收书辑刊》，第 5 辑第 10 册，光绪三十四年刻本。第 671 页。

③ 陈龙昌：《中西兵略指掌》卷五营垒一，清光绪东山草堂石印本。

④ 参见梁启超等：《世博梦幻三部曲》，黄霖校注，上海：东方出版中心，2010 年版，第 38 页。

族、宗教、言语的国民团结在一起，这是国家之福；对外以攻代守，主动进攻意大利、西班牙，是大英雄的行为，对拿破仑刻意地进行美化。

洗红盦主演述《泰西历史演义》（三十六回）是一部章回体的历史小说。我们并不清楚洗红盦主的生平资料，仅从小说文本来看，作者十分熟练地运用着中国传统小说的形式和套话。拿破仑形象主要出现在前六回里，他被塑造成晚清读者熟识的"西楚霸王"似的人物，其人生轨迹可以概括为早年养成良好的个人素质，盛年占据天时地利、穷兵黩武，末年大势已去、英雄末路，从而具有"反英雄"的特质。

小说写拿破仑诞生在科西嘉这个弹丸小岛上，那是个钟灵毓秀的地方，由于出了位法兰西的皇帝，小岛好比"鸠巢抱了雏凤，粪壤产了灵芝"。拿破仑早年丧父，但天赋异禀，他"十一岁，出落得虎眉豹眼，猿臂狼腰，膀阔三停，身高七尺，且颇有膂力，一味的使枪弄棒，就有人劝他进武备学堂肄业，将来边疆有事，也可以博取功名"。后因法国民变，"众人因拿破仑熟读兵书，精通战策，便推他做了元帅"。小说用极为节减的方式向读者展现拿破仑的突然崛起，顺风顺水且顺理成章，有中国传统小说"天将降大任于斯人也"的套话模式，使他从一出场就被神化。

拿破仑能征善战的威名来自赫赫战功和狡诈权谋。他开始收服了法国土龙城的人心，有了些名望，1796 年，29 岁的他战胜意大利，迅速被百姓推重为"欧洲第一大将军"。由于为国会议员所嫉妒，拿破仑带兵进击英吉利，他展现出优于常人的军事才能，先进攻英吉利的藩属埃及。他"先派了一个将官，拿了一条令箭，在埃及大张晓谕曰：'本将军替天行道，为民报仇，并不是垂涎你们部县城池、子女玉帛，乃是为尔等扫除暴君污吏、蠹役赃官。'埃及人听了这话，便让他长驱直入"。埃及人让道之后，拿破仑改了主意，带法军奋勇直前进击埃及，直至埃及的北半部归自己掌握。毫无疑问，这是一场赤裸裸的侵略埃及的战争，拿破仑使用了兵不厌诈的计谋，不仅在英吉利国会中赢得了声誉，还为埃及"重改法度，再整纪纲，事事持平，人人称善，鸡毛报雪片也似的打入英吉利政府中"。

在洗红盦主笔下，拿破仑是有赫赫战功的英雄：两平意大利、一平埃及、大破奥大利，为欧洲各国所忌惮。但拿破仑还是一个滥杀敌方兵士的"魔君"——反英雄，当法兰西和英吉利交战，拿破仑被困时，为脱困他进行了十分残忍的屠戮，"拿破仑传令人皆卸甲，马尽衔枚，悄悄地从叙利亚地方，直指扎发海口，攻破了城池一座，砍瓜切菜，杀了四千余人"。他生性好动不好静，不惜挑事，常侵略欧洲各国，以此来扩大帝国的版图，当法兰西需要休养生息时，他与俄罗斯、英吉利缔结联盟，才能使百姓生活稍微改善和安定一些。但小说里的拿破仑穷兵黩武、恢复帝制，并不符合现代民主、自由的精神，他刚愎自用、多次兵败仓皇逃生，也全无英雄之气，应当说拿破仑等手握权柄的人物也有胆小怕死、不符合英雄行为的举动。但洗红盦主在拿破仑的两难态度里所看重的是积极进取、百折不挠、维护帝国利益的英雄气概，这是晚清社会所缺乏的，而对拿破仑英雄末路的结局，作家认为它不符合"穷则独善其身，达则兼济天下"的儒家思想，而做了批判。但拿破仑东征西战的目的是让法兰西成为欧洲霸主，他身上的爱国主义精神是作家所肯定的。

二、推崇智者的理性主义精神

《绣像小说》中有很多面貌各异的异域智者形象，如《文明小史》里精通中国文化的传教士、科幻小说《月球殖民地》里的玉太郎和圣母玛苏亚、《梦游二十一世纪》里的培根，以及侦探小说中的大侦探福而摩司（现译为福尔摩斯）、美卡威和结绳异人（现译为角落里的老人）等，这些人物各具智慧和理性，他们在小说中起到了传播新知和表达改革理想的作用，必然成为晚清小说作者和译者所青睐的对象，也成为亟须加快文明进程的晚清社会所钦慕的对象。

科幻小说《梦游二十一世纪》里有一位引导"我"游历文明世界、改良现实世界的异域智者培根，在荷兰佚名作者和译者杨德森的笔下，培根是主人公"我"的梦境的向导，他主动对"我"说："仆知君为异乡人，初至伦敦呢阿（Londonia），不免生疏，苟有垂询，愿为引导。"展现了他热情好客的性格。"培根"形象虽然没有表现出丰满、鲜明的自我意识，但在与"我"的互动过程里，中国读者看到了一位热情好客、知识渊博、以祖国为荣的异域智者形象。

首先，培根是一位受难的先知。小说开篇写耽于幻想的荷兰人——"我"思考今天的文化和以往数世纪文化的关系，并揣度未来的文化，认为文化之所以能进步全都在于"改良"。近世纷纭而起的制造者和他们的发明使"我"所处的社会迥异于往昔，而13世纪出现的文化名人罗杰·

培根（不是弗朗西斯·培根）因其博学多才、命运多舛、颇具远见而成为"我"仰慕的对象。培根的出场采用了未见其人，先陈其命运的写法，以此塑造了一位知识渊博，但不为时人接纳的受难者形象：

夫培根者，十三世纪人物也，沉静深思，精于格物学。然生非其时，命途多舛，为群小所嫉，诬为巫蛊，下狱、谳定，禁锢十载，郁郁不得志，毙于狱中，亦惨矣哉。

以上这段话有不符合历史事实的地方，英国近代史上的罗杰·培根（Roger Bacon，1214—1294）是哲学家、修士和炼金术士，他的知识体系不囿于哲学和神学，他对自然科学感兴趣，在语言学、光学、天文学、数学、冶金术等方面都提出了有价值的见解，他强烈批判经院哲学，形成了有别于宗教世界观的现实世界观，认为只有科学实验才能造福于人类，因此触怒了教会，被视为异端，1257年他在巴黎寺院被囚禁了10年，1277年再度入狱被囚禁14年，直到去世前两年才出狱，并非死在狱中。杨德森翻译的"巫蛊"罪名，显然是极具中国传统文化特色的封建刑律罪名，巫的本义为祝，指向鬼神祝祷为自己祈福禳灾或加害他人，蛊指人工喂养的用来害人的毒虫，引申为使人精神错乱、迷失本性。中国封建统治者认为祈求鬼神给他人带来疾病、灾难的"巫蛊"术能产生作用，因而从法律上进行禁止。历史上的培根信奉科学，他不可能祈求鬼神，使用"巫蛊"术，小说里"巫蛊"一语背后所含的超能力是指小说里的"培根"关于科技进步的论断超越了13世纪科技发展的水平和当时人们的认知所达到的水平，被看成蛊惑人心的论断，但小说家和译者认为"培根"是先知：

其（培根）语曰："吾知有一日也，人将制镜以望远，虽至远之处，可纤悉皆见。即欲遥窥星辰，亦非难事。"又曰："人将制不恃人畜力而能行动之车，其行且必较人畜为迅速。人将制不恃人力而能行动之舟，艨艟巨舰，一人驾而有余，其驶行更远。"又曰："奇巧之器械，将日盛一日，凡建筑桥梁，可舍柱而成。"此皆培根之论也。

培根预言了五六个世纪之后，世界上将出现望远镜，以及不依赖人力、畜力的车和船，这些意识具有超前性，不被当时的人们理解，但随着时代发展、科技进步，培根的预言在新的世纪里全部兑现，反观他曾经所遭受的不应有的磨难，便为读者烘托出一位受难的文化先知的形象，他理性、睿智，拥有超越凡人的远见。

其次，在小说里培根不仅是一位热情好客、知识渊博的向导，还是先进文明的维护者。"我"的梦中场景被设置在2071年英国的"伦敦呢阿"（Londonia），培根和芳德西作为"我"梦中的向导，带我参观和乘着热气球环游世界，回答"我"关于时间、冷暖气公司、玻璃、铝、磷、摄影、电话等各种器物的问题。由知识渊博的培根向"我"和读者传播科学知识，更加具有说服力。"我"在文明世界里游历，表层的物质的冲击力过后是对于教育、制度等更深层次的思考，在伦敦呢阿"我"发言时总是小心谨慎，生怕被培根和芳德西耻笑，但有时又忍不住发表不同的意见，以至于产生落后与先进文明之间的冲突。

当"我"看到工厂工人来图书室学习文化知识时，从先在的世界观出发认为工人和工厂主是"劳力"与"劳心"对立的阶层，工人掌握的知识越多，对工厂主的管理越有隐患，而且工人阅读的时间耗费了工作的时间。但"培根"认为工人阅读是正常休息，工厂主已经习以为常，机械的广泛应用减少了人力劳动，人力的价值昂贵，工人只要有工作就不会产生其他不安定的想法。但"我"仍质疑伦敦呢阿工人的教育程度："若辈固幸甚，其不能入此者，苦况不知若何也？"① 也就是说能来图书室读书学习的人固然很幸运，但不知道那些不识字的人困苦的生活是怎样的呢？这时培根的态度是"怫然不悦"，他极力维护先进的欧洲文明，说欧洲的教育程度是霍吞突斯人（Hottentots）、波希人（Bushmen）不能同日而语的，老幼妇孺识字，更不用说男人了。应该说他维护的不仅是"伦敦呢阿"的教育程度，更全力维护了一个没有任何瑕疵的文化乌托邦世界。

最后，培根是一位寄托并代言作者和译者理想的异域形象。杜进认为主体建构他者的方式有三种：一是主体凭借综合的想象、联想捏造子虚乌有的异国异域形象；二是他者缺席，主体根据已有的对他者的综合知识建构他者，如《梦游二十一世纪》里培根对霍吞突斯人、波希人教育程度的

---

① 李伯元：《绣像小说》（第二期），上海：上海书店，1980年版，第6页。

评价就是在它们缺席的情况下所做出的；三是主体带着先入之见注视并建构他者，这种建构他者的方式较为常见，如晚清游记对西方世界的描述。[①]《梦游二十一世纪》里培根的异域智者形象提供了第四种建构"他者"的方式，即选择将历史文化名人的真实经历和艺术想象糅合在一起，这样的"他者"并不是完全没有根据的虚构，"他者"在小说中在场且承担艺术功能，作者和译者虽不能面对面注视已经逝去的人物，不能聆听"他者"的心声，但他们的先入之见取自于历史上对人物的评价，具有一定程度的真实性，作为一部更多依赖幻想的科幻小说，创作者的主体意识介入程度更高，他将主体融入对培根智者形象的塑造上，使之成为自己的代言人，也就是说历史人物培根为小说创作提供了一个知识渊博的形象，这是符合事实的，而作者和译者借用这一有说服力的形象来塑造小说里异域智者的"培根"形象，他向读者传达的文明世界里人们所拥有的物质、知识、制度等，其实都是作者和译者的理想寄托，当读者读完小说时，会对科幻小说里培根所描绘的乌托邦世界产生浓烈的兴趣，并和现实世界进行对照，而半真实半虚构的"培根"又不会过度分散读者的注意力，这样他也很好地完成了小说里代言人的任务。

综上所述，时移世易之间晚清民众的时空观念发生了变革，但对于那些神圣的、严肃的文化来说，人类美好的品质是永远被肯定和被需要的。

[①] 杜进：《跨文化视野中的比较文学》，合肥：安徽人民出版社，2009年版，第125～126页。

第六章　异域书写与视觉文化层

面对一个世纪以前留存下来的《绣像小说》的图像文本，我们不仅可以欣赏其绘画技艺、重返纪实性的现场，还可感受到在西学东渐的背景下，图像本身及图像所传达出的某些观念的变化，尤其在对异域、对未来的描绘和想象上更是新奇、直观。

第一节　《绣像小说》中的图像

《绣像小说》以图文并茂的形式吸引读者，编者李伯元为该刊的创作小说和翻译小说配图812幅，数量惊人。一方面，由于晚清出版技术革新后报刊井喷式繁荣，造成"近代公共媒体叙事系统趋于成型"[1]，而这时叙事不仅依赖文字，也开始依赖图像，出现了大量的画报，用直观的图像来启蒙大众和娱乐大众形成了一种时代共识。李伯元身处视觉文化开始繁荣的时代，他感受并引领着的时代风气，于是有意识地使图像和文字互相补充、互相阐释。

另一方面，李伯元本人多才多艺，既作诗文、小说，也能绘画、篆刻，使小说和图像在同一份刊物中并存，对他来说是很自然之事。早在他主办《世界繁华报》时就进行过这样的尝试，他在报纸的版面上特意留下空窗，用来粘贴上当时时兴的照片，只是因为价格昂贵而未收到很好的效

---

[1] 姚玳玫：《文化演绎中的图像：中国近现代文学／美术个案解读》，广州：广东人民出版社，2010年版，第8页。

果。直到商务印书馆聘任他主办的《绣像小说》时，才再有机会继续实践图像与文字的双重书写。

一、从"绣像"到"绣像小说"

自李伯元主办的《绣像小说》开始，"绣像小说"一词成为一个固定搭配的词语，"绣像"对于凸显刊物特色有着不容忽视的重要性。但如果追问什么是"绣像"？它从何处而来？它和插图有什么区别？什么又是绣像小说？下面我们不妨将"绣像小说"一词进行拆解，来细剖该词丰富的文化信息。

现在"绣"字多用作动词刺绣，指的是用丝线在布帛上刺上花纹图案；或用作名词，如蜀绣、湘绣等，指的是有花纹图案的丝织品。但在古代汉语里，"绣"有多重含义，其中一个重要义项为五彩俱备的绘画。《说文解字》："绣，五彩备也。从糸，秀声。"该解释出自《周礼·冬官考工记》："画绘之事，杂五色，东方谓之青，南方谓之赤，西方谓之白，北方谓之黑，天谓之玄，地谓之黄，青与白相次也，赤与黑相次也，玄与黄相次也，青与赤谓之文，赤与白为之章，白与黑谓之黼，黑与青谓之黻，五采备谓之绣。"① 徐灏注笺："如记文，则凡设色备五采者，皆谓之绣，无论画绘与刺绣也。后人乃专以针缕所织者谓之绣。"② 他认为根据《周礼·冬官考工记》，只要具备青、赤、白、黑和玄这五种色彩就是"绣"，而不论是以绘画或刺绣哪一种方式完成，后人多用作刺绣、绣品之意。

"绣像"（embroidered portrait）当"绘画"讲时，黄可认为绣像"就是用单线白描的绘画手法，通过艺术再创造，对文学作品中先后出场的人物，逐个地加以个性化地描绘出来，一幅一幅的列于文学书籍的正文前面"③。郭振华认为："绣像作为插图的主要形式之一，往往将主要人物介绍在卷首出场，是根据文学人物精心再创造的肖像图谱，最易给读者以鲜明深刻的难忘印象。"也就是说，绣像采用中国传统的以黑色线条勾勒形象的绘画技法，将人物的肖像集中展示在书卷的文字之前。

---

① 《十三经注疏》（上卷），上海：上海古籍出版社，1997年版，第918页。
② 段玉裁注，徐灏笺：《说文解字注笺》（第三册），上海：上海古籍出版社，1993年版，第589页。
③ 黄可：《绣像》，载《读书》，1979年第7期，第93页。

黄可认为它有两个起源①，第一个起源是民间年画的门神画，南朝梁宗懔在《荆楚岁时记》记载："贴画鸡，或斫镂五采及土鸡于户上。造板著户，谓之仙木。绘二神贴户左右，左神荼，右郁垒，俗谓之门神。"②但民间年画是否称为"绣像"却并无确切的文字记载。

"绣像"的第二个起源是佛经中的造像，它作为一个有据可查的固定用语，最早见于佛教典籍，如南朝释僧祐③《出三藏记集·齐竟陵王世子抚军巴陵王法集序》："每游践必训，思若渊泉，信足以揄扬至道，炳发玄极。观其摘赋经声，述颂绣像，千佛愿文，舍身弘誓，四城、九相之诗，释迦十圣之赞，并英华自凝，新声间出。"④南朝梁释慧皎《高僧传卷五·义解二》："苻坚遣使送外国金箔倚像高七尺，又金坐像、结珠弥勒像、金缕绣像、织成像各一张。"⑤南朝梁文学家沈约还写过《绣像题赞并序》："维齐永明四年，岁次丙寅，秋八月己未朔二日庚申，第三皇孙所生陈夫人，含微宅理，炳慧临空，结言宝位，腾心净觉。敬因乐林寺主比丘尼释宝愿，造绣无量寿尊像一躯。"⑥从南朝以降，历朝历代谈及"绣像"都与佛教相关，"绣像"一词原是佛教用语，特指绣成的佛像。

在清代古籍中出现的"绣像"一词被用来指称描绘的人像。如清代郑树若《虞初续志卷十二·秦淮闻见录》叙写秦淮风月："知名久列群芳谱，绣像新增百美词。"⑦当时活跃在南京地区的文人乐意做的一桩雅事是为

---

① 黄可：《绣像》，载《读书》，1979年第7期，第93页。
② 宗懔：《荆楚岁时记》，太原：山西人民出版社，1987年版，第4~5页。
③ 僧祐，宋文帝元嘉二十二年（445）生于建业（今江苏南京），天监十七年（518）卒于建初寺，是南朝齐梁时代著名的律学大师，也是对佛教历史、文献和艺术有贡献的学者。著作关于史传的有《释迦谱十卷》，《萨婆多师资传》五卷，《集诸僧名行记》三十九卷；关于文献的有《弘明集》十四卷，《法苑杂缘原始集》十卷，《世界记》十卷，《众僧行仪》三十卷，《集诸寺碑文》四十六卷，《出三藏记集》十五卷，《诸法集杂记传铭》七卷。《智昇录》卷六称之为"法门之纲要，释氏之元宗"。其中大都亡佚，在历代书写与刊刻的大藏经中仅存三部，然其影响却很深远。慧皎的《高僧传》，僧绍的《华林佛殿众经目录》，便直接采用了他所撰写的资料；宝唱的《名僧传》，道宣的《广弘明集》，以及后来各家的经录，均宗其本旨，继承发挥。若干年来，凡研究古代哲学、宗教、文学和历史，也无不借鉴他所遗留下来的文献，对于后人，可谓露溉无穷。参见释僧祐《出三藏记集·序言》，北京：中华书局，1995年版，第1~3页。
④ 释僧祐：《出三藏记集》，北京：中华书局，1995年版，第455页。
⑤ 释慧皎：《高僧传合集》，上海：上海古籍出版社，1991年版，第32页。
⑥ 沈约：《沈约集校笺》，陈庆元校笺，杭州：浙江古籍出版社，1995年版，第189页。
⑦ 郑醒愚：《虞初续志》，北京：中国书店，1986年版，第140页。

妓女的绣像题写溢美言辞。清代词人周之琦①的悼亡词作《沁园春·题亡室沈淑人遗照》："无眠夜，礼金仙绣像，记否年时？"在佛教里，"金仙"原本指的是如来佛之身，但在这首词里被用来比喻亡妻，金仙绣像也就是亡妻的遗像。可以说"绣像"一词本是佛教用语，在使用的过程中变成了世俗也可使用的词语。

"绣像"一词从专指称佛像到也指称人像，这种词义转移并不突兀。因为从明代绣像与文学书籍的书名结合的实际情形来看，中国古代单行本的小说、戏曲，几乎全有插图，明朝的书籍出版活动中为文学配置插图是十分考究的事，出现了《全本绣像三国演义》《全本绣像水浒》。更为著名的是《新刻绣像批评金瓶梅》，它在每回前面配有两幅插图，根据对举出现的回目创作插图（如图6—1、6—2所示）②。

图6—1　西门庆热结十弟兄　　　　图6—2　武二郎冷遇亲哥嫂

①　周之琦，字稚圭，号退庵，河南祥符人。嘉庆十三年（1808）进士，由翰林院编修，累官广西巡抚，以病乞休。生于乾隆四十七年（1782），同治元年（1862）卒。辑有《心日斋十六家词选》。谭献称其"截断众流，金鍼度与，虽未及皋文、保绪之陈义甚高，要义倚声家疏凿手。《箧中词》三）"其自为词有《心日斋词》四种。朱孝臧题云："舟如叶，著岸是君恩。一梦金梁余旧月，千年玉笛有归云，片席蜕岩分。"《强村语业》卷三）其词格故与元张翥为近也。第一种为《金梁梦月词》，有写刻本，绝精。他的《沁园春·题亡室沈淑人遗照》全文为："描出伤心，月悴烟憔，回肠怊支。忆香消玉腕，愁停针线；病淹珠唾，怯试枪旗。命薄难留，魂柔易断，当日欢场已早知。良工笔，为传神个里，欲下还迟。离箱粉缟空思，剩倩影、幽房一帧携。看湘兰婀娜，重拈恨蕊；吴绡宛转，未了情丝。缓缓花开，真真酒暖，环珮归来可有期？无眠夜，礼金仙绣像，记否年时？"参见龙榆生编选：《近三百年名家词选》，上海：上海古籍出版社，1979年版，第109页；尚永亮等：《十年生死两茫茫：古代悼亡诗百首译析》，西安：陕西人民教育出版社，1989年版，第249页。

②　绣像插图录自1986年北京大学影印出版《新刻绣像批评金瓶梅》（崇祯本）第一回。

从以上《新刻绣像批评金瓶梅》标题及内容可见，在这里"绣像"指的是人物肖像，但画面内容非常丰富，两幅图像中的房屋和树木占据大半部分的画面空间，第一幅图像上人物的形态各异，我们无法辨别它们分别表现的是哪个人物，但能感受到画面中热闹的氛围；第二幅能看到高大的武二郎回来，向矮小的武大郎作揖问候，而大郎张开双臂，像是要去拥抱二郎，又像是忙把二郎向屋内邀请。这两幅"绣像"已经超越了人物肖像的简单形态，而逐渐向插图靠拢。起初绣像作为插图的一种形式，以描绘人物为主，绣像只画人物的神貌、动态及其最必要的道具，而不画背景和环境。后来在实践过程中，绣像向插图靠拢，也需要画背景和环境等要素，它以描绘事件为主，还描绘故事的片段情节①。显然上面两幅图像已经超出了"绣像"的范围，而成为小说插图的典型范式。

绣像的主要功能是使读者首先对故事中的人物有一个形象化的印象，然后在阅读文学作品时，随着故事情节的发展，加深对人物的理解；同时，绣像也起到装饰和美化书籍的作用。陈正宏认为以"绣像"命名图像，意在取其古雅的美感，并没有什么特别的含义。而"绣像"和"小说"连在一起作为书名则是晚近之事，清初佩蘅子写的《新镌绣像小说吴江雪》是"绣像小说"一词较早的出处，现在看到的该书却已经没有绣像。直至李伯元以"绣像小说"作为期刊名，它才正式成为一个固定的名词，是一种指称小说体裁的文学术语，使得图像成为小说的主要特色和不可或缺的一部分。②

以上，我们简单梳理了从绣、绣像到绣像小说的过程，除了韩庆邦的小说期刊《海外奇书》，李伯元主办的《绣像小说》是最为重视图像和文字结合的期刊，他想为读者提供晚清社会的写生画和异域世界的鲜活样本。

二、绣像插图的分布、特征及功能

（一）绣像插图的分布

《绣像小说》全部七十二期共配有插图 812 幅，每期配图 8 至 14 幅不

---

① 黄可：《绣像》，载《读书》，1979 年第 7 期，第 93 页。
② 陈正宏：《绣像小说：图文之间的历史》，载《图书馆杂志》，2011 年第 9 期，第 98 页。

等，配图最多的是第二十二、二十四期，配有 14 幅插图；第一至五十四期大多配 12 幅，第二十一、三十一至三十二、五十五至六十九期各配图 10 幅，第二十六、二十八、七十至七十二期各配图减至 8 幅。各期的插图数详见表 6-1：

表 6-1　各期所配插图数目

期号	幅	期号	幅	期号	幅	期号	幅	期号	幅	期号	幅
1	12	13	12	25	12	37	12	49	12	61	10
2	12	14	12	26	8	38	12	50	12	62	10
3	12	15	12	27	12	39	12	51	12	63	10
4	12	16	12	28	8	40	12	52	12	64	10
5	12	17	12	29	12	41	12	53	12	65	10
6	12	18	12	30	12	42	12	54	12	66	10
7	12	19	12	31	10	43	12	55	12	67	10
8	12	20	12	32	10	44	12	56	12	68	10
9	12	21	10	33	12	45	12	57	12	69	10
10	12	22	14	34	12	46	12	58	12	70	8
11	12	23	12	35	12	47	12	59	10	71	8
12	12	24	14	36	12	48	12	60	10	72	8

《绣像小说》上共刊发了四十八种作品（小说类创作小说十九种，翻译小说十七种，共三十六种；非小说类十二种），但不是所有的作品都有插图，其中小说类和非小说类作品无插图的有二十一种，而配插图的共二十七种，创作小说十七种，配图 722 幅，占插图数的 88.9%，占据了绝大部分的插图。而翻译小说四种，配图 38 幅，占插图数的 4.7%；非小说类作品六种，配图 52 幅，占插图数的 6.4%，后两种类型的插图数并不多。每部作品的具体配图数量，详见表 6-2：

表 6-2　各作品配图数量

创作小说（插图数）	翻译小说（插图数）	非小说类作品（插图数）
文明小史（118）	汗漫游（4）	单出新戏测字先生（2）
活地狱（84）	小仙源（6）	经国美谈新戏（18）

续表6-2

创作小说（插图数）	翻译小说（插图数）	非小说类作品（插图数）
醒世缘弹词（28）	环瀛志险（2）	云萍影传奇（2）
泰西历史演义（72）	珊瑚美人（26）	童子军传奇（8）
痴人说梦记（60）		维新梦传奇（16）
负曝闲谈（60）		京话演述英轺日记（6）
老残游记（26）		
邻女语（24）		
扫迷帚（24）		
月球殖民地小说（44）		
商界第一伟人（2）		
世界进化史（44）		
市声（48）		
未来教育史（8）		
瞎骗奇闻（16）		
学究新谈（48）		
玉佛缘（16）		

　　从上表可知，在《绣像小说》上刊发的十九种创作小说中，除《花神梦》《苦学生》没有配插图外，其他几乎都配有插图，占全部配图的绝大部分，且大多数章回小说每回配有两幅插图，它们从各个方面较为真实地反映了晚清时的社会生活。

　　而翻译小说的插图数量大幅度减少，大部分翻译小说没有插图，仅有四种小说配有插图，比如《汗漫游》第一至二回刊发在第五期上，中间隔了两期，到第八期才继续刊发第三至四回，造成小说内容的不连续，为了唤起读者对前面小说内容的记忆，因此在期刊的第八期以每回一图的形式刊发前四回的插图，共有4幅，插图全都表现前四回"我"流落到僬侥国（小人国）的部分内容；《小仙源》同样是每回一图，配图共6幅；《环瀛志险》不分回仅配图两幅；《珊瑚美人》前七回无图，从第八回到第二十回结尾才和创作小说一样每回都有两幅插图。这些为数不多的翻译小说插图，大体上反映了晚清知识分子对域外人物、环境和景物的想象。

另外非小说类的戏剧、传奇和杂俎还有少量的插图,其中《经国美谈新戏》共十八出,每出配一图,描绘了异域的政治风云和英雄人物;《维新梦传奇》十五出,每出一图,共刊出 16 图,多出的最后一幅题名为《梦醒》,有图却无对应的文字;《京话演述英轺日记》以 6 幅插图描绘了振贝子奉命出使,先后抵达上海、香港、马赛和伦敦的场景。以上三种非小说类的传奇和杂俎也涉及异域书写内容,表现了异域的形象和事件。

(二)绣像插图的特征

《绣像小说》伴随着小说和非小说类等作品刊出的 812 幅绣像插图的特征,主要表现在插图形式、情节性绘画方式和中西绘画交融等方面。

第一,插图形式可从插图的位置、编排、图形、款识和边框等方面来看。

《绣像小说》插图的位置有两种:封面插图和正文插图。封面插图设计有两种,前八期画的是"一株枝叶挺秀、花冠怒放的牡丹。花枝由右下伸向左上的构图方式,显示了一种自信感,一种走向夏天的风度"①(如图 6—3 所示),第九期以后封面由三部分构成,最引人注目的是中间一只脚踩祥云、昂首挺立的孔雀(如图 6—4 所示),它张开的雀屏像一幅毛茸茸的扇面,上面和下面是类似于卷轴的书页题写着刊名和刊期。这两种封面设计花团锦簇而雍容华贵,体现出浓浓的中国味道,表现着传统士人的守旧和自信的心态。

---

① 杨义等:《中国新文学图志》(上卷),北京:人民文学出版社,1998 年版,第 16 页。1980 年上海书店翻印的《绣像小说》全部使用的是孔雀的图像,牡丹图像的封面来自陈平原:《作为"绣像小说"的〈文明小史〉》,载《西北师大学报》(社会科学版),2014 年第 5 期,第 5 页。

图6—3　第1期封面　　　　　　　图6—4　第9期封面

　　正文插图的特征表现在插图编排形式上，插图编排的形式大体分为单面插图、合页连式插图、主图和副图，单面插图又分为上图下文、上文下图、上下两图、左图右文、右图左文、方格插图等。① 在单面插图编排里最常见、最受欢迎的是上图下文的形式，即在一个页面之内，上半部分是图像，下半部分是和图像形成互文性关系的文字，该形式最早出现在唐五代时的佛经、日用书籍等印刷品里，比如唐末宋初写经卷等，宋元以后的民间用书和文学小说的插图也普遍采用上图下文的印刷形式，如宋刻本《纂图互注礼记》就采用了这种经典的版式。而单行本的绣像小说将图像集中在扉页或卷首，完全地展现给读者，形成了合页连式插图。

　　但到了晚清期刊《绣像小说》时，编者采用了逐回绣像的编排体例，其目的是配合期刊连载的形式，既使文字和图像的比例较为和谐，也方便读者的阅读和欣赏，同时也是为了配合长篇小说。晚清的长篇小说的特点是以话柄串联故事，人物繁多，不可能为每一个重要人物配插图，但可以围绕事件对章回的内容进行概括和表现，将社会生活中的冲突、奇闻等广阔收纳其中，以拓展读者的视野，增强读者的兴趣。逐回绣像的插图紧密地依附于文字，但又具有相当程度的独立性，可将插图从文字中拆解下来编成画册，它突破了传统的编排形式，可视为印刷编排的一种丰富和

---

① 韩冬梅等：《视觉传达设计》，北京：中国水利水电出版社，2012年版，第28页。

发展。

　　款识指的是古代在钟鼎器皿上镌刻的文字，后来也指在书画上的落款。插图的款识包括图名、题诗、说明性文字、标题、图注、画工或刻工的名字等。《绣像小说》的插图仅有标题，而没有题诗或画工的名字等其他款识内容。由于《绣像小说》插图的内容是根据章回的情节内容而创作，有的一个对举的回目由两幅插图来配，则上句和下句各配一幅插图，也有的对举回目仅有一幅插图。插图标题的书写在方向、大小、断句、分行等要素上大都迁就画面的空白，显得较为随意，而在位置上较为固定，在画面的左上角或右上角的空白处是题写标题的最佳位置，少量标题出现于画面的中部（如图 6-5 所示），而几乎不会在下方出现。还有一些插图为了题写标题，而对上方的画面内容进行调整，最常见的形式为将原本应该有画面的地方绘制成翻页的模样（如图 6-6 所示），从而留出题写标题的位置。

图 6-5　险世界联党觅锱铢　　　图 6-6　下乡场腐儒矜秘本

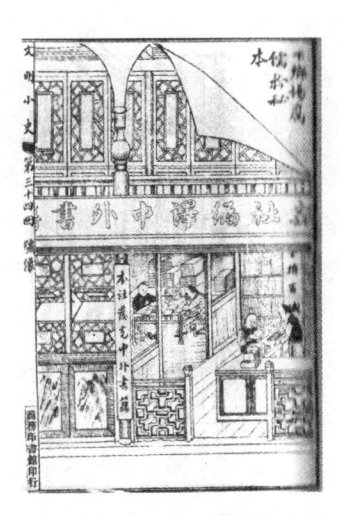

　　《绣像小说》插图的图形采用的是最为常见的长方形，没有什么特别之处。而围成长方形的边框一般有单边框、文武边框、花边框和无边框，其中文武边框是一种铅字排版的常见形式，由一粗一细两条线并排构成，粗线为武线，细线为文线。《绣像小说》插图页面边框和文字页面边框是统一的，它在上、下及靠近订口一侧的三边用的是文武边框，武线在外而文线在外，独有靠近切口一侧的边框为单边框。切口边框与上下边框交叉时并不完全对齐，从而在构成长方形的同时，预留出了一列宽度的空白，左半幅的插图和文字页面都在预留的空白处，从上往下印刷了书名、章回数、页数和出版社名称，从而对正文文字和必要的信息做了区分。而右半幅的插图和文字页面依然保持着切口处单边框的空白。丰富的内容配上简洁而实用的边框既突出了重点，又不影响页面庄重、严肃的整体美感（如图6-5、图6-6所示）。

第二，《绣像小说》的绘图从内容上来看大都属于情节性绘画。绘画分为具象和抽象两种形态，《绣像小说》中绘制的图像有现实主义风格，属于具象形态。在812幅绣像中，少量是非叙事性的静物（船、建筑）和肖像（外国人形象），大多是叙事性绘画（或情节性绘画），它们以纪实手法反映了某个历史事件、生活瞬间等，以新的表现手法突破晚清小说时空叙事上的一维性，但又想象新世界的图景，充满浪漫主义的色彩。

《绣像小说》中大部分的绣像有叙事性，"用绘画方式进行叙事的独幅作品称为'情节性绘画'或'叙事性绘画'"①，比如录自《绣像小说》第三期的图6-7，题为"矿师逾墙逃性命"，插图叙事紧密配合《文明小史》第三回文字叙事，柳知府紧急处理店小二失手打碎了洋人的瓷碗的涉外事宜，暂停了武童考试，已引起众人不满，他贴出的请洋人探勘矿苗、为地方兴利的告示被滋事者误解为要出卖永顺府的山地，旋即点燃了众人的怒火，他们聚拢到高升店门口要捉拿洋人。图6-7描绘了这个紧急万分的时刻，它分为上下两个部分，共时性地表现了两个时空，下半幅是众人砸门要进高升店的场景，上半幅是两个洋矿师、西崽和通事从后院翻墙逃命的场景。

录自《绣像小说》第五十期的图6-8，题为"梦境闻歌公民启会"，配合《学究新谈》第四回的小说内容。教旧学的先生夏仰西被东家辞退，正在郁郁不得志的时候，他的表弟沈子圣和弟媳鼓励他自学新学，两年以后学成，他等待着下一年表弟推荐他去当教员。夏仰西每时每刻都思索着如何当个好教员，日有所思而夜有所梦，于是在一个夜晚他长睡难醒，一觉睡到第二天中午。他梦见到了一个牧童带他到了泰平村，此村如乌托邦世界般美好，人人平等、路不拾遗，而这一切全都是泰平村外来的一个

---

① 杜龙琪：《20世纪中国情节性绘画研究》，北京：人民出版社，2012年版，第9页。

外国人成功的教育结果。图 6-8 的右下半幅表现的是夏仰西在呼呼大睡，他头顶上飘起的盘旋线条越变越大，直至开拓出左上半幅的梦境空间，梦境空间里表现的是牵着牛的牧童将夏仰西带到一幢有两层楼的院子门口，门口的匾上写着"安乐村公民议会处"。牧童讲里面有村民正在议事，但不允许学生进入。

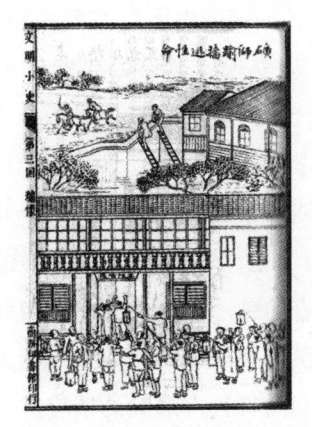

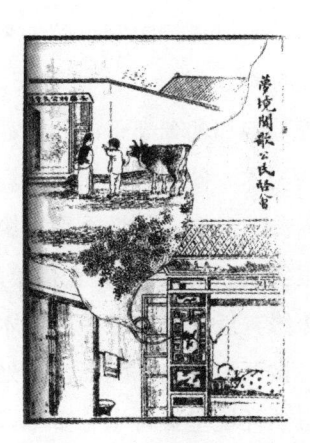

图 6-7　矿师逾墙逃性命　　图 6-8　梦境闻歌公民启会

第三，从艺术性的角度来看《绣像小说》中的绣像插图，它们体现出了中西方绘画的交流与融合，插图既继承了中国传统绘画的白描技法和绘画元素，又凸显了西方的绘画技法和表现方式，而这种融合是伴随着晚清如雨后春笋般萌芽和壮大起来的画报而逐步发展的。从 1884 年至 1919 年间出现了《点石斋画报》《飞影阁画报》《书画谱报》《图像日报》等，其中以英国人美查召集吴友如等画师，于 1884 年创刊于上海的《点石斋画报》（1884—1898）最为突出，它以简短文字配图像来介绍晚清社会的"奇闻""新知"和"时事"，极具代表性地展现了以木板为材料，以线条来绘制人物、景物，留白较多的中国传统版画，积极吸收和借鉴以石板或铝、锌、铅等金属皮为材料，注重画面的明暗关系，表达细腻的场景、物体和人物表情的西方石版画的特点。[①] 稍晚于《点石斋画报》诞生的《绣像小说》，其绣像插图同样具有融汇中西方绘画的特点。

首先，绣像插图充分地继承中国绘画的白描技法，通常以舒朗的线条

---

① 参见张卉珺：《〈点石斋画报〉画面艺术特色探究——中西绘画的交融》，江南大学硕士学位论文，2011 年，第 8~9 页。

和白描技法描绘人物的行为、所处的空间和所经历的事件，多为全景式构图，其特点是"上留天之位，下留地之位，中间立意定景"①。比如：

图6-9录自《绣像小说》第十九期《痴人说梦记》第一回，题为"说奇梦乡老圆谎"，远处空旷的天幕之下，仅寥寥一笔白描就勾勒出山峦的形态，看似很随意，但以"无"来衬托"有"，和右边浓黑的屋顶形成平衡；中景主要描绘农家小院的葡萄架下，五个农人分为两排相对而坐，他们一边抽烟、摇扇，一边聊天，是一幅安逸、和谐的生活图景，高房子、矮葡萄架和葡萄架下的人们秩序谨严，细腻生动；近景为台阶、地面和茂盛的树木，使整个画面的内容更加丰富、完整。

图6-10录自《绣像小说》第十八期《泰西历史演义》第十八回，题为"窥虚实法兰西进兵"。它描绘的内容是法兰西总督沈布带兵走到了悬崖峭壁边缘，近处郁郁葱葱的树木像笔直的剑一般刺向天空，中间为狭窄的山谷，被两边的山脉隔断，远处仍为层峦叠嶂的山峦，这一队人在四面环山的自然环境里显得十分渺小，整个画面将行军遇险的情境进行定格描绘，传达出了千钧一发的紧张之感。

图6-9　说奇梦乡老圆谎　　图6-10　窥虚实法兰西进兵

其次，绣像插图描绘了大量晚清社会的元素，如人物的头饰、发型和服饰，亭台楼阁，房间里的装饰、摆设等，它们是独具特点的中国绘画语言和文化传统的一部分，具有中国审美文化的精神品格。比如：

图6-11录自《绣像小说》第二十九期《月球殖民地小说》第十一

---

① 王贵胜：《中国山水画景物构成》，北京：北京师范大学出版社，2004年版，第83页。

回,题为"看新闻钩起填胸愤 搜故箧惊题哀发诗"。该插图繁复的内容充斥着整个画面,它分为上下两个部分,上部的房屋里描绘龙孟华寻妻无果,他和玉太郎坐在茶馆里喝茶、看报,下部的左面房屋描绘龙孟华靠着枕头养精蓄锐,右边房屋描绘他睡不着,于是就起身读书,按照时间顺序发生在不同时空里的三个事件,共存在一幅插图里,撷取了主人公龙孟华的生活片段。小说里交代玉太郎和龙孟华喝茶的地点为亚东(即印度),但图中描绘的建筑和印度并没有多少关系,描绘的全景式的房屋、弯月、山峦、花草树木和假山等都符合中国庭院的典型布局,建筑物规整的线条使杂乱的画面变得统一有序,反映了中国文化的审美特点。

同图 6-11 的"密"相比,图 6-12 的局部场景显得"疏",它录自《绣像小说》第四十二期单出新戏《算命先生》,题为"算命"。它以算命先生为画中人物视线的焦点,婆媳和小孩都围着他,营造出急切的、紧张的和神秘的氛围,人们的服装、发髻、三弦琴、拨浪鼓、桌椅、茶具和中堂风景画都是晚清社会所常见的事物,画工还原了生活现场,并对其进行了生动的描绘。

图 6-11　看新闻钩起填胸愤
　　　　　搜故箧惊题哀发诗

图 6-12　算命

最后,绣像插图吸收和融合了西方绘画中焦点透视(focus perspective)的基本技法。焦点透视也叫定点透视、静点透视,它是和中国绘画理论中散点透视(cavalier perspective)相对应的一个范畴,指的是"雕塑、油画等摄取物象只限定在一个视点、视向和视域的一种透视。

亦即只有一个视点、视向和视域所造成的画面。仿佛照相机所看到的景象。它符合生活中从一点直观看到的透视法，也符合近大远小的造型原则"①。简单来说，视点在相对近距离观察物体，将物体分成近景、中景和远景三个层次，点、线、面随着远景的延伸而集中，乃至形成消失的灭点，焦点透视除了能够表达静止的、逼真的现实场景，还能表达无线延展的空间。从《绣像小说》风格多样的插图里，能够看到焦点透视基本技法的运用。

图6—13录自《绣像小说》第二期《泰西历史演义》第二回，题为"复前仇再破奥大利"。焦点透视关系主要表现在一队人马走在行军路上，它直接运用了近大远小的透视方法，近处骑马的将领和扛枪的士兵以简单的白描勾勒形象，远处的士兵则成为密密麻麻的黑点，直至消失在城门处。整个画面要表现的事件单一，而人物众多，倘若运用中国传统的散点透视来表现行军图，则容易将人物并置在一个视点游离、没有主次的画面上，将会缺少拿破仑带领军队浩浩荡荡入城门，去攻城略地的气魄和动态感。

图6—14录自《绣像小说》第十八期《泰西历史演义》第九回，题为"乌布也贻误军国"，整个画面上长长的一列高耸的城墙占据了重要位置，它由近及远向远景延伸，虽然城墙突然消失在空白的画面里，但丝毫不影响画面的完整性，观者根据透视原理，依旧可以推断出它终将消失在远处的某一个点上。城门前驻守的英国将领乌布也傲慢地摆手，表示他回绝了前来求援的一个亨利塞守军，远景城墙的尽头还能隐约看到有一个扛枪士兵孤孤单单地站岗放哨，在高大的、蜿蜒的城墙衬托之下，画面上的三个人物显得格外渺小，亨利塞求援者的卑躬屈膝和乌布也的高傲冷漠形成了鲜明的对比，他们各自的神态被定格在画面中，成为凝固的时间。近景中杂乱的花草和石头增加了整个画面的丰富感和空间感，但整个画面仍然保留着中国传统绘画的留白，显得比较舒朗，不拥挤。

---

① 邵洛羊：《中国美术大辞典》，上海：上海辞书出版社，2002年版，第5页。

图 6—13 复前仇再破奥大利　　图 6—14 乌布也贻误军国

《绣像小说》的插图很自然地运用了西方焦点透视的基本技法，但也并没有摒弃中国传统绘画的散点透视技法。散点透视也叫作动点透视、变点透视或破时空透视，它是指"中国传统绘画、雕塑等艺术家在生活中观察事物和表现对象时选取移动、分散、多面的一种透视"①。从图 6—13 和图 6—14 远山、树木、花草等的描绘来看仍然是中国画的表现形式。

因此，《绣像小说》中的绣像插图既很好地继承了中国传统的白描、散点透视等技法，又体现出了对西方焦点透视技法的融合和运用。

（三）绣像插图的功能

《绣像小说》为主要的创作小说和翻译小说逐回配绣像插图，继承和发展了明清以来的绣像小说传统，既保持着中国传统插画的特色，也热衷于引介域外的事物，并融合了域外的版画艺术。绣像插图作为该刊的重要特色，它的主要功能有以下四个方面：

第一，绣像插图具有美化小说期刊的功能。书籍装帧是一种古已有之的书籍出版行为，它是对书籍的结构和形态进行设计，主要从字、图、色、纸四方面进行精心的构思和打造。晚清时期印刷效率和水平有极大的提升，各种期刊、画报如雨后春笋般出现，呈现出一派欣欣向荣的局面，但为文学期刊绘制插图仍属于鲜见之事。虽然在《绣像小说》之前，上海出现过旬刊画报《点石斋画报》和最早的图文并茂的文学刊物《海上奇

---

① 邵洛羊：《中国美术大辞典》，上海：上海辞书出版社，2002 年版，第 5 页。

书》,前者的发行时间较长,每期的8幅画页随着《申报》附送,共发表了4000多幅作品,由于它是画报,每个画页以图像为主,配以简短的新闻对图像进行说明和补充;后者是一份连载韩子云长篇小说《海上花列传》的刊物,前9期为半月刊,从第10期改为月刊,共出15期,每期配插图2幅①,它开创了为连载期刊配插图的先河,但所配的插图的数量很有限。而在配有插图的小说期刊中,梁启超在日本横滨创办的《新小说》的插图以世界文学名家、著名艺术家和各地名胜的照片为主。

同以上各种画报、期刊相比较来说,《绣像小说》所配的812幅插图的不同之处在于,首先它将文字和图像看得同等重要,在内容的编排上使它们的比例较为均衡,既非纯粹的画报,又凸显出鲜明的绣像特色。它没有采用具有真实性的照片,而是采用了绘画的方式。尽管绣像插图反映出画工的绘画水平参差不齐,有的插图惟妙惟肖,有的插图就难免带有想象的成分,反映域外形象的插图带有中国化的味道,但这些绣像插图都属于小说期刊装帧的一部分,它们以其生动、鲜活性吸引读者购买和阅读,起到了装饰和美化期刊的作用。

第二,绣像插图具有反映晚清时代风貌的功能。不同的绣像插图描绘了不同时代的风貌,也透露出不同的文化体系和审美对象。比如唐代流传下来的插图很多都与宗教生活有关,图像大都描绘佛陀、菩萨及其弟子的形象,展现佛经故事的重要活动和场景,善男信女们即使不识字,也能根据图像了解其中的大致内容。宋代的统治阶级崇尚儒学,他们为《易》《书》《周礼》《礼记》《春秋》《诗经》六经配插图,刻印的《六经图》广受民众的欢迎,而小说插图较为著名的是上图下文、图文对照的《列女传》(1063)。②《六经图》和《列女传》反映出统治阶级引导人民遵守封建礼教,维护社会安定的意图。元代的版画最有艺术价值的是"全相平话五种"③,以文图相辅的形式讲述历史故事,表现尚武精神。明清之际是雕版印刷的黄金时期,小说、戏曲的插图十分普遍,到了无书不图的程

---

① 参见姜德明:《寻书偶存》,南京:南京师范大学出版社,2011年版,第147页。
② 《列女传》由建安余氏勤有堂刻印,有插图版画123幅,相传由汉刘向编撰、顾恺之补画。参见杨永德:《中国古代书籍装帧》,北京:人民美术出版社,2006年版,第345页。
③ 全相平话五种包括刻本《全相武王伐纣平话》《乐毅伐齐七国春秋后集》《全相秦并吞六国平话》《全相续前汉书平话》和《新全相三国志平话》。参见薄松年:《中国绘画史》,上海:上海人民美术出版社,2013年版,第287页。

度。总的来说，20世纪之前皇室贵族和文人富商拥有话语权，他们请画工绘制在绢帛、纸张上的美术作品，首先供自己欣赏和把玩，因此要符合自己的审美趣味，民众是否有能力购买和欣赏并不是他们考虑的重心，因此流传范围具有局限性。

但到了晚清之际，随着印刷方式的革新，书籍传播途径更加快捷，而晚清民众文化程度的提高使他们有能力和机会成为近代传媒的受众。《绣像小说》的编辑者将广大市民锚定为期刊的主要读者，绣像插图以现实主义笔法，贴近普通市民的生活绘制图像，主要有晚清官场交际，监狱酷刑，迷信风俗活动，茶馆、饭庄和妓院等社交场所，现代科技等新鲜事物，异域的战争和生活等，向读者充分地展现了晚清时代的社会景观，满足当时人们的精神文化需求，还成为记录晚清时代风貌的重要资料。

第三，绣像插图具有参与文字叙事的功能。"图像参与印刷文本叙述，是晚清文化实践的一项重要内容，它与文字一起，开始讲述各种故事，纪实的虚构的，从时事要闻、市井人情到通俗小说里的人物故事。在这一过程中，包括图像在内的印刷媒体叙述与社会化的大众阅读互为依赖，互为生成和造就。人们对外部世界的认识、对自我存在的确认，渐渐依赖于这种叙述。"[①] 从这段话来看《绣像小说》中绣像插图的功能，我们发现它包含两层相互关联的含义：

第一层含义，尽管小说等印刷文本的故事情节多依赖于文字叙述，但图像是对文字的重要补充，图像使情节在一定程度上实现了视觉化叙述的效果，依据文字叙述所绘制的情节性绘画，它描绘人物、事件和人物、事件所处的环境和背景，具有生动、具体的图文并茂的叙述效果。比如《绣像小说》中的《泰西历史演义》依据文字叙述描绘拿破仑、华盛顿等历史人物出生、成长、决策、战争、流放、退位和死亡等人生重要节点的场景，虽然是想象性的虚拟场景，但它们串联起历史人物的生命轨迹，在晚清的文字和图像叙述中叱咤风云的英雄的行为对民族、国家的发展起到了引领甚至是决定的作用，令读者不由得移情于晚清社会的命运，希冀英雄人物的出现。

[①] 姚玳玫：《文化演绎中的图像：中国近现代文学/美术个案解读》，广州：广东人民出版社，2010年版，第10页。

第二层含义，图像将文字描绘的世界具象化，尤其晚清时人们睁眼看世界，《绣像小说》通过图文向晚清读者介绍了多姿多彩的异域形象，图像成为读者感知异域、重识自我的样本，读者倾向于将图像中所描绘的异域形象视为真实可信的，从人物肖像、西方建筑、远洋航船到战争场景、社会风俗等都生动地刻画着画家对异域的认知，并向读者进行传达，读者也按照图像描绘的内容来理解异域，图像叙事起到了仅凭文字叙述所不能直观传达的效果。

第四，绣像插图具有展现插图艺术在变化中过渡的功能。由于《绣像小说》的插图在中西方绘画文化交流与融合的背景中产生，插图配合文字内容随时刊出，这些插图有的精美，有的朴拙，有的突出了中国传统绘画的白描技法，有的突出了西方透视技法和明暗对比的版画技法，有的兼用中西方绘画技法，有的认真地描绘晚清社会的物象，有的天真而真诚地想象异域世界的物象，造成插图的内容复杂多样、质量参差不齐、风格也极不统一的后果。但这种情况真实地保留了画工学习、模仿西方绘画，从而进行创作的痕迹，它反映出西方绘画技法和文化元素在一定程度上对画工的影响，继而也影响到画工和读者看待晚清社会和异域世界的眼光。

第二节　绣像插图展现的异域情调

图像叙事被纳入近现代文化叙事的主流渠道中，成为近现代文化意义的生产、交流和循环的一种重要方式，以图像的方式呈现域外成为编者与读者建构、想象西方的重要途径。[①] 李伯元为《绣像小说》的文字配图像，成为期刊吸引读者的重要方式。梁启超的《新小说》、黄人的《小说林》所配图像都是直接取自外国的肖像和绘画插图，而鸳鸯蝴蝶派杂志《小说月报》所配图像是纪实性的摄影插图，同以上期刊相比，《绣像小说》的插图具有浓厚的创造性和想象性，其中一部分具有异域情调的插图，成为我们了解晚清知识分子眼中的异域形象的宝贵资料。

---

① 胡安定：《图像中的域外——民初鸳鸯蝴蝶派对西方的译介》，载《新文学史料》，2011年第4期，第138页。

本书所指的异域图像不是指来自域外的图像，而是指反映了异域民俗风情、具有异域情调、呈现鲜活的异域形象的图像。《绣像小说》共有绣像插图812幅，其中配图的创作小说十七种、翻译小说四部、非小说类文学作品六种，而在这些绣像插图中创作小说《文明小史》《邻女语》《世界进化史》《泰西历史演义》《痴人说梦记》《月球殖民地小说》《学究新谈》和《商界第一伟人》，翻译小说《汗漫游》《小仙源》《环瀛志险》《珊瑚美人》，非小说类作品《经国美谈新戏》和《京话演述英韶日记》等作品涉及描绘异域、具有异域元素和情调，成为我们下面重点研究和讨论的对象。

《绣像小说》的插图以反映晚清社会面貌为主，多为晚清社会生活的写生画，尽管具有异域元素和情调的内容不是十分丰富，但也涉及了异域风格的建筑、军事斗争、政治会议、科学技术、人物肖像及域外冒险等内容。这些图像一方面有美化刊物的功能，另一方面使读者闻所未闻的事物变得直观和立体，文字无法传达的信息通过图像展示在读者的眼前。

一、异域人物图像

《绣像小说》里描绘异域人物的插图较多，他们着装、身份、地位和性格多元，其中突出的形象有政治家、传教士、冒险家、原住民等，透过插图我们能够看到晚清知识分子对外国人有着复杂的态度。

第一，政治家的形象。《绣像小说》有变革社会现实的崇高目标，因而选取了一部分政治小说，插图的异域形象也与那些对社会变革产生影响的政治人物相关，这些政治家们在整体或局部上左右着政局的发展和变化，他们肩负着重整乾坤的责任，形象高大，通常都在主持和参与政治会议。

比如图6—15录自《绣像小说》第一期《经国美谈新戏》，题为"观像 说典"，画面对称，中间站立着学堂的老师，他正向巴比陀等关心时事的学生讲述左右两边的人物铜像，一位是阿善国的贤君格德，为了击败敌国，他失去了自己的性命；另一位是阿善国的英豪士武良，他创建义军，完成救国大业。插图里学生围绕着老师，都在专心听讲，营造出异域人物关心国事的氛围。

图6—16录自第三十一期《珊瑚美人》，题为"自由不死 万岁齐呼"，画面描绘了反对法兰西专制统治的礼洛被送上刑场，准备行刑的场景，他

被举着枪的士兵围在院落的墙角,审问官诱导他投降,礼洛用生命实践着自由万岁的信仰,画面流露出英雄主义的气氛。

图6—17录自第二期《泰西历史演义》,题为"行新政重整法兰西",它描绘了拿破仑坐在宫殿内,和左右两边的官员商议国家大事的场面,在他整饬法兰西政治之后,国家的实力大增,该图中,晚清画家表达了希望出现英明领袖,重新振奋国家精神的愿望。

图6—15 观像 说典　　图6—16 自由不死 万岁齐呼　　图6—17 行新政重整法兰西

以上绣像插图分别属于不同的小说,但他们所描绘的政治人物形成了变革晚清社会的和声,他们成为"镜像",从不同角度照射出晚清知识分子渴望鼓动民众反思社会现实,进而探讨变革的可能性的心态。

第二,传教士的形象。晚清时期各列强在华扩张势力,传教士在近代中国的屈辱历史中作为一个特殊的群体,扮演了重要的角色,鸦片战争后签订的不平等条约为这一群体提供了庇护,他们成为帝国主义从精神上改造中国的工具以及侵华的向导和先锋。在《文明小史》里传教士并不面目可憎,他为人和气,仗义庇护落难的书生刘伯骥;精通中国的典籍,有理有据地挑战佛学、儒学;支持晚清社会变革,资助有为青年接受新式教育,从而对封建旧式教育造成了不小的冲击。

图6—18的下方居中的传教士入乡随俗,穿着中国的服饰,凭借特权在法庭上将会党书生直接带走;图6—19官吏巴结传教士,派人抬来了一大箱子的礼物;图6—20传教士端坐在会党书生中间,同他们商议下一步的去处。图6—18和图6—19描绘了传教士和昏庸的中国官吏之间的紧张

关系，而图 6-20 描绘了传教士对年轻书生前程的关心和帮助，传教士在画面上占据着重要位置，看起来受人尊敬、举止大方，是一位热心、正直的传教士形象，对教士的赞扬也反映出李伯元思想上的局限性。

图 6-18　救会党教士索人　　图 6-19　却礼物教士见机　　图 6-20　助资斧努力前途

第三，冒险家的形象。《绣像小说》中的翻译小说配有插图，如《汗漫游》4 幅、《小仙源》6 幅和《环瀛志险》2 幅，描绘了异域冒险家的形象，冒险家们天赋异秉，遇到危机时有勇有谋，善于和环境、敌人斗争来改善自己的不利处境，能够从无到有建立自己的领地，他们均是生活的强者。其中最精彩的是《小仙源》的插画，描绘了瑞士的洛萍生一家人想移民海外，在海上涉险漂流了六天，却没能躲过海上的暴风雨，待风浪稍平之际，他们将桶连接在一起做成小船，逃到了荒岛上，搭建房屋、种植作物、驯养动物，不仅存活下来，还在荒岛上建立起一个自给自足的新家。小说配插图 6 幅，洛萍生一家人流落荒岛，首要的需求是安全和食宿，它取决于人与自然的关系，图 6-21 至 6-26 细致地描绘了人物所处的环境，人和自然由对立关系逐渐变得和谐，正反映了洛萍生一家人为改善生活进行着不懈努力。

图 6—21 遇飓风舟船触礁 临绝地截桶为舟

图 6—22 登隆地鸡犬腾欢 营生机儿童努力

图 6—23 寻旧侣洛生德报怨 叹异数狙公石酬瓜

图 6—24 获小猴将犬作马 搜遗畜率子登舟

图 6—25 踏浪冲波偕来刍拳 迁乔出谷雅慕檜巢

图 6—26 锡桥名不忘故园 运家具喜得新居

  晚清冒险小说是"以航海技术为基本要素，配以现代科学知识，对自然界的不可思议的现象进行描述的，或者添加社会意义、凸显国民性及人类史思考的作品，如科幻冒险、殖民冒险、军事冒险等"①。《绣像小说》翻译的冒险小说通过异域人物插图传递给读者新颖的生活方式，它充满了艰难险阻，同时具有想象力和诱惑力。小说的翻译者借助冒险家们的经历

---

① 李艳丽：《东西交汇下的晚清冒险小说与世界秩序》，载《社会科学》，2013 年第 3 期。

向晚清民众传播新知,一方面鼓励民众勇敢地去探索未知的世界,进行远游探险,这并不意味着盲目行动,而是利用所掌握的知识、经验从陆地走向海洋,继而赢得未来。另一方面翻译家们希望通过人们的努力建立起新的社会秩序,可以说冒险家身上寄托着晚清知识分子在贫瘠、落后的土地上早日实现"文明梦"的理想。

第四,原住民的形象。图6—27录自《绣像小说》第二十八期《痴人说梦记》,题为"起沉疴双探毛人岛",它描绘了蛮荒之地的原住民形象。该回叙述贾希仙等人流落到世外桃源"仙人岛",性情纯良的岛民是犹太人,经过美洲人的教化,信奉犹太教,岛上物产丰富,奉行以物易物的交换方式,拥有最先进的科学书籍,但似乎停滞在现有的幸福世界里,无法向前再进一步。贾希仙怂恿岛上的管理者"教主"开采煤矿和铁矿,但教主手下僧众都很安于现状,不肯照办,于是贾希仙和同伴造了一艘船,他们想招罗中国商人去岛上做一番事业,船飘到了"毛人岛"。

"毛人"是小说的作者旅生对原住民轻蔑的称呼,旅生想象了一处未经文明洗礼,保持着原始样貌的荒岛,和仙人岛完全不同。岛上的毛人在外形上留存着尚未进化完成、体毛极多的特征,他们身上长着一寸多长的黑毛,面目凶恶,力大易怒又色厉内荏,贾希仙也不知道他们是何等人种。以旅生为代表的晚清知识分子对外部世界怀有好奇心,在他们看来外部世界有好有坏,尽管当时中国百姓拖着长辫、穿着长褂,科学技术同西方先进国家相比落后了许多,但百姓不至于赤身裸体,相对于蛮荒的"毛人岛"而言,中国社会是文明和追求进步的,作者对此持有积极的态度,对未来满怀信心。

图6—27 起沉疴双探毛人岛

二、异域风情的建筑

建筑是人物活动的重要背景空间,《绣像小说》里具有异域风情的建筑和中国传统建筑迥然不同,异域建筑主要表现为拔地而起的各式洋房,建造奇巧。

从外观上看多为一至三层,有中规中矩的方形结构,也有下部宽上部窄的结构。透过洋楼宽大的窗户,读者能够看到房间内部的人们的活动,他们围坐在桌旁谈话,或站在窗边若有所思。比如《泰西历史演义》里的建筑,图6-28录自《绣像小说》第七期,题为"以有易无商局起色"。图中的三层建筑是英国商人拓展海外贸易而在印度建立起来的商务局,我们从插图中可以看到该商务局是一座三层的楼房建筑,一层和二层的窗户洞开,人们正在进行商业谈判和贸易,楼外的街道上有人在行走和交谈。根据小说的描写,插图还描绘了英国人雇用了印度兵骑着高头大马、扛着刀在街道上围着商务局巡逻,它反映了16、17世纪英国商业蒸蒸日上,向"日不落"帝国迈进的历史。

图6-29录自《绣像小说》第十二期,题为"防内患重兵充里巷"。掩映在山石树木之间的三层宫殿式建筑是巴黎的"皇城",正面第一间房间里有两个人物,一个坐着,另一个站着汇报事情。同图6-28相比,图6-29同为三层楼房,但整个画面呈现出封闭和神秘之感。

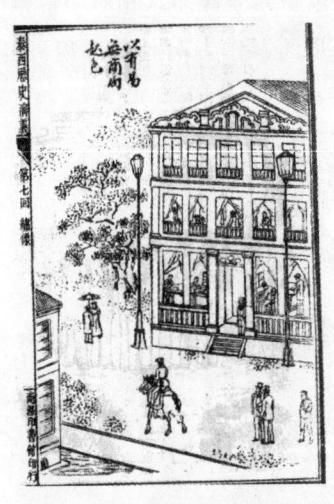

图6-28 以有易无商局起色　　**图6-29 防内患重兵充里巷**

异域建筑房间的内部装饰简洁，坚实的柱子成为异域建筑室内最显著的特点。比如图6-30录自《绣像小说》第十一期《泰西历史演义》，题为"藕连丝幸主神器"，图中描绘了法国皇帝藕连丝（即鲁意斐礼）继位的场景，柱子向屋顶处延伸而去，对比着房间里端坐的皇帝和周围肃穆而立的官员，突出宫殿空旷、宽阔和继位氛围的庄严。图6-31录自《绣像小说》第五期《环瀛志险》，题为"神坛遇狼"，同样神坛内的两根柱子是建筑物的重要支撑，它们并非可有可无，而是体现了自古希腊以来西方完备的柱式建筑结构。虽然晚清插图作者没有描绘出异域丰富多彩的柱头、柱础艺术，但从柱身可以看出插图作者着意表达异域建筑室内和中国建筑室内的差别。

图6-30　藕连丝幸主神器　　图6-31　神坛遇狼

中西建筑的差别还表现在建筑空间的布局模式上，中国传统建筑采用内向层次型的格局，一般由柱、梁、额、桁、枋、椽、拱等线条搭建而成，建筑空间以庭院居中，以树木、假山、池水、墙垣或建筑分割空间，形成一个个独立的院落，如图6-32和图6-33录自《绣像小说》第二十一和二十二期《痴人说梦记》，分别题为"谈工艺隐联同志"和"缔良缘双集女床鸾"，有假山和池水为伴的园林式的中国建筑群落尽可能地模拟自然山水，反映"天人合一"的建筑观念。

图 6-32　谈工艺隐联同志　　图 6-33　缔良缘双集女床鸾

而西方的建筑布局采用院子包围房子的模式，即房子在内部而院子在外部，房子的建造追求对称、均衡的几何美，如图 6-34 录自《绣像小说》第七十二期《世界进化史》，题为"装门面重临宴会"，插图描绘的是李大人宴请韦百功在"一枝香第四号"吃饭，韦百功和随从赶着马车到了门口。图 6-35 录自《绣像小说》第三十期《文明小史》，题为"开学堂志士表同心"，描绘了上海的李悔生走进济宁"从业中西书籍"店里的场景。这两幅插图反映了晚清时上海商业贸易频繁，市民生活追求便捷、享受，在城市里开设饭馆、茶馆，各种娱乐会馆、电报局、钱业公所、书局等也相继建立，建筑的风格仿照西方，即所谓"楼台处处仿西洋"[1]。异域建筑炫人耳目，卓然超群，令晚清人们眼界大开，既领略到了异域人文风情，也感受到了异域建筑的别致新颖。

---

[1] 珠联璧合山房：《春申浦竹枝词》，载《申报》，1874 年 10 月 10 日。

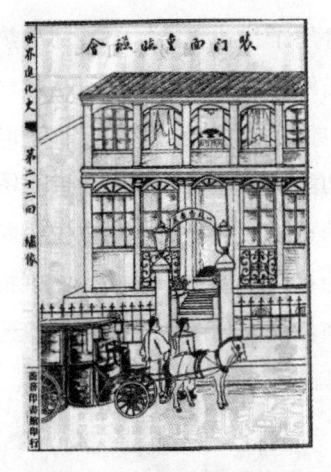

图 6—34　装门面重临宴会　　图 6—35　开学堂志士表同心

异域情调的建筑还昭示着空间置换的可能性。中西建筑在同一时间背景下被并陈在期刊中，会强化人们对异域世界的感知和向往。

三、异域科学技术

异域科学技术超出了人们的经验认知和想象，画家用图像符号反复书写它们，带人们走出经验贫乏的窘境，建立起异域世界和现实世界的联系。在《绣像小说》之前，《点石斋画报》已经不遗余力地向国人介绍西方科学技术新知，"《点石斋画报》对西方科学的报道可以用全面来形容，它从工艺方面介绍了蒸汽机、印刷机、造桥梁、轮船、火车、汽车等；在日常生活方面，则介绍了电报、电灯、电话、手表、摄影术等，同时也从科学技艺方面介绍了医学、力学等知识，甚至在新制度新观念的传播中，也进行了不可忽视的报道"[1]。

尽管《绣像小说》对异域科学技术的描绘没有《点石斋画报》全面，但也留下了晚清知识分子对异域奇制和近代科技的认识和想象，插图里最突出的异域科技主要有军事武器、马车、热气球和航船等。

荒江钓叟的《月球殖民地小说》共配有插图 44 幅，出现热气球的插图有 22 幅。小说第五回写到玉太郎和璞玉环用五六年的时间，研制成会

---

[1] 张晗：《〈点石斋画报〉建构的外国人形象研究》，黑龙江大学硕士学位论文，2010 年，第 18 页。

飞的气球,当风轮鼓动时,气球就带着屋子快速飞行。第五回里热气球第一次出现,插图6-36将其作为重点描绘的对象,玉太郎正从热气球上走下来,立马吸引了待雪亭里龙孟华和包恢宇的目光,他们全都望向热气球和玉太郎,热气球在图像上有叙述的功能。但热气球在之后的插图中即使不是描绘的主要对象,也会作为插图的重要元素出现,足以说明晚清插画家将热气球作为新鲜的事物,将其视为社会生活中不可缺少的事物,用图像符号表达着对西方奇制的某种关注和偏爱,如图6-37和图6-38。

图6-36 兴诗狱双龙背节烈 驾气球两凤证团圆

图6-37 怕交涉官场谈格式 探消息客地呕心肝

图6-38 入教堂女士谈离妇 过孔庙诸生说攘夷

19世纪各国进行热气球升空的实验,有成功也有失败,晚清社会对以热气球作为代步工具的描写浸透着对异域科技的想象,《点石斋画报》介绍西方开发热气球的功能尚止于"战争、营救、赚钱、传递信息"[①]等,到了《月球殖民地小说》,它的功能被神话,被赋予了"御风"的能力。

描绘马车和航船的插图对于记录真实的晚清社会有更重要的意义。陆地上人们的交通工具,从轿子、人力车发展到马车;大海上人们驾驭着先进的航船,可以驶向任何未知的疆界,它们不仅意味着人们克服时空的局限,还意味着克服思想的局限。如《文明小史》描绘了晚清社会并存的新

---

① 陈超:《〈点石斋画报〉的新知传播研究》,黑龙江大学硕士学位论文,2013年,第18页。

旧交通工具，它代表着新旧观念和生活方式的选择，图6-39录自第十一期，题为"毁生祠太守受窘"，湖南昏庸的傅知府在卸任动身前，知道自己在百姓中口碑不好，于是自己用钱买了全副执事、万民伞和德政碑等，但百姓不买账，顿时打毁轿子、冲散执事、折断万民伞和甩劈德政碑，傅知府原本在轿子里装模作样地举办"留靴大典"，变成了不折不扣的闹剧，官员被追打出轿子象征着官威的彻底失落。

当叙述的重心转至上海，图6-49录自第十七期，题为"老副贡论世发雄谈"，本回写的是姚文通带着贾家三兄弟在光怪陆离的上海开阔眼界，各种新奇事物令他们应接不暇，姚文通的朋友胡中立乘着马车而来，马车是象征着高等身份和地位的高档乘具，胡中立在制造局内做事，同外国有往来，因而看待时政的眼光比傅知府知趣和高明许多。

图6-39　毁生祠太守受窘　　图6-40　老副贡论世发雄谈

《绣像小说》还乐于描绘战斗中的军事武器，图6-41录自第一期《泰西历史演义》，题为"鼐利孙亚布其取胜"，描绘英国鼐利孙的军队在地中海截断法国拿破仑的军队并斗争的场景，鼐利孙有备而来，他的军队炮火强大，以压倒性的优势取得了战斗的最终胜利，在画家的笔下激烈的战斗被定格在插图中，供读者欣赏和想象；图6-42录自第四十九期《痴人说梦记》，题为"弭拳祸快枪小试"，画面上士兵扛着枪，队列整齐，它描绘的是北拳头目传教时谈神说鬼，宣称不怕枪炮，方抚台代表官府立场禁止北拳（义和团）传教，便让捎着毛瑟快枪的常备军跟随他到教场，一方面保卫自己的安全，一方面也起到震慑北拳的作用，并设计将北拳头目用快枪打死，戳破了头目有神仙护法，因而不怕枪炮的虚妄之语。两幅插图向观众展现了异域武器的强大威力。

图 6—41　萧利孙亚布其取胜　　图 6—42　弭拳祸快枪小试

总之，《绣像小说》的插图描绘了异域的人物、建筑和科技等内容，呈现了异常多元、生动的异域形象，用文字描述不清楚的事物，用插图形式进行直观地展现，这种方式不仅展现出晚清知识分子对异域事物的好奇，更展现出对异域先进的生活方式的向往和追逐。

第七章　异域书写的陌生化审美效应

从接受美学的角度来说，任何一个文学文本都是艺术家和观赏者共同创造完成的，如伊瑟尔所言："文学作品有两极。我们可以称之为艺术极和审美极。艺术极是作者写出来的本文，而审美极是对本文的实现。"[①]当我们阅读《绣像小说》时一方面能感受到晚清小说新闻化的创作倾向，另一方面能感受到作者及译者有意或无意地采用陌生化手段，如运用不流畅的语言造成审美顿挫，采用"旅行者"的奇异视点，或采用荒诞叙事手法，从而增强我们对描写的事物的感知。

第一节　陌生化与新闻化

《绣像小说》随写随刊，和大多数近代小说一样采用暴露性和纪实性的写法，使得小说新闻化的特点明显，但百年后重读这些小说，读者往往会从感知和形式两方面感受到陌生化的审美体验。

一、陌生化对小说审美效应的凸显

如何从晚清小说当代阅读的角度，估量出《绣像小说》在文学史上的美学价值，是论者阅读该期刊时持续存在的困惑。晚清小说确有其两面性，一方面，晚清小说作为古代文学和现代文学之间的过渡形态，它从内

---

① 沃尔夫冈·伊瑟尔：《阅读行为》，金慧敏等译，湖南：长沙文艺出版社，1991年版，第25页。

容到形式都能让人明显感知到文学的传承和新变,晚清小说拥有便捷的传播平台和途径,商业化写作促使作家们加快创作的速度,造成作品的结构缺少变化和过度消费新闻化叙事等问题,在一定程度上违背了接受美学的原则,减损了读者阅读作品时的趣味。尽管《绣像小说》多刊名作,但它们仍然称不上是质量最上乘的作品。

另一方面,面对晚清小说新闻化倾向明显的问题,我们也应该避免陷入这样一种逻辑:小说的新闻化必然导致陌生化的缺失,但据此断言《绣像小说》不具有审美效应也不公允。

虽然晚清小说过度新闻化在一定程度上消解了小说的陌生化,但能否说晚清小说就因此全部失去了陌生化审美效应?这个问题值得商榷。什么是"陌生化"?陌生化不是一个新鲜的提法,西方文论可追溯到亚里士多德的"惊奇""不平常""奇异"等关于文学修辞的看法。但直到1917年,俄国形式主义代表人物之一什克洛夫斯基在《艺术即手法》中才首次正式提出了"陌生化"(остранение/Defamiliarization,也译作奇特化、奇异化):

> 艺术的手法就是使事物奇特化的手法,是使形式变得模糊、增加感觉的困难和时间的手法,因为艺术中的感觉行为本身就是目的,应该延长。[①]

什克洛夫斯基认为艺术的本质不是形象,而是陌生化手法,它能使人们从自动化的语言状态中解脱出来,体会到新鲜而陌生的审美经验。

尽管陌生化理论还存在一些争议,比如巴赫金便不认同什克洛夫斯基所提出的陌生化理论,他以写作的方式与俄国形式主义进行间接的论争,在巴赫金看来,"陌生化"具有玄幻色彩。形式主义自称追求的科学性是要摆脱心理学上的主观因素,但陌生化本身是基于一种"感知"的心理感受,有悖于形式主义的追求的客观性。由于形式主义对意识形态科学的漠视,其不能正确地看待托尔斯泰采用所谓的陌生化手法所具有的鲜明的意

[①] 茨维坦·托多罗夫:《俄苏形式主义文论选》,蔡鸿滨译,北京:中国社会科学出版社,1989年版,第65页。

识形态性,托尔斯泰之所以将所有权、宗教的神圣性等具象或抽象的事物奇异化,并不是纯粹为了审美,而是为了否定这些不合创作者的道德观、价值观的事物,而创作者的道德观和价值观可能会在欣赏者那里得到共鸣,如果离开了这些先在的价值判断,陌生化感知就无从移位、偏离,陌生化的目的也无法实现。

但鲍·艾亨鲍姆的《"形式方法"的理论》(1925)一文,再次肯定什克洛夫斯基提出的陌生化手法:

> 他(什克洛夫斯基)提出了奇特化的手法,和增加感觉困难程度和感觉事件的困难形式的手法,因为艺术上的感觉过程本身就是目的,因此应当加以延长。艺术应被理解为一种破坏感觉自动性的手段,形象并不寻求使我们便于理解它的意义,而是要创造一种对事物的特殊的感觉,创造它的视觉,而不是它的识别。

以上这段话说明,艾亨鲍姆再次肯定了艺术即陌生化手法的观点,艺术存在于审美体验的过程里,成功的艺术应当为审美体验增加难度,以延长感觉的时间。陌生化手法在文学创作中的具体体现,如不直呼事物的名称,而是像第一次遇到时那样描写它;采用异乎寻常的叙事视角;用日常的词语代替宗教常用的词语,解构宗教的神圣性等。

"陌生化"理论的合理化内核为晚清小说的研究者所接受和运用,比如王德威在《被压抑的现代性》一书里四次谈到晚清小说的陌生化问题:

第一,道德观的陌生化。在论述晚清小说的启蒙与颓废时,他说梁启超与其同辈将小说的功效与缺陷相提并论,他们其实是将传统批评家对小说的畏惧与迷醉同时推到极致。他们把自己过于熟习的小说道德观陌生化(defamiliarize),文学信念中的"新意",其实来自对过去的夸大,而非拒绝。

第二,陌生化与烂熟化。在论述晚清小说的模仿与谑仿时,他认为谑仿暗示对目标物一种冷嘲热讽的重复,一种不怀好意的敬礼,其颓废的程度足以把新事物呈现得有如旧事物的翻版。后来的写实主义作家全心投靠的"陌生化"过程(defamiliarization),在晚清时期却必须以"烂熟化"(over-familiarization)视之。

第三，狎邪小说陌生化了浪漫小说的成规。他认为《品花宝鉴》文本的行倒错，将原本处于周遭语言文化中的背景带到台前；它"蹊跷"、陌生化了传统浪漫文学中被视为理所当然的内容。而《海上花列传》中韩邦庆将古典情色/浪漫小说的成规"陌生化"，并引领读者进入一个放荡与节制、欲望与伦理相互消长的世界。

第四，认知的陌生化。无论是作为"遐想的结构"，还是作为"思辨的冒险"，科幻小说借助"认知的陌生化"（cognitive estrangement）造就了一种新的逼真性。这种逼真性是可认知的，因为它展现了一个观念上的"新世界"，与作者、读者所经验的现实大有不同。

由于王德威侧重于讨论"被压抑的现代性"，而对晚清小说陌生化的审美体验的问题没有展开充分讨论，为继续探讨留下了广阔的研究空间。前人的研究对我们继续讨论晚清小说陌生化的审美效应具有启发意义，"陌生化"相对于文学内容和形式的"程式化"（或自动化、模式化）而言，是在具体语境中建构的，而不是一成不变的，它们符合"陌生化—程式化—再陌生化"的运动轨迹。当晚清小说已走入文学的故纸堆之后，小说新闻化却被20世纪90年代的"新写实小说""新体验小说""新闻小说"等小说创作在一定程度上重新点燃，这正说明小说新闻化和陌生化审美效应之间其实并没有绝对的、不可变更的关系，只是在晚清小说创作数量庞大的情况下，不加以创新和变革的新闻化叙事对小说创作来说的确有些敷衍和草率。

论者阅读《绣像小说》时，常常被意料之外的词语、意象、观念和描绘的世界吸引，这些词语、意象、观念、世界携带着异域文化和情调，能够感受到它们具有陌生化的审美效应。

二、新闻化对小说审美效应的影响

曼弗雷德·瑙曼在《社会—文学—阅读》中指出审美效应（aesthetic response）是"在接受的过程中，通过美的享受而获得的经验、认识以及新的价值观、审美观，它影响并改变人们的知觉方式、情感方式、认识方式和思维方式，普遍而又持久地作用于人们的行为和活动，帮助人们获得对事物的新的、更加正确的认识"①，这段话结合晚清小说的接受环境，其接受过程中产生的审美效应是指读者通过阅读小说，享受到阅读的趣味，而后潜移默化地形成反侵略、反封建等新的价值观和审美观，从而转化成晚清民众为新的理想世界而奋斗的动力和行为。因此晚清知识分子着力抬升小说的地位，希望通过文学阅读来达到"化民"的目的。从接受美学的角度来说，这一目的能否实现，就要看作品的内容和形式能否在读者一端引起共鸣而产生审美效应。

但若以"阅读的趣味"为标准来衡量数量庞大、质量参差不齐的晚清小说，即使多年致力于晚清小说研究的学者也会慨叹其不堪卒读，对此袁进将读者面对晚清小说而缺乏审美体验的境况描述得非常贴切，他说："中国近代小说偏偏是一个令文学史家感到棘手的问题，作品的数量虽多，若是论起审美价值，绝大多数作品都很缺乏，这是一批艺术上质量不高的小说，许多作品连我们研究近代小说的人，也觉得难以卒读，尤其是历来认为是近代小说辉煌期的清末小说。"② 我们认为晚清小说虽然缺乏激起读者阅读兴趣的因素，但不能简单地归因于质量差、数量多，更重要的是晚清小说新闻化的倾向非常明显，因此对审美效应造成三个方面的负面影响。

第一，晚清的新闻传播行业迅猛发展、日新月异，报刊的小说稿件需求量大，而且给予作者的稿酬很丰厚，一时吸引了很多爱好文学创作和翻译的人才，投身到小说的创作和翻译事业中，但这些人本身并不是十分成熟的作家和翻译家，他们都需要在日积月累的创作中磨砺和成长。但由于报刊从编辑制作到面向公众的周期比较短，随写随刊的报刊连载的传播形式，加速了小说的流通和消费，这就要求从事传媒事业的作家和翻译家下笔尽可能地快，他们不可能像传统文人那样认真对待每一次创作，为一个字反复推敲，正如王德威评价晚清小说家所说："许多文人以小说写作为其生平志业，但他们又是最不认真的作家。他们将作品匆匆付梓，也常常

---

① 转引自王先霈等：《文学理论批评术语汇释》，北京：高等教育出版社，2006年版，第498页。

② 袁进：《中国小说的近代变革》，北京：中国社会科学出版社，1992年版，第1页。

半途而废。"① 而且晚清的报人和小说家有时是同一个人,李伯元、吴趼人等比较出色的小说家不仅自己写小说,还肩负着编辑《绣像小说》《月月小说》等期刊的责任,繁重的劳动和频繁的应酬,也使得他们没有精力对自己的创作精益求精。

　　第二,晚清小说家和翻译家虽然热衷于变革传统小说内容和形式,大胆地进行了文体实验,他们译介或创作了政治小说、科幻小说、侦探小说和教育小说等新文类以及新内容,但在叙述结构上却鲜有创新,他们通常采用中国小说常见的片段连缀的"话柄"写法,每个片段故事都集中讲述主要登场人物的活动,形成相对独立的单元,上一段和下一段故事使用"话说"进行联结和过渡,而故事之间没有太多的联系和交集。话柄写法的泛滥运用,自然使读者失去了探索小说结构艺术的趣味。

　　第三,晚清小说家们大多固步自封地守住旧文学的主题,即以纪实性、新闻化的写法来谴责官场、学界、商业等各个方面的黑暗腐败。邱培成认为"小说的新闻化是小说针对传播方式新变所做出的应对,然而由于缺少'陌生化'的艺术魅力,束缚了读者欣赏中的艺术再造,另外,小说向新闻报道认同,失落了小说本身反映人生、表现人心的使命,缺少了典型性"②。或许小说新闻化是实现真实性的手段之一,但它带来小说创作上的两个缺点,一是小说的新闻化一味地追求报道真实,却忽视了文学创作需要想象和虚构,不懂得想象和虚构有时比原封不动地照搬现实更逼近人心和人生的真实。二是小说新闻化在内容和形式上的大量雷同,使读者阅读作品时变得自动化,而不能从新的视角上更深刻地认识它。

　　正是由于以上三点原因,晚清作家们虽然创作了数量庞大的小说,但新闻化过于突出的创作方法在一定程度上消解了晚清小说的审美效应,留给读者佳作不多的印象。但是《绣像小说》中的异域书写让我们在晚清小说新闻化倾向明显的前提下,感受到陌生化的审美效应。

---

① 王德威:《被压抑的现代性——晚清小说新论》,宋伟杰译,北京:北京大学出版社,2005年版,第20页。
② 邱培成:《描绘近代上海都市的一种方法:〈小说月报〉(1910—1920)与清末民初上海都市文化研究》,南京:凤凰出版社,2011年版,第6页。

第二节　异域书写的陌生化审美效应

　　陌生化的审美效应是给读者带来惊异感，运用文学手段使表面上看似不相关，但实际上又存在关联性的因素发生对立与冲突，从而加大审美感受的难度，延长审美时间。《绣像小说》异域书写的陌生化审美效应主要表现在运用词语的注释与套用手段，使原本流畅的阅读受到阻碍，间离和断续带来了审美顿挫；陌生化的审美效应还表现在"旅行者"视角的运用，读者跟随旅行者的目光打量新奇的世界。

一、间离与断续带来的审美顿挫

　　文学是语言的艺术，优秀的作家在使用词语描述事物、塑造形象和传达思想等问题上都需要经过慎重而精心的安排，或使文从字顺，或有意和读者较量，后者就如我们阅读《绣像小说》时，时常会感受到作者和译者在句子的用词间夹杂了诸种文化信息，它们阻滞了行文流畅，阻滞即妨碍、堵塞、瘀滞，它迫使读者不得不停下来、研读、琢磨句子的形式和内涵，并由此带来了间离与断续、混淆真假的效果和陌生化的审美体验。《绣像小说》异域书写的间离与断续分为两种情况：

　　第一，贴近原作的异化处理方法。当小说中出现中国人不熟悉的西方人名或事物时，英文词汇被放置在小说里，并且译者不顾小说情节的连续性而对这些外文词语直接进行注疏，目的是通过原文和译文的对照起到了传播新知的作用，读者也能从外文词语中感受到来自异域的新鲜的、互文的和神秘的语言之美。

　　《梦游二十一世纪》中出现了大量西方的名人和新奇事物，译者将某外文单词、中文翻译和对外文事物的注释，都一股脑儿地放置在句子里。应该说，这种形式绝不陌生，它继承了中国悠久地为典籍作注疏的传统，但又有所区别。注疏（notes and commentaries）是注和疏的合称，为经书的字句而作的注解叫作注，对注的注解就叫作疏。该幻想小说并非崇高而严肃的经书，译者亦为其注解，形式为标注中文音译和释义。

　　为人物作注解的如"Musschenbrock 莫斯兴勃洛克 数学家""Stevin

史蒂文 博学士""Mewton 纽瑞 英之哲学兼数学家"等。

为事物作注解的如"Tubular Bridge 洞桥 欧美有洞桥,避山道水道,备火车转运之用""Parliment 英议院 英议员有上议院、下议院;上议院议员为爵王及官吏,下议院为平民,上下议院各有议政之权"等。

为经书作注是中国古代皓首穷经的学者们毕生努力的事业,有着严肃、详尽乃至烦琐的样态,固然《绣像小说》刊物本身含量有限,不可能对人物、事物等进行详尽的注解,但以上注释所给出的人物、事物信息量少之又少,看了这样的注解读者似乎明白了人物的身份、事物的内涵,却陷入无法知晓更多信息的遗憾中,但想象空间由此打开,人们会去猜测是否真的存在过这样的人物,事物如何运作。注解的权威性被消解,凝练的注解如同撒网进入大海,以为打捞上来的鱼足以使人感到快乐,谁料没有打捞上来的鱼永远都是大多数。异域文字的出现,引起了读者的好奇心,但好奇心没有纾解的途径,读者仍身处在两种文化信息不对等的迷宫之中。

第二,贴近读者的归化处理方法。描述西方故事、人物,却熟练地运用中国典故、传统小说的语言和形式,甚至将西方人物装进描写中国人物常用的语言套子中。此种套用打破了"美就是和谐统一"的观念,造成一种滑稽的局面,令人不禁哑然失笑。

《泰西历史演义》第一回里写到拿破仑诞生:"科西嘉不过弹丸之地,那里晓得钟灵毓秀,竟出了一个顶天立地的英雄,做了二十年法兰西的皇帝。真是鸠巢抱了雏凤,粪壤产了灵芝,闲话休提,只说那一千七百六十八年,科西嘉岛有个做律师的人,生了个儿子,取名叫拿破仑。"拿破仑的出生使用了中国传统小说大人物降生时的描写异象的吉祥话,表达了拿破仑的伟大,与神化中国英雄的手法别无二致。

当在土龙之役告捷后,小说第一回里写道:"正是鞭敲金镫响,人唱凯歌还。经此一役,众百姓更加钦服,也是拿破仑命中有九五之尊。"九五之尊取自《易·乾》:"九五,飞龙在天,利见大人。"《中国成语大辞典》的解释是:"九五:《易》中卦爻位名,术数家以为是人君的象征,因指帝王的尊位。"[①] 它表明拿破仑即将成为皇帝之意。此种叙述方式将我们印象中的异域人物加以改装,将异域拿破仑本土化,仿佛他不再是遥远

---

① 《中国成语大词典》,上海:上海辞书出版社,1987 年版,第 656 页。

的外国人，而成为中国文学作品中常见的英雄人物。

再如翻译《三疑案》之一的《伊兰案》时，译者采用言简意赅的文言文，其中使用了大量的中国成语和词语：岐黄之术、服宴服冠高冠、素性柔怡、水落石出和台湾街等，使得读者的思路不得不在中外文化间穿梭。这些词语背后所关联的文化内涵，将阅读的进度放缓，使读者转而感受这种跨文化写作而带来的冲击和审美体验。

总之，晚清作家和翻译家以介绍外来事物的热忱和破格的套用，将英文与汉字，中国俗语与异域形象结合起来，形成了文化碰撞、交融时期的典型语言，仿佛言不尽意的人轻扣异域世界的大门，以阻滞的、错位的陌生化语言，引导人们走进驳杂的现实，该现实难以用准确的语言来描绘，反倒造就一种思想与现实相吻合的语言。

二、旅行者的视角将叙述对象奇异化

作家写作小说时选取一个异乎寻常的叙述视角，往往可以达到陌生化的审美效应，比如托尔斯泰在《霍斯托密尔》中以一匹马为叙述者，借马之口阐释作家对私有权的看法，从而将其变得荒诞离奇，从根本上否定私有权存在的道德伦理意义。《绣像小说》中的多部小说，不约而同地在旅行的过程中展开叙述，虽然没有选择拟人化的动物作为叙述者，但以旅行者的视点观察世界，叙述旅行者的经历。

"旅行者"视点是一个有价值的陌生化视角。晚清小说采用"旅行者"和"局外人"的陌生化视角，使得政治叙事变得新奇和戏谑，更容易使读者看到晚清社会熟视无睹的景象背后的生存真相。[①]

第一，旅行者的视角反映晚清社会现实。如《文明小史》没有固定的主人公，采用话柄连缀的叙述方式，话柄串联起一个又一个的故事，跟随着每一单元的主人公描写的地域涉及湖南、湖北、吴江、上海、北京、山东、香港、日本和美洲，读者领略了从闭塞到开放的不同地区、国家的情况，小说看起来枝枝蔓蔓的情节缺乏整体性，实则构成了讨论真假文明的统一体。

---

① 方国武：《叙事视点与政治意义》，载《安徽农业大学学报》（社会科学版），2010年第6期。

《邻女语》的主人公江苏镇江府的英雄金不磨,他以变卖祖产赈济庚子事变之后的京城灾民为由头,一路走、一路倾听老百姓尤其是女性悲鸣。"旅行者"全景式扫描地区和国家,展现出令人痛心的破败感。

第二,旅行者的视角关注审美乌托邦世界。国将不国的现实促使晚清翻译家们将理想世界的眼光投向国外,《汗漫游》《山家奇遇》和《幻想翼》等翻译小说中有脱离日常生活的乌托邦世界,它们有审美意义。既然日常生活是琐碎、平庸甚至痛苦的,不如身心分离,从对日常的关注转移到纯粹的精神的领域中,实现对日常生活的超越。《幻想翼》里的霭珂沉迷于天体学,白衣女子荧儿带他游历月球和太阳,他展开双翼:"离世界,入暗中。俯视万物,渐渐缩小,隐然莫辨。仰观列宿,渐伸渐大,益见明朗。"① 霭珂沉浸在理性探索宇宙知识的梦境中,知识和理性被突出强调,意味着他进入了纯粹的思想领域,拒绝关注尘世。

而《山家奇遇》里旅行者"我"在封闭的加利福尼亚淘金地区,遇到因 19 年前妻子被人掳走,而不能从痛苦中恢复过来的亨利,他的时间停留在妻子本该回家的周六那天。叙述者"我"进入亨利舒适、温暖的家,亨利的三位矿工朋友热切询问亨利妻子的情况,并邀请亨利阅读妻子周六回家的信件,"我"被这些场景催眠,直至手表告诉"我"时间到了,但亨利的妻子并没有回家,亨利以精神失常维持着幸福生活仍在继续的幻想。整篇小说"将施催眠者与被催眠者之间的心理机制作为独特的文学语言融汇在一则动人的'感伤'传奇中,并通过催眠结构的多重性营造深化了作品潜在的虚幻主题"②。

第三,旅行者的视角关注日常生活的变革与颠覆。在《痴人说梦记》和《月球殖民地小说》中也有乌托邦社会,但作者承认现实生活的局限,他们并不脱离日常生活,而是以劳动、殖民活动打造可以照进现实的乌托邦社会。

三、陌生化的荒诞叙述

《绣像小说》里最具有娱乐性质的是非小说类的《益智问答》,它采用

---

① 李伯元:《绣像小说》(第五十三期),上海:上海书店,1980 年版。
② 于雷:《催眠·骗局·隐喻——〈山家奇遇〉的未解之谜》,载《外国文学评论》,2009 年第 2 期。

一问一答的形式，回答读者的提问。其中涉及西方习俗的问题有 22 个，大都关于政治、军事和日常生活。它的聚焦点在强国形象上，充分体现出创作者自身经验的不足，而问答看起来很是荒唐可笑。如：

问：西洋人的亲嘴 也有数目没有
答：西洋人要是新娶媳妇 他公婆俩常常亲嘴 大约每天男人亲女人的嘴 女人亲男人的嘴 至少总得一百回 合成二百回 五年里头 要三千六十万五千回 每回要十秒钟的工夫 五年里头 为了亲嘴 就白白费去了四十二日零六点钟的工夫
……
问：外国什么地方 抽烟的人顶多
答：美国爱的森先生 就是做留声机的那个人 他想心思的时候 每天总得抽极浓的吕宋烟三打半 平时每天抽一打 有人劝他少抽抽 说这东西容易伤身体 他回说我的抽烟是已经抽上瘾了

(《绣像小说》第一期)

问：英国有多少人 能够打仗
答：英国能够打仗的 有一百二十万二千人
问：美国的大总统 什么人年纪最大 什么人年纪最轻
答：现在的罗斯福年纪最轻 亦有四十四岁 从前的哈利年龄顶大 又到六十八岁

(《绣像小说》第二期)

在以上"我者"与"他者"的互动关系中，"我者"注视着"他者"，"我者"是注视者，"他者"是被注视者，被注视者有西洋人、爱的森、英国和美国，描述他们形象的词语为亲嘴的、抽烟顶多的、很多人能参战的和总统有年龄差的，这些形容词成为"社会总体想象物"，而具有一定的意识形态性，《益智问答》的作者对"亲嘴的西洋人"持否定态度，因为经其计算，认为亲吻是浪费时间；对"爱抽烟的爱的森""有很多人能参战的英国"和"有年龄差的美国总统"持好奇的态度。然而制作关于异域的问答，并不仅出于猎奇心理，它有深刻的文化背景，晚清民众意识到异域之广阔，而自身的知识不足，对外部世界充满了求知欲。这种荒诞性叙述也让读者在忍俊不禁的同时，感受到百年前国人面对异域时经验的贫乏。

综上所述，《绣像小说》在晚清小说的背景下难以免俗的新闻化书写方式，似乎使小说内容变得千篇一律，但特殊历史时期赋予这些小说陌生化的道德、成规、结构、词语和视角，只是其文学价值或许未被我们充分认知。

结　语　异域书写的世界性和现代性意义

20世纪初，晚清知识分子面临救亡图存、民主与科学传播开来的文化语境，李伯元及其他作者、译者以《绣像小说》为平台，用文字和图像两种符号描摹异域形象、传达区别于旧社会的世界和现代观念，文学作品真实记录着百年之前晚清一代知识分子为寻找国家富强、民族独立之路而痛心疾首的呼喊。今天再读《绣像小说》，我们即会庆幸当下离"中国梦"的实现比百年前更近了一些，也会从尘封的故纸堆里窥见异域书写中蕴含的世界性和现代性意义，它们是中国近代文学向现代文学转型过程中的密钥和价值目标。

第一，《绣像小说》的异域书写为中国文学引入世界上其他优秀民族文学的内容和形式，使中国文学有了越来越鲜明的世界性因素。1827年歌德阅读了东方的作品后总结、呼吁"世界文学"的早日到来，他冲破19世纪西方中心主义的禁锢，表现出包容、开放的心态和博览世界文学的态度，但在歌德的时代所倡导的世界文学是一种进入纯粹审美精神领域的假想，具有非现实性。19世纪马克思和恩格斯从世界市场生产和消费的角度赋予世界文学新的可能性："过去那种地方的和民族的自给自足和闭关自守状态，被各民族的各方面的互相往来和各方面的互相依赖所代替了。物质的生产是如此，精神的生产也是如此。各民族的精神产品成了公共的财产。民族的片面性和局限性日益成为不可能，于是许多种民族的和地方的文学形成了一种世界的文学。"[①] 在此基础上，20世纪80年代陈思和提出20世纪中外文学关系研究领域中"中国文学的世界性因素"的问

[①] 《马克思恩格斯选集》（第1卷），北京：人民文学出版社，1972年版，第255页。

题，旨在彰显除了外来影响关系之外的更深层次的关系，即与生存处境相关的精神与审美创造之间的差异共存的关系，充分尊重创作主体创造力本身的积极性。

但问题是，陈思和所指的20世纪文学主要是五四新文学开启的现代文学和当代文学，我们将此思路前移，用来探讨属于晚清文学的《绣像小说》的世界性因素是否可行？袁进认为梁启超倡导的"新小说"尽管是从小说特征很不明显的"政治小说"开始向西方小说学习，但却标志了中国小说进入"世界化"的历程。[①]《绣像小说》中刊发了很多政治小说，因而是可行的。尽管《绣像小说》从形式到内容略显保守，但它毕竟处于晚清中外文学关系的大背景下，异域书写的视域具有世界性特征。它为晚清民众开启一条了解"世界"的通道，沿着它人们看到遥远的国度、陌生的人群以及不同的生活方式和民族习俗，当异域形象通过文学和图像传达给读者时，人们总要和现实进行联系和比照，从而为人们突破束缚，寻求另一种现实提供了可以参考的样本。

异域书写还呈现出东西结合、新旧杂陈的特征，读者能够用比较的方法评价作品的视角，从而拓宽审美视野，提高审美品位。读者既可以看到传统的章回小说，也可以看到不分章回、随意切割的翻译小说；既可以看到穿梭在文字中的中国形象，也可以看到有着异域风情的形象。

第二，异域书写也体现出中国文学从传统走向现代的创造性转换。中国现代文学不同于近代文学，因为它出现了"新"的变化，钱理群等学者在《中国现代文学三十年》里认为现代文学是一个揭示文学的"现代"性质的概念，是"用现代文学语言与文学形式，表达现代中国人的思想、感情、心理的文学"[②]。然而新的变化并非始于1917年的文学革命，早在晚清文学中这种变化已然萌芽。晚清作家、翻译家用陌生的英文字母标识指称和描述的人物、器物和国度，并加以直译或意译，读者眼中看到的并不只是字母、外来语和汉字之间的区别，而是新奇感背后对他方世界、未知领域的恐惧、揣测和向往，以及在动荡不安的时局中怀抱希望的心态。

《绣像小说》的异域书写为中国文学引入世界上其他优秀民族文学的内容和形式，体现了其从传统走向现代的创造性转换。

---

① 袁进：《中国小说的近代变革》，北京：中国社会科学出版社，1992年版，第70页。
② 钱理群等：《中国现代文学三十年·前言》，北京：北京大学出版社，1998年版，第1页。

参考文献

一、中文专著

阿英. 晚清文学丛钞（小说卷）［M］. 北京：中华书局，1990.

阿英. 晚清文艺报刊述略［M］. 上海：古典文学出版社，1958.

阿英. 晚清小说史［M］. 南京：江苏文艺出版社，2009.

艾布拉姆斯. 文学术语词典［M］. 吴松江，等编译. 北京：北京大学出版社，2009.

曹顺庆. 跨文明比较文学研究［M］. 成都：巴蜀书社，2005.

曹顺庆，等. 比较文学论［M］. 成都：四川教育出版社，2002.

陈大康. 中国近代小说编年［M］. 上海：华东师范大学出版社，2002.

陈惇，等. 比较文学概论［M］. 北京：北京师范大学出版社，2010.

陈平原. 看图说书：小说绣像阅读札记［M］. 北京：生活·读书·新知三联书店，2003.

陈平原. 中国现代小说的起点：清末民初小说研究［M］. 北京：北京大学出版社，2005.

陈平原. 中国小说叙事模式的转变［M］. 北京：北京大学出版社，2010.

陈思和. 构建中国现代文学多元共生体系的新思考［M］. 上海：复旦大学出版社，2012.

陈文新. 六朝小说［M］. 北京：文化艺术出版社，1997.

陈永国. 翻译与后现代性［M］. 北京：中国人民大学出版社，2005.

达爱斯克洛提斯. 梦游二十一世纪［M］. 杨德森，译. 上海：商务印书馆，1913.

邓集田. 中国现代文学出版平台：晚清民国时期文学出版情况统计与分析：1902—1949［M］. 上海：上海文艺出版社，2012.

杜慧敏. 晚清主要小说期刊译作研究：1901—1911［M］. 上海：上海书店出版社，2007.

杜进. 跨文化视野中的比较文学［M］. 合肥：安徽人民出版社，2009.

杜龙琪. 20世纪中国情节性绘画研究［M］. 北京：人民出版社，2012.

范伯群. 多元共生的中国文学的现代化历程［M］. 上海：复旦大学出版社，2009.

方珊. 形式主义文论［M］. 济南：山东教育出版社，2002.

芬伯格. 可选择的现代性［M］. 陆俊，等译. 北京：中国社会科学出版社，2003.

冯鸽. 晚清·想象·小说［M］. 西安：西北大学出版社，2009.

高柏园，等. 古典与现代的交会［M］. 成都：巴蜀书社，2007.

戈特尔芬美兰女史. 小仙源［M］. 上海：商务印书馆，1905.

耿传明. 决绝与眷恋：清末民初社会心态与文学转型［M］. 上海：复旦大学出版社，2010.

郭绍虞，等. 中国近代文论选［M］. 北京：人民文学出版社，1981.

郭延礼. 近代西学与中国文学［M］. 南昌：百花洲文艺出版社，2000.

郭延礼. 中国前现代文学的转型［M］. 济南：山东大学出版社，2005.

韩冬梅，等. 视觉传达设计［M］. 北京：中国水利水电出版社，2012.

黄摩西. 小说林（1—12期）［M］. 上海：上海书店出版社，1980.

季啸风. 中国文学研究 台港及海外中文报刊资料专辑（1986）［M］. 北京：书目文献出版社，1987.

乐黛云，等. 多元之美［M］. 北京：北京大学出版社，2009.

李伯元. 绣像小说［M］. 上海：上海书店，1980.

李楠. 晚清民国时期上海小报［M］. 北京：人民文学出版社，2006.

梁启超. 梁启超中国历史研究法 梁启超中国历史研究法补编［M］. 长春：吉林人民出版社，2012.

梁启超. 新小说（1—24期）［M］. 上海：上海书店出版社，1980.

梁启超，等. 世博梦幻三部曲［M］. 黄霖，校注. 上海：东方出版中心，2010.

廖炳惠. 关键词200：文学与批评研究的通用词汇编［M］. 南京：江苏教育出版社，2006.

林明德. 晚清小说研究［M］. 台北：联经出版事业公司，1988.

陆克寒. 李伯元评传［M］. 南京：江苏人民出版社，2012.

孟华. 比较文学形象学［M］. 北京：北京大学出版社，2001.

米列娜. 从传统到现代——19至20世纪转折时期的中国小说［M］. 吴晓明，译. 北京：北京大学出版社，1991.

欧阳健. 古小说研究论［M］. 成都：巴蜀书社，1997.

欧阳健. 晚清小说史［M］. 杭州：浙江古籍出版社，1997.

钱理群，等. 中国现代文学三十年（修订本）［M］. 北京：北京大学出版社，1998.

邱培成. 描绘近代上海都市的一种方法：《小说月报》（1910—1920）与清末民初上海都市文化研究［M］. 南京：凤凰出版社，2011.

邵洛羊. 中国美术大辞典［M］. 上海：上海辞书出版社，2002.

什克洛夫斯基. 俄国形式主义文论选［M］. 方珊，等译. 北京：生活·读书·新知三联书店，1989.

什克洛夫斯基. 散文理论［M］. 刘宗次，译. 南昌：百花洲文艺出版社，1994.

苏智良. 上海：城市变迁、文明演进与现代性［M］. 上海：上海人民出版社，2011.

汤克勤. 近代转型视阈下的晚清小说家：从传统的士到近代知识分子［M］. 北京：中国社会科学出版社，2012.

汤克勤. 近代小说学术档案［M］. 武汉：武汉大学出版社，2013.

托多洛夫. 俄苏形式主义文论选［M］. 蔡鸿滨，译. 北京：中国社会科学出版社，1989.

王纯菲，等. 中国现代性：理论视域与文学书写［M］. 北京：文化艺术出版社，2013.

王德威. 被压抑的现代性：晚清小说新论［M］. 北京：北京大学出版社，2005.

王贵胜. 中国山水画景物构成［M］. 北京：北京师范大学出版

社，2004.

王继平. 近代中国与近代文化 [M]. 北京：中国社会科学出版社，2003.

王洁群. 晚清小说中的西方器物形象 [M]. 湘潭：湘潭大学出版社，2009.

王汝梅，等. 中国小说理论史 [M]. 杭州：浙江古籍出版社，2001.

王先霈，等. 文学理论批评术语汇释 [M]. 北京：高等教育出版社，2006.

王向远. 比较文学学科新论 [M]. 南昌：江西教育出版社，2002.

王向远. 二十世纪中国的日本翻译文学史 [M]. 北京：北京师范大学出版社，2001.

王燕. 中国小说期刊史论 [M]. 长春：吉林人民出版社，2002.

王一川. 中国现代性体验的发生：清末民初文化转型与文学 [M]. 北京：北京师范大学出版社，2001.

王之春. 清朝柔远记 [M]. 北京：中华书局，1989.

王志松. 小说翻译与文化建构：以中日比较文学研究为视角 [M]. 北京：清华大学出版社，2011.

魏绍昌. 李伯元研究资料 [M]. 上海：上海古籍出版社，1980.

沃尔夫冈·伊瑟尔. 阅读行为 [M]. 金慧敏，等译. 湖南：长沙文艺出版社，1991.

吴趼人，等.《月月小说》（1—24期）[M]. 上海：上海书店出版社，1980.

夏曾佑. 中国古代史 [M]. 北京：东方出版社，2012.

夏丽莲. 夏曾佑穗卿先生诗集 [M]. 台北：文景书局，1997.

谢阁兰. 画 & 异域情调论 [M]. 黄蓓，译. 上海：上海书店出版社，2010.

薛正兴. 李伯元全集 [M]. 南京：江苏古籍出版社，1997.

严绍璗. 中日文化交流史大系·文学卷 [M]. 杭州：浙江人民出版社，1996.

杨联芬. 晚清至五四：中国文学现代性的发生 [M]. 北京：北京大学出版社，2003.

杨世骥. 文苑谈往［M］. 北京：中华书局，1946.

杨义，等. 中国新文学图志［M］. 北京：人民文学出版社，1998.

杨永德. 中国古代书籍装帧［M］. 北京：人民美术出版社，2006.

姚玳玫. 文化演绎中的图像：中国近现代文学/美术个案解读［M］. 广州：广东人民出版社，2010.

袁进. 中国小说的近代变革［M］. 北京：中国社会科学出版社，1992.

张冰. 陌生化诗学：俄国形式主义研究［M］. 北京：北京师范大学出版社，2000.

张静庐，辑注. 中国近代出版史料初编［M］. 北京：中华书局，1957.

张天星. 报刊与晚清文学现代化的发生［M］. 南京：凤凰出版社，2011.

张治. 异域与新学：晚清海外旅行写作研究［M］. 北京：北京大学出版社，2014.

赵一凡. 西方文论关键词［M］. 北京：外语教学与研究出版社，2006.

郑振铎. 插图本中国文学史［M］. 北京：北京出版社，1999.

周明华. 李伯元的小说与报刊研究［M］. 新北：花木兰文化出版社，2011.

樽本照雄. 清末民初小说目录（第6版）［M］. 大津：清末小说研究会，2014.

二、中文期刊及学位论文

陈超. 《点石斋画报》的新知传播研究［D］. 哈尔滨：黑龙江大学，2013.

陈大康. 关于"晚清"小说的标示［J］. 明清小说研究，2004（2）.

陈建华. 拿破仑与晚清"小说界革命"：从《泰西新史揽要》到《泰西历史演义》［J］. 汉学研究，2005（2）.

陈力丹，等. 论图文关系的历史变迁——以柏拉图的图文观为先导［J］. 现代传播，2008（4）.

陈平原. 作为"绣像小说"的《文明小史》［J］. 西北师范大学学报

（社会科学版），2014（5）.

陈上琳. 李伯元《活地狱》研究［D］. 台北：铭传大学，2007.

陈思和. 随便谈谈［J］. 中国比较文学，1998（1）.

陈文新，等. 李伯元《文明小史》解读［J］. 明清小说研究，2002（1）.

陈正宏. 绣像小说：图文之间的历史［J］. 图书馆杂志，2011（9）.

仇红. 政治小说：梁启超对日本近代文学的选择［D］. 天津：天津师范大学，2001.

丛治辰. 现代性与主体性的探求、错位与混杂——作为一代知识分子心史的《文明小史》［J］. 新文学评论，2012（1）.

丁和根. 跋涉于亦真亦幻的心理夹缝——论李伯元的游戏心态［J］. 学术月刊，1998（8）.

丁和根. 走向边缘的精神之旅——论李伯元的思想倾向及其演进过程［J］. 南京大学学报（哲学人文科学·社会科学版），2000（4）.

方国武. 叙事视点与政治意义［J］. 安徽农业大学学报（社会科学版），2010（6）.

冯欣. 文明与野蛮的交锋——谈李伯元《文明小史》［J］. 青春，2012（1）.

耿传明. "开明的保守派"——"谴责小说"作家群的文化性格考察［J］. 天津师范大学学报（社会科学版），2006（6）.

耿传明. 清末民初"乌托邦"文学综论［J］. 中国社会科学，2008（4）.

郭大燕，等. 近代作家报人李伯元［J］. 新闻世界，2011（8）.

郭浩帆. 从"绣像"看《绣像小说》的近代色彩［J］. 齐鲁学刊，2003（5）.

郭武群. 文学商品化运作的成功范例——论民国时期的报载小说［J］. 天津社会科学，2006（3）.

郭长海. 李伯元杂俎［J］. 长春师范学院学报（人文社会科学版），2010（1）.

海孺. 李伯元作品的思想倾向是进步的［N］. 光明日报，1966-01-16.

贺根民. 晚清报刊小说的分类和审美趋向 [J]. 唐都学刊, 2007 (2).

贺根民. 晚清小说的群体关怀 [J]. 宁波大学学报 (人文科学版), 2007 (1).

贺根民. 知识分子的边缘化和晚清小说队伍的嬗变 [J]. 南京师大学报 (社会科学版), 2007 (4).

胡安定. 图像中的域外——民初鸳鸯蝴蝶派对西方的译介 [J]. 新文学史料, 2011 (4).

胡冠莹. 李伯元及其对"小说界革命"的贡献 [J]. 广西师范学院学报 (哲学社会科学版), 2001 (2).

胡全章. 百年李伯元小说研究述评 [J]. 苏州教育学院学报, 2009 (3).

胡绳. 中国近代历史的分期问题 [J]. 历史研究, 1954 (1).

黄可. 绣像 [J]. 读书, 1979 (2).

黄兴涛. 探究近代中国的时间之史 [N]. 中华读书报, 2013-10-9.

季进.《绣像小说》: 晚清社会文化的影子 [J]. 美文, 2006 (9).

江东阳. 从《庚子国变弹词》看李伯元作品的思想倾向 [N]. 光明日报, 1965-11-14.

黎跃进. 启蒙民众与社会批判——李伯元创作的近代品格 [J]. 衡阳师范学院学报 (社会科学版), 1999 (5).

李春雨. 中国现代连载小说的文体意识和文本结构 [J]. 中国现代文学研究丛刊, 2011 (4).

李丹.《文明小史》: 晚清维新历史的一面镜子 [J]. 四川师范大学学报 (社会科学版), 2000 (5).

李怀中. 李伯元的"游戏笔墨"与报章趣味 [J]. 传媒观察, 2012 (9).

李嘉. 晚清小说期刊商业化倾向研究——以四大小说期刊为例 [D]. 南京: 南京大学, 2012.

李敬泽. "在穿衣镜里看自己的影子" [J]. 创作评谭, 2000 (3).

李欧梵. 帝制末的文学: 重探晚清文学 [J]. 东吴学术, 2011 (4).

李欧梵. 晚清文学和文化研究的新课题 [J]. 东吴学术, 2015 (4).

李欧梵, 等. 从一本小说看世界:《梦游二十一世纪》的意义 [J].

暨南大学学报（社会科学版），2016（3）.

李艳丽. 东西交汇下的晚清冒险小说与世界秩序［J］. 社会科学，2013（3）.

李兆忠. 晚清文学中的"假洋鬼子"［J］. 博览群书，2007（8）.

刘少文. 传播方式衍生的负面效应——张恨水报纸连载小说病因分析［J］. 中国现代文学研究丛刊，2006（1）.

刘霞.《文明小史》研究［D］. 烟台：鲁东大学，2012.

刘永文. 晚清报刊小说的传播与发展［J］. 社会科学辑刊，2003（1）.

刘勇强. 明清小说中的涉外描写与异国想象［J］. 文学遗产，2006（4）.

龙其林. 中国现当代文学与文化研究中插图与配文之关系及类型研究［J］. 贵州师范大学学报（社会科学版），2012（6）.

龙文展.《游戏世界》所见李伯元佚文［J］. 明清小说研究，2009（3）.

陆克寒. 民族叙事中的智性民族主义立场——李伯元《文明小史》论［J］. 扬州大学学报（人文社会科学版），2006（1）.

孟丽. 翻译小说对西方叙事模式的接受与应变——以《时务报》刊登的侦探小说为例［J］. 理论导刊，2007（11）.

欧阳健.《痴人说梦记》在晚清新小说史上的地位［J］. 南京社会科学，1992（2）.

欧阳健. 李伯元的定位及其他［J］. 明清小说研究，2013（1）.

庞朴. 文化结构与近代中国［J］. 中国社会科学，1986（5）.

彭林祥. 论先刊后书对连载作品生成的影响［J］. 青岛大学师范学院学报，2009（2）.

任冬梅. 科幻乌托邦：现实的与想象的——《月球殖民地小说》和现代时空观的转变［J］. 现代中国文化与文学，2008（1）.

任访秋. 李伯元论［J］. 河南师大学报，1980（5）.

石雨. 歪曲晚清社会现实的《文明小史》［J］. 光明日报，1965－12－19.

史修永. 反讽者的眼光与现代焦虑体验《文明小史》的文化意蕴［J］. 明清小说研究，2009（3）.

史修永. 现代性之思——一种对《文明小史》的解读［J］. 文教资料，2003（2）.

宋莉华. 传统与现代之间：从《孽海花》看晚清小说中的异域书写［J］. 文学遗产，2008（1）.

汤克勤. 李伯元：普通士人转型为近代知识分子的先行者［J］. 广东技术师范学院学报，2012（4）.

汤克勤. 论晚清小说中留学生形象的书写［J］. 菏泽学院学报，2012（1）.

汤克勤. 晚清科举革废与士的转型——论晚清小说《学究新谈》［J］. 咸阳师范学院学报，2013（1）.

汤克勤. 晚清小说中留学生形象的书写［J］. 菏泽学院学报，2012（1）.

王学钧. 李伯元，《绣像小说》编者的确认［J］. 明清小说研究，2001（4）.

王学钧. 李伯元的"功名"与选择［J］. 学海，2005（6）.

王学钧. 李伯元的家世与诞生地［J］. 明清小说研究，2009（1）.

王学钧. 李伯元与"谴责小说"的兴起［J］. 江苏社会科学，2002（5）.

王学钧. 李伯元与赛金花［J］. 江苏社会科学，2007（6）.

王学钧. 鲁迅、胡适对李伯元人格与创作的误解［J］. 南京大学学报（哲学人文科学·社会科学版），2003（6）.

王学钧. 欧阳钜源与李伯元的两度合作［J］. 明清小说研究，2005（1）.

王志松. 李伯元和《前本经国美谈新戏》［J］. 北京师范大学（社会科学版），1998（4）.

王祖献. 不要曲意美化李伯元的作品——与海孺同志商榷［N］. 光明日报，1966－2－6.

文乃山. 李伯元作品的思想倾向初探——与章培恒同志商榷［N］. 光明日报，1965－10－31.

文迎霞. 关于《绣像小说》的刊行、停刊和编者［J］. 华东师范大学学报（哲学社会科学版），2005（3）.

吴勤姿. 近代转型期小说的叙事特征［J］. 凯里学院学报，2009（1）.

徐鹏绪. 论《老残游记》的艺术形式革新［J］. 东方论坛，1995（3）.

徐振燕. 试析《绣像小说》的读者定位［J］. 明清小说研究，2001（4）.

薛媛元. 李伯元的三支笔——试论《文明小史》的三种书写策略及其心态投影［J］. 小说评论，2010（S2）.

阎嘉. 文学研究中的文化身份与文化认同问题［J］. 江西社会科学，2006（9）.

颜健富. 进出神仙岛，想象乌托邦——论旅生《痴人说梦记》的空间想象［J］. 台大文史哲学报，2005（4）.

颜琳. 二十世纪初期连载小说兴盛原因探析［J］. 山西师大学报（社会科学版），2002（3）.

颜琳. 连载小说：与商业文化共生的"消费文学"［J］. 湖北广播电视大学学报，2000（2）.

杨惠. 论1902—1911年间晚清小说期刊中的插图——以晚清四大小说杂志为例［J］. 海南大学学报（人文社会科学版），2009（2）.

杨森. 明代刊本《西游记》图文关系研究［D］. 上海：上海大学，2012.

叶中强. 稿费、版税制度的建立与近现代文人的生成［J］. 上海大学学报（社会科学版），2006（5）.

于雷. 催眠·骗局·隐喻——《山家奇遇》的未解之谜［J］. 外国文学评论，2009（2）.

余欣怡. 现代的想象图景——晚清小说的文明话语［D］. 南投：暨南国际大学，2011.

昝红宇. 从《绣像小说》看晚清小说期刊的设计［J］. 名作欣赏，2010（36）.

昝宏宇.《绣像小说》研究［J］. 沧桑，2006（3）.

张纯. 关于《绣像小说》半月刊的终刊时间［J］. 徐州师范学院学报（哲学社会科学版），1986（3）.

张纯. 连梦青与天津《大公报》［J］. 清末小说から，1990（3）.

张纯. 谈谈刘鹗与李伯元的一段文字案——兼与魏绍昌、汪家熔两先生商榷［J］. 明清小说研究，1986（2）.

张晗.《点石斋画报》建构的外国人形象研究［D］. 哈尔滨：黑龙江大学，2010.

张卉珺.《点石斋画报》画面艺术特色探究——中西绘画的交融［D］. 无锡：江南大学，2011.

张龙涛. 扭曲的文明与李伯元的《文明小史》［D］. 安庆：安庆师范学院，2012.

张敏. 从稿酬制度的实行看晚清上海文化市场的发育［J］. 史林，2001（2）.

章培恒. 关于李伯元作品评价的几个问题［N］. 光明日报，1966－3－13.

章培恒. 论李伯元作品的思想倾向［N］. 光明日报，1965－6－6.

章培恒. 应该怎样评价李伯元的作品——答文乃山同志［N］. 光明日报，1965－11－28.

赵晟兰. 扭曲的文明 虚幻的想象——从租界角度论《文明小史》［J］. 宜宾学院学报，2011（9）.

周婷婷.《文明小史》与中国现代文明初体验［D］. 重庆：西南大学，2011.

朱文哲. 近代中国时间观念研究述评［J］. 燕山大学学报（哲学社会科学版），2011（1）.

三、外文文献

Alexander des Forges. Building Shanghai，One Page at a Time：The Aesthetics of Installment Fiction the Turn of the Century［J］. The Journal of Asian Studies，Aug 2003，62（3）.

Charles A. Laughlin. The Literature of Leisure and Chinese Modernity［M］. Honolulu：University of Hawai'I Press，2008.

Daniel Y. A Landscape of Mind：Liu E's Treatment of Time and Space in The Travels of Lao Tsan［J］. Tamkang Review，2001，36（4）.

Geng Chuanming. Old State and New Mission：A Survey of Utopian Literature during the Late Qing Dynasty and the Early Period of the

Republic of China [J]. Frontiers of Literary Studies in China, 2010, 4 (3).

Kang-I Sun Chang, eds. The Cambridge History of Chinese Literature [M]. Cambridge University Press, 2010.

Manford H. Kuhn, Thomas S. Mcpartland. An Emprical Investigation of Self—attitudes [J]. American Sociological Review, Vol. 19 (1), 1954, pp. 68—76.

Paola Zamperini. Clothes That Matter: Fashioning Modernity in Late Qing Novels [J]. Fashion Theory, 2001, 5 (2).

Paola Zamperini. On Their Dress They Wore a Body: Fashion and Identity in Late Qing Shanghai [J]. Positions, Fall 2003, 11 (2).

后　记

　　本书是在我的博士学位论文的基础上修改而成，向一路帮助过我的人们献上深深的谢意。

　　感谢我的导师丁淑梅教授。丁老师是一位真诚、热心、严谨、宽容的好导师，读博期间我发去的短信、邮件和交上的论文，她总是第一时间回复。她对我们进行严格的学术训练，指导我多角度、多层面地思考问题，避免平面化的研究。毕业后，她仍然助力于我们的进步，在"戏言曲吟"公众号，她依然给我们推荐好文好书，教我们读书明理。正是得益于老师的推荐，我才能够参加今年四川大学中国俗文化研究所的博士学位论文出版项目。

　　我曾因各种机缘得到过丁老师的先生陈思广教授，以及刘亚丁教授和他的夫人杨黎老师的帮助，我会将这一份份厚重善意向我的学生们传递。感谢冯宪光教授、曹顺庆教授、阎嘉教授，我在选修或旁听他们主讲的课程时，真切感受到他们学识渊博，乐于向学生传道、授业、解惑，能够聆听他们的课程，是我在川大极为美好和难忘的经历。

　　本书的撰写还得到过远在日本的樽本照雄先生的帮助，2014年6月27日通过邮件尝试向他咨询《清末小说から》上关于连梦青的资料，居然当天下午就得到了回复。他还热心地提醒我可以在清末小说研究会网站下载《清末民初小说目录》（第六版），非常感谢他。

　　感谢从本科以来一直鼓励、支持并帮助我不断求学的王卓慈教授，王教授内心拥有巨大能量，毫不吝啬向学生"辐射"，她以奇妙的话语勾勒出坐拥书城、读书至乐的图景，让我觉得自己也能成为景中人。特别感谢西安翻译学院2017年批准我的科研团队"文学译介与文化交流团队"

（XFU17KYTDD04）的成立，科技处的老师们不断督促我成长、进步。

感谢我的家人，他们给予我坚定的支持、无限的宽容和无私的爱。

我深知本书仍有很多不足之处，请雅正。

赵娟茹
2020 年 6 月